庆祝改革开放40年文学作品集

大河喜暖

写一条河40年波光岁影
听一座城40年百姓心声
看一个国40年砥砺前行

薛长江 ◎ 主编

远方出版社

图书在版编目(CIP)数据

大河春暖 / 薛长江主编. -- 呼和浩特：远方出版社, 2018.11

ISBN 978-7-5555-1207-3

Ⅰ.①大… Ⅱ.①薛… Ⅲ.①中国文学 – 当代文学 – 作品综合集 Ⅳ.①I217.1

中国版本图书馆 CIP 数据核字（2018）第 251690 号

大河春暖
DAHE CHUNNUAN

主　　编	薛长江
责任编辑	董美鲜　奥丽雅
责任校对	张利君
装帧设计	古　麦
出版发行	远方出版社
社　　址	呼和浩特市乌兰察布东路 666 号　邮编:010010
电　　话	（0471）2236470 总编室　2236460 发行部
经　　销	新华书店
印　　刷	包头市京精彩色印务有限责任公司
开　　本	170mm×240mm　1/16
字　　数	200 千
印　　张	19.25
版　　次	2018 年 11 月第 1 版
印　　次	2018 年 11 月第 1 次印刷
印　　数	1—2000 册
标准书号	ISBN 978-7-5555-1207-3
定　　价	55.00

如发现印装质量问题，请与出版社联系调换

序

薛长江

黄河是中华民族的母亲河。

这莽莽大河,出峡谷,越险滩,洪涛层叠,骇浪凌霄。黄河九曲,平缓处,如处子漫步;激越时,似万马狂奔,威撼大地,势若腾蛟。数千年来,这条大河慈母般地敞开胸怀,滋养着两岸的万物生灵,也赋予了黄河儿女百折不挠、无私奉献的高尚品德。

包头有幸,坐落在黄河岸边。黄河流经包头段,最蔚为大观的是春季的流凌。入冬时节,黄河封冻,尤其是大雪后银装素裹,难以分清河岸与河面。此时,芦花飘零,鱼沉水底,鸟无踪迹,一片寂寥萧瑟。而每临春季,上游的冰凌被强劲的春风送下,中游还来不及准备,冰层硬是被碰撞撕裂。"轰隆隆",天风四面而来,比旌旗蔽日、万舟竞发的鏖战更尽幽奇变幻之极。浮冰如白马在群奔,越过,冲锋!短兵相接,杀成一团,分不清攻守成败,忽如天柱晶岩,林坚跃舞,匝叠而上,直逼苍天……为防流凌决堤,疏浚的炮声"嘭嘭"炸响,冰面上一时珠飞玉溅,托起道道彩虹……

于是,河开了,水畅了,草木又绿了,花香鸟语,鱼肥虾美,一派生机勃勃。

每次看到黄河开河流凌的壮景,总让我想起《春天的故事》,耳边回荡着《走进新时代》的旋律。是的,40年的改革开放,如强劲的春风,打破坚冰,让勤劳、勇敢的中国人,意气风发地走进了新时代。改革开放使我们感受到春天的气息和温暖,摒弃陈旧迂腐的生活方式和工作方式,释放出无比的活力和创造性,收获着累累硕果。

为庆祝改革开放40年,包头市黄河文化经济发展研究会在2018年年初就策划出一本文学作品集,起名为《大河春暖》,并为此向全市发出征文启事。征文启事发出后得到广大作者的积极响应,他们中有全国知名作家,也有文学爱好者;有年轻的新闻工作者,也有退休老职工……本书是从逾百篇征文来稿中遴选出来结集出版的。阅读来稿时,我常常被作者的真情所感动。他们从身边的衣、食、住、行、用,从上学、上网、拍照、理发等生活细节的变化,反映出时代的巨变。作家马宝山、冯传友以自己的写作经历和书房变迁,歌颂了改革开放后百姓生活发生的翻天覆地的变化。吴建荣、曲小红、老墨通过自己的成长经历,讴歌改革开放的成就。《回望北梁》《白云鄂博记忆》《为了中国稀土事业的光荣与梦想》《包头往事》《大道情思》《金锁锁的三次哭泣》等都从不同角度书写着40年的沧桑巨变。

还有许多作者不仅记述了身边的小事,更有着对改革开放深层次的思考与认识。这些思想的火花,迸发着真知灼见,微言大义,掷地有声。

所有的个人之歌都是时代和声,所有的个人史都是当代史。

这个改革不仅改变了个人的人生,更改变了中国历史进程。40年后回顾中国发生的翻天覆地的变化,实践验证了百年前振聋发聩的呐喊——"天下大势,浩浩汤汤,顺之者昌,逆之者亡"——言之不谬。

(杨挺《时光之河》)

"安得广厦千万间,大庇天下寒士俱欢颜"是唐代诗人杜甫的名句。诗人忧国忧民的情感和济世悲悯的情怀,千百年来一直激动着人心。而今,这个理想在内蒙古包头的北梁上实现了。

(王存喜《回望北梁》)

改革开放40年,我从自身经历深深体会到,包头是养育戏曲艺术和戏剧人才的一方沃土,改革开放是催生戏剧艺术复苏并走向繁荣的春风。

(郭长岐《春风春雨润梨园》)

听着人们讲述的真情真意真变化,看着身边发生的真人真事真故事,我们可以从不同角度认识和理解改革开放的重大意义和巨大成就，这也将激励我们沿着这条光辉的道路永不停歇地走下去。

《大河春暖》是心香一瓣，我们把它捧给改革开放40年，捧给受益于改革开放的包头人，黄河人，中国人。

2018年10月

（作者为包头市黄河文化经济发展研究会会长）

目 录 Content

时光之河

时光之河 …………………………… 杨　挺 003
回望北梁 …………………………… 王存喜 012
钢铁大街"三部曲" ………………… 张树宽 019
包头往事 …………………………… 李汉臣 022
白云鄂博记忆 ……………………… 张钟涛 029
固阳大道 …………………………… 高海英 038
昆都仑河今昔 ……………………… 张树宽 044
我印象中的北门 …………………… 汪恩源 049
"城市客厅"的变迁 ………………… 马培雄 055

钢城华章

钢铁大街话钢铁	高晓斌	061
创业路上黄花香	崔瑞刚	067
为了中国稀土事业的光荣与梦想	高　欣	075
父亲的煤矿，我的摇篮	刘宝丽	081
风雨客运路	粟晨霞	086
坝锁石门谱华章	郭文达	090

岁月如歌

我的乡村写作	马宝山	097
40年的点滴记忆	朱丹林	104
越来越好	陈　吟	115
幸福就在烧卖里	常守文	127
母亲上网记	肖　宁	131
默默成长	吴建荣	142
小五和一座北方城市	老　墨	151
抚今追昔话照片	刘文永	158
北归遐思	林　若	163

我家住在昆都仑河畔……………………… 孙宇颖 169

> 希望田野

金锁锁的三次哭泣 ………………………… 李亚强 177
大道情思 …………………………………… 胡　明 184
老王家四十载沧海桑田 …………………… 王春梅 190
东风送来满园春 …………………………… 曲小红 196
阳光下的老碾盘 …………………………… 赵启明 206
黄河情 ……………………………………… 张常胜 212
行走在时间里的情 ………………………… 雁　子 217

> 春天故事

书房梦 ……………………………………… 冯传友 225
搬家 ………………………………………… 徐永恩 230
锅的见证 …………………………………… 张洪钧 237
自行车的故事 ……………………………… 孙　彬 241
还女性缤纷色彩 …………………………… 周荣菊 249
衣语衣世界 ………………………………… 杜　萍 254
理发的那些事 ……………………………… 张玉琴 258

花开盛世

春风春雨润梨园 …………………………… 郭长岐 265

想起我亲爱的巴格西 ………………………… 樊奇智 272

我圆大学梦 ……………………………………… 何岳峰 280

剪来春风一片新 ………………………………… 郁　芬 284

亲亲的二人台 …………………………………… 华　汉 293

时光之河

时光之河

杨 挺

一

我知道,此刻我站在一个时间的节点之上。再一次的岁月交替,让我心有所动、心有未尽。抬眼望去,日月有常不紧不慢地走;俯首两岸,时光之河不舍昼夜地流。

我知道,此刻我站在一个新时代的节点之上。山间的风,盘旋着从石门河谷吹来;土色的水,带着野性从脚下流走。"时光之河"—— 一个让我心生敬畏的词语跳出脑海,一个巨大的空间膨胀在我的身边,一股惊涛拍岸的时光在我身边卷起千堆雪。

古人说"心为物役",还说"境由心生"。我默默地看着我要勾勒的这片山水之间的彩色图形,幻化出一幅盛装的蒙古族女性头像。接着,景深退远,呦呦鹿鸣,而后出现一派勾魂摄魄的神奇幻境……

这就是包头。一座黄河之北的城市,一座我生活了近40年的城市,一座让我梦回千寻的城市,一座让我欢喜让我忧的城市,一座沉甸甸地伫立在时光之河的城市。

包头，是蒙古语"包克图"的谐音，意为"有鹿的地方"。面对这样一个宏大的主体，我觉得我无法言说。我没有史学家引经据典的考据，没有地理学家万水千山的抚摸，没有民俗学家一玩一物的把握，没有文化学家以启山民的辨析。

大道无言，但无言不一定就能映射出大美气象。前几年，余秋雨先生说，包头的赵长城像一个个巨大的脚印，在凄风苦雨中丈量着这片土地的"文化的体量"。一语中的，时光重来。在包头城东阿善沟的文化遗存中，有一件完好的双孔陶埙，古朴的泥土依旧可以吹响，上古的音韵洞穿了五千年的烽烟。战国时代，赵武灵王在固阳的山岭上肇始筑起了千里长城，石破天惊，为万里长城划下第一段山石蜿蜒。秦王扫六合，蒙恬率大军北击匈奴，色尔腾山上又多了一道长城，箭楼俯仰，砖石蜿蜒，成为华夏民族最早的家国情怀碑墙。后来的汉武帝，收复了匈奴占去的失地，将统辖势力扩展到了阴山之北，改秦九原郡为五原郡。

昭君出塞，一曲《出塞曲》传唱了千年，现在的黄河岸边还坐落着被称作"昭君墓"的土塬，迷幻着一个弱女子的羞花容颜。北魏在阴山设置六镇，最强大的怀朔镇，就在固阳县城东北。唐大将李靖率兵于铁山击溃突厥可汗，铁山即今天的白云鄂博矿山。辽、金时期，汪古部落就驻扎在达茂草原，敖伦苏木古城是这一时期的重要历史遗址。到了明代，包头最重要的人物是阿拉坦汗和三娘子。数十年间，他们维护了祖国北疆的统一与安定。康雍年间，移民如潮，至清初形成村落，谓包头村，属萨拉齐管。

俱往矣。逝者如斯夫！在我一次次想要描绘时光之河的时候，发现语言是如此的艰涩和苍白。于是，在勾勒出时光之河的轮廓之后，我发觉对于时光之河，其实是可以写成另外一种形态的，人的内心是极其伟大的，可以在思想之间变成故事、画卷、歌声、诗句，以及无声胜有声的缄默。在这个时候，我再一次明白——表达只属于表达者，和时光之河无关。

就在我想为时光之河做个概括时，被朋友一句点醒，他说："时光之河，就是个宽展。"大实话永远比修饰语给力。时光之河流过，雪山奔来的河流在此舒展起来，倔强生长的山脉在此延展起来，星垂平野的草原在此平展起来，开疆拓土的城市在此拓展起来，奶茶飘香的歌声在此招展起来，长河落日的心情在此开展起来，生生不息，千秋永续。但此刻我只想说我经过的这40年。

二

所有的自然史都是文明史，所有的心灵史都是个人史。人不能两次踏进同一条河流，在眼下来说，更是在喻指时光之河。

此刻总结我这一个甲子的命运，就是在一条河的南北浮游，在一条河的两岸往来驻足，其间，五千公里的河水穿过五千年的时光，时时刻刻在关键的时间节点为我浸润灵魂。我60年的个人史可以划为3节，每节以20年为时长。这些天，我的那

些少年时在沙漠边缘的伙伴们，像雨后的芨芨草一样穿越时光之河，一簇一簇地出现在我的手机微信群里，神奇的感觉就好像时间真就是一条河流，我们可以在某种力量之下洄渡回来，即便是在这微信朋友圈的小小界面上，时间显示出40年的跨度，而我们却没有丝毫的惊讶。

同样没有惊讶的是，这篇文字时断时续延伸的时候，我们已经进入到了夏天，我也从黄河岸边来到了京城一隅。虽然时间没有太大的延展，但是空间的转换使人生出微妙的差异感。北京这个初夏的热度让人惊讶，走在日益扩张的首都街面，竟生出昔日在毛乌素沙漠里燥热的感觉，于是，时间非正常回归，40年前的感受恍然若梦地被拽了回来。

那时候，我还是一个在毛乌素沙漠里生活的20岁的无知青年，坎坷和挫折已经使我对很多事情没有了热情和希望。就好像在沙漠里生长的无名野草一样，长年的干旱和无望的努力，让人心生沮丧，在那样干旱的沙漠里，没有雨水就没有生命和成长。

伴随着一个雨天的到来，远在千里的母亲在信中传达了一个消息——国家要恢复高考了。这一回是真的要考了，要我有一些准备。那个时候的我，已经不太相信这样的消息了，虽然年龄不大不小，却已经是"曾经沧海"。前几年的一个夏天，社会上盛传可以在选拔工农兵学员的同时，结合文化考试招收一些社会青年。我有幸被纳入了"可教育好的子女"而参加了考试，可是最终的结局依然是"华盖"如云，再一次鼓胀起来的"海市蜃楼"还没有落实在地表,就被蒸发掉了。

现在回想起当年的心态似乎都已经漠然,就像是一个盲人一样,命运在你出生之前就已经确定,一切好像都是命中注定一般,日子久了也就习惯变成了自然。在我的心里,我知道我这样的人只要能有一份劳动的职业,能够有口饭吃,也就满心欢喜了。至于其他的想望,我只能是看看、笑笑,然后默默地走开。因为我知道,如果没有40年前的那次伟大的改革,没有40年来薪火相传的改革推进,没有一次次地提升改革的力度和广度,今天的一切都将和我无缘,我和所有中国老百姓的努力都将是无用的努力和混沌。

三

所有的个人之歌都是时代和声,所有的个人史都是当代史。那个恢复高考制度的消息像一场甘霖唤醒了我心中的梦想的草芽。一场雨后,草原有了一些绿色,我的心中也生长出了希望。

在后来的日子里,"改革开放"一次次频繁地出现在人们的话题中,恢复高考的消息也被后来的事实证实是一次惊世骇俗的举动。在那个春天过后,在40年前的那场雨化作冬雪春风之后,我们整整11届的学生拥挤在一起共同走进考场,然后又非常陌生地走进大学的课堂,成为史称"七七级"的"文革"之后第一批经过高考的大学生。

对于历史来说,40年是一个不长不短的时间,但是对于个体的生命来说，这已经是其人生的绝大部分内容。我们那一批人曾经是我们国家最为成熟的一批骨干；我们的历史使命，也将在不久交给我们的后来者和下一代。但是，历史就是这样不讲因果地锤炼我们。我们也非常感谢决定了我们一生发展变化的伟大改革。这个改革不仅改变了个人的人生，更改变了中国历史进程。40年后回顾中国发生的翻天覆地的变化，实践验证了百年前振聋发聩的呐喊——"天下大势，浩浩汤汤，顺之者昌，逆之者亡"——言之不谬。

天下大势，唯有一字，就是"变"。时光之河，唯有一态，就是"动"。"天行健，君子以自强不息。"一座城市，就在历史的风云流转中生根发芽；一座城市，就在时光之河上蔓延开花；一座城市，就在长河落日中变化着四季；一座城市，就在历史风烟隐去之后，用改革和发展走向新的时代。相对包头这座城市，不论它的文明史多么悠久，不论它的建城史几度春秋，但是在时光之河里，包头最为波澜壮阔的时段，应该是我们刚刚走过的40年，它用"一瞬"超越了"百年"，它用"巨变"颠覆了"渐进"。于是，300年前的"水旱码头"、60年前的"草原钢城"，都在这40年里改变了自己的基因序列，包头正在进行着一场伟大的嬗变和飞升。

四

作为亲历者，我看到、感觉到、触摸到、体味到一座城市的改革发展变化。当我第一次踏上包头的钢铁大街时,我见到最多的是穿着工装、骑着各色自行车涌向包钢厂区的产业工人,情景令人震撼。那时候的钢铁大街只有现在的一半宽度,但是已经在朝阳的映衬下显得格外宽展。青山区的一、二机厂也是如此景象,每到上下班,"四角""红房子"附近都是人头攒动。东河区虽然没有什么太大的企业,但是小企业遍地开花,桥东桥西也有不少戴安全帽、穿劳动布衣服的人。"内蒙古自治区最大的工业城市"是包头的金字招牌,更是包头人的自豪和骄傲。那时候,包头人很"拽",产业工人收入稳定而且比例很高,衣食住行都水涨船高。外地人说包头就一句话:"有钱"。我当年在大学里教书都曾经想调到包钢去改行。包钢俱乐部、青山电影院门口,纺织女工衣裙飘飘,领西部区风气之先;楼堂馆所、歌厅酒吧,小伙子穿着牛仔服、工装鞋,在全自治区都能称得上时髦青年。于是在呼、包、鄂黄河两岸,"包老大"声名鹊起。

但是,在时光之河的波涛中,所有的存在都是大浪淘沙的结果。我们可以颂扬一座城市的崛起和兴旺,也必须理性地承认一座城市也会陷入停滞和衰落,包头也不例外。所有的荣光在一个时间段里会辉煌天下,但是,辉煌之火不一定是永恒之光,任何一个城市的命数就在一个原则之下,依然是"顺时而动,借势而为"。"时"与"势"其实是时光之河的浩浩汤汤,就看你是"顺之"还是"逆之"。只有不断地进行改革,一个有机体才会推陈出新,才会吐故纳新,才能优胜劣汰,才能在时间的序列中有一席之地,这就是改革永远在路上。

所谓改革,就是革故鼎新,就是放下甚至放弃以前的荣耀和负重,就是要重新回到起跑线上,积蓄力量,找准方向,跟上时代要求,不忘初心,砥砺前行。重工业城市、资源型城市,这是包头曾经的骄傲,也必将会成为它的包袱和重负。在新科技、新技术、信息化潮水般涌来的时代,工业革命带来的"经济繁荣"在时光之河里已显得步履蹒跚。改革再一次成为生死存亡的艰难选择。

进入新时代,改革再次成为伟大复兴的动员令和集结号,包头的转型发展、腾笼换鸟、提档升级,在一次次获得成功之后提升了要求,改革与发展成为这座城市的两翼。壮士断腕,强行起飞,放下包袱,改革前行。于是,《草原晨曲》再次唱响青山脚下,双翼神马再次飞扬天下。改革使得包头成为连接华北和西北的重要枢纽,中国对外开放的重点发展地区,国家和内蒙古重要的能源、原材料、稀土、新型煤化工和装备制造基地,呼包银经济带的中心城市。屡屡获得国家森林城市、国家园林城市、国家卫生城市、中国优秀旅游城市、科技进步先进城市等荣誉,4次荣获全国文明城市称号。

面对家园城市,面对时光之河,我们已经察觉到时间的流速越来越快,其实,天地有常,四时有序,时间没有变化,是时代发展速度正在以加速度的方式突飞猛进。就如同过往历史,"俱往矣"3个字足矣。40年来的中国,正在以亘古未有的速度书写一个民族的鸿篇巨制,改革发展再出发的速度让我确实感觉到笔力不及,常有"子在川上"之感慨!

时光之河

  不必讳言,在时光之河面前,个人渺小如沙砾一般。端午节到了,夏至也就在眼前了,黄河水要进入汛期了,积蓄两季的河水一定宽展了起来。我知道,此刻我在书写一个历史区间:1978—2018。40年的新旧容颜,40年的感慨万千。历史将会留下什么,留待后人评说。有时候,情感是需要文字表达的;有时候,情感是不需要文字束缚的。当我返回包头的时候,清晨的阳光洒满青葱敕勒川,我看到土地上的人们,看到九峰山上的云影,看到树枝在风中摇曳,看到厮守相依的家族墓地,看到骑摩托车穿越田埂的汉子,看到瓜地里皮肤黝黑的妇女的背影,云朵在我耳边唱得荡气回肠,我感觉到阳光的抚摸,我的泪水流了下来……

  我知道,我又一次渡过时光之河……

回望北梁

王存喜

《天地人心——包头北梁棚户区改造纪实》一书,在我的案头摆放了两年多。一直想摆到书架子上,却迟迟没动,为什么?为的是不忘却那些采访写作的日子,为的是思念北梁上那些搬迁户悲喜的笑脸和泪水,为的是追忆那些政府派出的2000多名为搬迁户做"跑腿的"干部。

北梁棚改"四年规划,三年完成",实际上只用了18个月就完成10.9万人、430万平方米的房屋征拆任务。群众高兴、政府满意是北梁改造的一大亮点,就是天——地——人——心!书写北梁是我们十几位作家的一次重要历程,也是一次城市建设难忘的记忆。

北梁在我笔下,北梁在我梦里。2018年6月,我去东河给山东的朋友寄点东西,怕开车走错路,又怕不好停车,便决定乘5路公交车去。上车不久,稀里糊涂地睡着了,睁开眼,车已经到了终点。下了车才发现已经到了北梁新区,忙向一个提着菜的路人打听,才知道5路公交车的路线改了,终点站就是北梁新区。

天气凉爽,又不是很着急,索性一路慢悠悠地走着。北梁新区街面整洁干净,道路两侧绿树成荫,就连路上的行人似乎也变了。走走停停,便想着去老北梁瞧瞧。那个曾经的包头文化中心、经济中心,那个旧时商贾云集、文商同聚的重要据点,那个拆迁前贫民窟一样的老北梁如今变成了什么样?这样想着,心里一下子急迫起来。恰好一辆出租车摇下车窗招揽生意,我顺嘴说了句去老北梁。

司机是个中年女人,她问:"去北梁的什么地方?"我愣了愣说:"绕着北梁随便走走吧,别开太快。"司机微微瞟了瞟我,很纳闷的样子,我笑着解释:"北梁改造那两年我是这里的常客,近几年没来过,就是想看看。"司机笑着说:"你是市里抽调动迁的干部?我就是北梁拆迁下来的居民,以前住在三官庙头道巷。哎呀,那时候的动迁干部真是不赖!他们真是替老百姓办事说话呀……"

上车不久,微微有些走神,思绪飘落在一个微雨黄昏的巷子,耳边泛起一串清脆的童声:大院院、小院院,里面套个圈圈圈;长巷巷、短巷巷,里面是点儿黑浪浪;土房房、泥墙墙,旁边盖个炭仓仓;没厨房、没书房,进门就是一盘炕……那是一次走访中无意看到的场面,几个学龄前孩童的奔跑声、欢笑声,夹杂在微微的秋雨中,消失在煤堆后,沉寂在参差不齐、拥挤杂沓的小巷里。

再次想起了《贫嘴张大民的幸福生活》中的一个片段。

张大民结婚时没有房子,为了这个房子,他几乎是绞尽脑汁,最后在他们家窄小的院子里又接盖出一间小房子,并且将一棵石榴树圈在了房子里。摆放床的时候,床架子勉勉强强塞进去,放不下床屉,让石榴树挡住了。张大民硬是把床屉竖着锯开,在两边各挖了一个半圆,像古代用刑的木枷,往床架子上"咔嚓"一合,"犯人的脖子"——那石榴树就从双人床中间长长地伸出来了。

当初的北梁,像张大民一样接盖房子的人家比比皆是。每一家的地方都有限,在有限的地方不断滋生出更多各式各样、大小不一的房子,北梁越发憋屈、杂乱无章了。

北梁最大的优点是包容,是吐故纳新。有钱、有本事的居民不断地从这里搬出去;城市的打工者,周边的农民又一点点挤进来。搬出去的人虽然走了,可他的根还留在北梁;搬进来的,又想方设法地把根扎进这片已经盘根错节的土地里。周而复始,北梁不仅越发地凌乱,而且畸形地臃肿起来。

《贫嘴张大民的幸福生活》离我们毕竟遥远了些,而电影《立春》片头那组空镜头带给我的则是一种别样的酸涩。镜头从一个油漆斑驳的亭子开始,拉长后是一片看不到尽头的破旧平房,颜色灰暗、沉重、萧条,甚至有些苍凉。

这是一个真实的镜头,它就取自北梁。电影的拍摄时间是2006年,讲述的却是20世纪80年代到90年代之间发生在我国北方一个工业小城中的故事。

从这两个时间节点上看,北梁落后了将近30年。

车子在爬坡,外面的风景有些眼熟,却又陌生。我说:"是不是往先明窑子小学那边走呢?"见我说话,司机说:"是了哇,你真行,还能记住,这儿的变化太大了,外人一般都分不清。"

在好长一段时间里,进入北梁居民区,总觉得像一下子跌进了七拐八绕的迷宫。一家的院墙向外扩了点,一家的南房向前挤了挤,一家又接盖出一间小房子,使原本细长的巷子越发弯弯绕绕了。行走在巷子里,或是站在某个巴掌大的院子里,就像是一只坐井观天的青蛙。

采写的过程中,我多次在资料中见到这样的字眼:居住密度大,拆迁成本高,改造难度大。随着采写的深入,我对居住密度大的感触渐深,一房多户、一房多代,比比皆是。2014年秋,爬上转龙藏的高处回望那片夷为平地的废墟时,瞬间彻底理解了那句话的含义,那个迷宫似的北梁真的很小,那么小一片土地居然容纳了那么多的人,想想都觉得不可思议。

2004年,辽宁在全国率先启动大规模的棚户区改造,全国棚改启动始于2008年。而北梁的拆迁改造在2003年就已经开始了,从这个角度上看,北梁的拆迁改造并未滞后于全国棚户区的改造。

2003到2013年,10年的时间,北梁总共完成改造面积1平方公里,安置住户1万余户。剩余的待改造区域上涉及房屋总面积300多万平方米,有3万多户、8万人需要安置。

10年完成了不足10%的面积,确实太慢了。

这个慢又是那样的无奈。那时的拆迁改造是以开发商为主,作为开发商,是以赢利为前提的,而北梁的低收入群体实在庞大无比。东河区登记在册的失业人员高达1万多人,其中70%以上居住在北梁。东河区低保人员3万多,占全市总数近50%,其中40%以上集中在北梁。于是,10年的拆迁改造进展得疙疙瘩瘩,缓慢无比,还遗留了很多问题。

听说过"夹心巧克力""夹心蛋糕",在一次走访过程中,我第一次听到"夹心房"这个词。在众多的拆迁户中,这部分居民是最迫切、最渴望拆迁的。如果你不刻意去寻找,这些隐蔽在楼房群中的破旧平房是很难找到的。生活设施不全、缺水断电、道路不通的夹心房像是一块块被啃过的骨头,肉大好啃的地方都被啃干净了,剩余部分啃起来要比之前艰难得多。对于开发商而言,也毫无开发价值。

这些"夹心房"更像是一块块疤痕留在了干净整洁的楼群中,风沙雨雪虽然磨掉了当初残垣断壁的刺眼与突兀,却抹不掉百姓心中那永远的痛。当人们随着拆迁办的工作人员走进这里时,一双双热切的眼睛跟过来,粘在身上。简单的对答:"甚时候拆呀?""快了,快了,准备好住新楼房哇。"那边的眼神越发热切了。一个拄着棍子的老画家颤巍巍地从半截断墙上站起来说:"感谢党,感谢政府!这日子总算熬出头了……"

车子越发慢了,我忽然很无厘头地嘟囔了一句:"不知道那个光屁股小孩现在怎么样了?"

"你是说蛋蛋吧?"

我一时没转过弯来,说:"我说的是高宇博,李克强总理来三官庙北梁视察时抢镜头的网红小孩儿。"

"哎呀,说的就是一个人。我前些日子还见了,可长高了,还懂得害羞了。"

北梁,弹丸之地。

有时想想，若不是党和政府改善北梁棚户区广大居民生活条件的信心和决心，北梁棚户区的改造绝对不会那么快就完成。

到现在还记得，2013年2月6日《新闻联播》中的一个镜头，时任副总理的李克强在包头东河区视察棚户区时，一个光屁股小男孩儿抢镜头了——他从衣柜中溜出来钻进了被窝。生活气息浓郁的背景画面瞬间拉近了总理与一个普通棚户区老百姓的距离，也更进一层体现出了党和政府对北梁棚户区人民群众的关心。

那一天是蛇年的小年。

仅仅过去了不到一年的工夫，光屁股小孩一家随着乔迁的居民搬入了宽敞明亮的新楼房。那一天，孩子的爷爷高俊平怎么也按捺不住激动的心情，操起纸笔给李克强总理写了一封信，把这一年来的经历、感受以及总理来北梁之后的变化，还有自己一家喜迁新居，搬进水电暖气配套齐全的新楼房的事报告给总理，还诚心实意地请他再来北梁，再到家里坐一坐。"好多年不写字，很多字已经不会写了，短短的一封信翻了十几回字典。"老伴奚落他说："神经病，人家总理那么忙，哪有工夫看你的信！"

任谁都没想到，一个月后，总理的回信来了，落款的时间是2014年1月30日，这一天是马年的大年三十。总理是在大年三十写给自己的回信，老高激动得双手颤抖，一边读一边流泪。总理日理万机，过大年了还惦记着自己，牵挂着北梁搬迁户。

思绪还在天马行空中飘荡时，车子停了。诧异间，司机笑着说："我不知道你是个干甚的，觉得你跟北梁有感情，下来看看吧。我等你，不打表。"我笑着说："不打表，是在替我省钱，那为啥呀？"司机不假思索地说："我在梁上住了几十年，要不是赶上棚改的好政策，我现在还不知道干甚呢。就说这辆出租车吧，那也是沾了棚改的光。我男人以前在内配厂上班，小叔子和小姑子都是第一印刷厂的工人，企业在1995年前就不行了。要不是这次棚改解决了大家的养老问题，哪敢合股买这个车呀。"

我笑着说："都说北梁是包头的文化之魂，我倒觉得拆迁前的北梁是个养穷人的地方。"司机由衷地说："是呢，但你只说对了一半。北梁是个养穷人的地方，但那次棚改最最受益的恰恰是我们这些穷人。推倒的不仅是老旧的房屋，也改变了我们好多人谋生的观念，更改变了我们对政府、干部的看法。拆迁那会儿，我听过老辈人喊出了'又见到共产党了'这样的话。"

我站在高高的北梁上，梁下是新建的楼房，再远处是鳞次栉比的高楼大厦，更远处是北梁新区，在夕阳里熠熠生辉。

"安得广厦千万间，大庇天下寒士俱欢颜"是唐代诗人杜甫的名句。诗人忧国忧民的情感和济世悲悯的情怀，千百年来一直激动着人心。而今，这个理想在内蒙古包头的北梁上实现了。

那么明天呢？我们会在哪里进行棚户区改造，又会在哪里看到喜迁新居的群众呢？

我来告诉大家：凡是有棚户区的地区，政府都要拆迁改造；凡是五星红旗飘扬的地方，人民群众都将拥有"广厦千万间"！

钢铁大街"三部曲"

张树宽

　　太阳醒来的时候,天空中的朵朵云彩用自己的柔情,擦拭着钢铁大街两侧的高大的楼房;小鸟儿从窗前掠过,明净的窗玻璃快速留下飞翔的倩影;大街两侧的树木,给大街镶上了翠绿的诗情画意。此刻,钢铁大街上已是车水马龙,争先恐后地往包钢厂区涌动。那些红色、绿色、白色、黑色以及银灰色的小轿车,把整个大街装点得五彩缤纷,成了时尚的流行色。面对大街上的风景,我不禁赞叹:哦,如今的包头!如今的上班族!

　　驾车上班,是职工们的骄傲与自豪,是改革开放发展的必然。然而,在20世纪60年代第一个阳光明媚的春天,我走进包钢成为一名工人时,每天都是激情满怀、斗志昂扬地步行上下班。那时,天还没亮,从四面八方涌出的人们汇聚于钢铁大街,人潮涌动,如长河中翻滚的浪花,十分壮观。正如著名诗人李瑛在《包头钢铁大街的清早》一诗中所写:"几十里的路面黑压压,赛过黄河万里涛。——这条大街的名字起得好,不然大街早给踩烂了。"这几句诗真真切切地写出了当时钢铁大街上步行大军的豪迈气势。

庆祝改革开放40年文学作品集

那时,我和工友们一样,从宿舍到厂区的十几里路程,我们每天用双腿丈量,没有一点儿疲倦的意思。一天的紧张工作,换来的是汗湿衣衫的轻松。傍晚,太阳转过脸去,走了,给包钢洒下遍地霞光,让人们享受一种特别的温馨。劳动了一天的人们,又甩开双腿,汇入了下班的长河里,变成一朵朵欢快的小浪花,不停地跳跃,高兴地唱起《草原晨曲》那首歌儿:"我们像双翼的神马/飞驰在草原上/啊……/草原万里滚绿浪/水肥牛羊壮/再见吧绿色的草原/再见吧美丽的家乡……我们将成钢铁工人/把青春献给包钢。"

塞外的天气像孙悟空的脸,说变就变,刚才还好端端的,霎时间裹着沙粒的狂风便向我们打来。那个"黑风口"更是向我们示威,昏天黑地,让人睁不开眼睛,看不清方向。我们只好用工作服包上脑袋,和工友们手拉手摸着往前走,待走回宿舍,发现比平时多走了半个小时。于是我们相视而笑,笑大家那一脸的灰尘,笑自己像蜗牛一样。有一天,突然下起了大雨,雨中漫步,应是一种享受,然而,衣服紧紧地贴在身上,凉风一吹,瑟瑟发抖,可是我们依然笑得灿烂。就这样,日复一日,年复一年,那种步行的艰苦日子,硬是让我们用双腿走到了尽头。

后来,我买了一辆"红旗"牌自行车,高兴极了。我把车子擦得光光的亮亮的。每天骑着自行车上下班,口中哼着小曲,心情十分舒畅。慢慢地,我看到上班的人们都变得和我一样,骑着崭新的自行车,在钢铁大街上疾驰如飞。啊,自行车,我们终于有了属于自己的自行车!除了上下班可以为自己创造方便,还可以在星期天约几个朋友骑车郊游,去水库、去黄河、去草地,让心回归大自然,让思绪自由地飞翔。外面的世界很精彩,草绿得发蓝,水柔得发皱,空气鲜得像刚打开的酒坛。我们坐下来"捉娘娘"、玩"楚汉相争",往往为一张牌、一步棋争吵得面红耳赤,人们乐得前仰后合。那是友谊的流露,那是情感的激荡。几朵白云飘过来,乐得流出了眼泪,几只小鸟飞过来叽叽喳喳地为我们叫好……

再后来,改革一如和暖的春风,吹绿了草原,吹绿了草原钢城,吹绿了人们的心事。此刻,自行车、电动车也显得陈旧、笨重了,取而代之的是小汽车,成为时代的宠儿,成为得心应手的坐骑。于是,人们买回一辆辆汽车。"旧时王谢堂前燕,飞入寻常百姓家。"人们上下班或走亲串友,驾着小汽车,威武气派,光鲜亮丽,成了钢铁大街上一道美丽的风景。啊,步行、骑自行车、开汽车,一步一个台阶,一步一段历史,一步一个辉煌。这个钢铁大街"三部曲",已经续写了半个多世纪。

清晨,我站在钢铁大街的一侧,心情舒畅,春风满怀,凝视着满街的小汽车,看它们怎样鸣响喇叭缓缓行进,看它们怎样披着朝霞驶进厂区,看它们怎样续写包头和包钢发展的前景,看它们怎样被写进改革开放的大书。

包头往事

李汉臣

1957年冬,6岁的我随父母工作调动,由北京来到包头。那时北京火车站还没有盖好,我们是从前门老火车站上车,坐20多个小时,才到包头沼潭火车站。

沼潭火车站当时刚刚盖好,感觉有一点仿效苏式建筑风格的意味。作为一个孩子,觉得顶棚好高,包括两边候车室的顶棚,我站在候车大厅里显得那么渺小。好多年后,包头建起今天的新火车站,不知为什么,我总觉得新车站顶棚不高,没有老火车站气派。

到包头以后,我们全家住在昆都仑区32街坊,当时叫"南排地",说明32街坊当时是属于南排村的土地。

32街坊的周边,没有一栋房子,到处是黄沙漫漫,沙堆上长着稀疏的荒草,在沙丘上玩"打仗"、抓"马蛇子"(蜥蜴)、扇洋画、弹玻璃球,是我们几个邻居小伙伴玩耍的主要项目。

钢铁大街是两块不宽的水泥板拼在一起、伸向包钢的一条路。

水泥板的两边是起伏的沙丘。沙丘上长满各种荒草和药材,现在还记得有"甜草根"(甘草)、蒲公英、苍耳子和狗尾巴草。孩子们喜欢挖"甜草根",挖出来剥了外皮嚼着吃,偶尔还把绿色的苍耳子咬开,吃里边白色的籽。后来大人告诉我们苍耳子有毒,就不敢再吃了。

32街坊没有托儿所。大人们上班后,我们一群孩子就坐在沙丘上数钢铁大街上的汽车。一辆辆汽车没日没夜地向包钢建设工地运送建设物资。当时的汽车载重量只有4吨,大多是苏联二战时期出产的"嘎斯69",偶尔可以看到长春一汽出产的新"解放"牌卡车。在孩子眼里,这些大卡车都是庞然大物。

1958年是一个火红的年代。中华人民共和国在刚刚过去的1957年提前超额完成了第一个"五年计划",整个国家和社会,到处都洋溢在"鼓足干劲,力争上游,多、快、好、省地建设社会主义"的热烈气氛之中。即便是个孩子,也能被大人们没日没夜地加班,兴奋地敲打着锣鼓向上级领导部门报喜,或提前超额完成了某项生产任务时,用锣鼓和鞭炮声宣泄快乐和激情的时代气氛所感染。

那年我7岁,不知道大人们为什么会那么激动。但跟在包钢各个单位庆功的队伍后面,到包钢或二冶办公大楼蹦呀跳呀看热闹,是我们一群孩子非常快乐的时候。

我的父母亲在包头黑色冶金设计院工作。孩提时代的记忆里,父母亲总是在加班,回到家里总是很晚。特别是父亲,他是包钢机械总厂设计的总负责人,经常不回家,住在现场办公,最长的一次加班26天没有回家,坚守在工厂一线。那时只有处级以上干部可以由单位安装电话,而我父亲回不来或加班的消息,都

是通过同事捎口信告诉母亲的。

1958年,父亲所在单位的宿舍楼建好了,就在八一公园对面,与公园隔着一条钢铁大街。我们搬进了新家。我也在包钢四小上了小学一年级。

那时4层楼高的设计院办公大楼是周边最高的建筑,孩子们常常背着门卫跑到楼顶去眺望,觉得看得好远好远。

八一公园最早是包头军分区的战士们义务劳动修建的"公园"。说是公园,其实是一圈院墙围着大片荒地,连树也没有几棵,今天看到的大树,都是后来陆续种植的。

我们四五个小伙伴结伴上学时必须穿过八一公园,里面密密麻麻长满麻秆儿。我们几个小孩子就用手扒开麻秆儿丛,从麻秆儿丛里穿过,后来陆续形成了一些我们特有的"上学小路"。放学后,大家在麻秆儿丛、蓖麻丛和草丛里捉迷藏,有时很晚才回家。

20世纪50年代的冬天非常冷,比如今包头的冬天温度要低十几度。早晨起来总能看到自家的玻璃窗上结了一层厚厚的窗花。孩子们都喜欢那些晶莹剔透的冰花,用手指点化窗花去看外边的世界,有时用鼻尖去融化冰花。当时包头的两位著名的播音员江红(女)和舒田(男)每天都要广播天气预报,记忆中那时的最低温度经常在零下三十三四度。

从1958年开始,钢铁大街两侧陆续出现一些建筑。首先是包百大楼建成了,今天的包百步行街原是一溜平房店铺,店铺从事的都是全国支援包钢的服务业。理发店的师傅清一色来自上海南京路的大理发店,师傅们一边给客人理发,一边用一口流利的"苏白"斗嘴,听起来非常好玩儿;钟表眼镜店里有天津亨得利钟表眼镜店的师傅来修表和验光;有一家"甲级"饭馆,是当时昆区最上档次的"豪华"饭馆,后来几经演变,成为今天的天津"狗不理"包子店;还有从上海迁到包头的一家照相馆……从当时商业的布局看,20世纪50年代真正体现了全国支援包钢。

上小学前,母亲带着我去包百大楼选购书包和文具,头一次进包百大楼觉得那里的产品太丰富了。有手风琴、二胡、笛子、扬琴等乐器,有"红双喜"牌的乒乓球和球拍,有"大金星"牌、"关勒铭"牌、"博士"牌的金笔……全是国产名牌,琳琅满目。我一辈子喜欢看文具、买文具,就是因为那时母亲带我买文具的经历留下的"嗜好"。

我的第一个铅笔盒是绘有孙悟空大闹天宫图案的铅笔盒,我大姐的铅笔盒是绘有小白兔拔萝卜图案的。有人说"人生识字糊涂始",可是我在摆脱童蒙、迈进校门、走向文明时代的第一个铅笔盒,到年近七旬仍不能忘记。

还有一件事值得记忆。1959年中华人民共和国成立10周年大庆时,著名京剧表演艺术家马连良先生来包头演出,那个时代尤其鼓励艺术家到基层为群众服务。

那时包百斜对面的钢城饭店及周边67街坊以北的一片地方,是长满衰草的沙地,每年除过年前允许出现很短一段"自由市场"(那时农民上集市出售农副产品是受到严格限制的,不鼓励的),卖一些年货,如鞭炮、6角5分一斤的猪肉、3角5分一斤

庆祝改革开放 40 年文学作品集

的羊肉,3 分钱一斤的大白菜,2 分钱一斤的青萝卜,平常这里是荒野小路。

马连良先生来包头慰问包钢工人的演出,就在那里搭的台。演出的剧目是《打渔杀家》《甘露寺》。我从小喜欢京戏,也跑去看戏。那天人山人海的场面给我留下极其深刻的印象。我个子矮挤在人群里基本什么都看不到,偶尔从人群的缝隙里可以看一眼舞台上的马连良,从那以后,凑热闹的事情我再也不去了。

孩提时代的记忆总是断断续续,有些很深刻的记忆也都是片段,但是它和 70 年来包头这座城市的变迁连在一起。

如果说走西口和东河老区的出现是包头作为近代城市兴起的开端,那么当代城市的出现则是 20 世纪 50 年代初,中央决定在包头建设大型钢铁基地给昆都仑区带来的发展变化,这也是包头由一片荒凉的沙原变成一座工业城市的开端。

20 世纪 50 年代,包头城市的建设还是低水平的,当时有个口号叫作"先生产后生活"。

大量低矮的平房安置了数十万天南地北来包头进行包钢建设的人群,城市的生活配套设施很不完善。真正的变化,是在 1978 年党的十一届三中全会以后,在这 40 年当中,包头已经变成一座现代化城市。

包头百姓最直观的感受是从农村改革开始的,农民有了属于自己的可以耕种的土地,能够收获属于自己的粮食蔬菜和经济作物。城市市民立刻感觉到,街上的物质变得丰富了,人们扔掉了粮票、布票这些计划经济时代的票证,市场变得丰富多彩。

很多凭票供应的食品,肉类、鸡蛋、蔬菜等在市场上都可以买到,票证在无形中被废除了。

人们从家务劳动中解放出来较直接的感受,是20世纪80年代洗衣机走入每一个家庭。从1984年开始,包头的老百姓陆续购买了洗衣机、电冰箱、电视机。人们有了更多的用于工作之外的休闲时间。

进入20世纪90年代,中国的通讯事业和互联网开始迅速发展。包头的百姓陆续有了自己的手机,从紧张的工作到约饭局、约牌局、约外出旅行,手机渐渐变得不可或缺。而台式计算机也在90年代走进了学校、机关单位和家庭,人们开始用互联网了解世界。计算机由最早的286、486、586发展到电脑笔记本。当时的笔记本非常昂贵,要1万元以上的价格。90年代,1万元以上是个很高的价位,绝大多数人买不起,印象中只有大公司的老板们才提着笔记本乘着飞机到各地去谈生意。我家第一台台式计算机是586型,头一次用电脑看电影、听音乐,觉得非常神奇!

尽管我在90年代就听说手机可以看电视、听广播,但那时只是姑妄听之、姑妄信之。手机在我的手里只是打电话、发短信。逢年过节,没完没了的祝福短信成了包头市民的新民俗,走家串户的拜年习俗渐渐消失,这也是新时代的新变化。

进入21世纪,随着互联网的升级,3G变4G的网络在包头落户,手机真的可以看电影、看电视、听广播、听音乐,"互联网+"和微信、支付宝的迅速发展,网络购物、购票、转账等功能,极大地方便和丰富了群众的生活,连早上买根油条、买杯豆浆,

都可以打开手机在互联网上下单,一会儿就有人送到家里。

轿车在最近的10年之内进入寻常百姓家。人们不仅驾车上下班,休息日也可以带着全家去风景区旅游,不少人的生活已超越了"小康",正在向更加幸福的明天飞奔。

变了,包头的一切都随着时代的变化而变得更好。从飞机上俯瞰,城市变成了绿色的海洋,街道更加四通八达、宽阔美丽,路灯、街心花园、喷泉、绿地为包头市民提供了优雅的环境。入夜后,一片灯海入万家。宜居城市的美称绝非浪得虚名!

我有幸和包头现代城市的出现、发展同龄,亲眼看到这座城市60年,特别是改革开放40年的变迁。把一个普通市民对城市星星点点的记忆留下,也是对包头往事或包头历史面貌完善的点滴补充。

白云鄂博记忆

张钟涛

白云鄂博的绿

离开白云鄂博快 20 年了,最放心不下的就是住在矿山的父母。我们曾多次苦口婆心地相劝,让他们来城里住,可说什么也没用,他们就说矿山好,在那里住着安静舒心。好在白云鄂博离市区不远,现在的路也十分畅通,只要有时间,我就经常回去看看他们。这些年来,每次回到矿山的时候,我就感到这座边塞小城好像一天一个变化似的,楼房片片崛起,路一条条拓宽延长,街市也热闹繁荣起来,就连马路上的车流也成了彩色的河。这座曾经荒凉偏僻的草原小镇,如今已充满现代化的气息。然而,让我感到变化最大的还是白云鄂博的绿。这个绿好像是被压抑了很久一样,随着改革开放的春风一下子喷发出来,绿得那么猛烈,那么纯粹,那么痛快。

7月的一天,我从母亲的家里出来,去矿山公园遛弯儿。我简直不敢相信自己的眼睛,这片曾经是沙土和山岩裸露的地方,曾经是煤灰和生活垃圾成堆的地方,如今却变成了一片绿意盎然的林海。整个公园被一条条小路切割成具有不同特色的花圃、小湖泊和草地。白云鄂博人也许永远也忘不了那座屹立在神山之上的敖包,曾经给这座小城带来了多少富裕和昌盛。如今,他们又建起了另一座象征着吉祥和安康的敖包。此时,它就坐落在矿山公园的南山坡上。飘扬的经幡随风舞动,高耸的苏鲁锭在风中歌唱,仿佛传递着那份圣洁的情感。这些情感交融的画面,在我的眼前铺展开来,就像大幅的水墨丹青,让人有了蓬勃向上的生命之感。当然,我所说的水墨丹青,无论如何也不能与江南秀丽的山水相媲美,但对于气候异常恶劣的白云鄂博来讲,绝对是一道靓丽的风景。

没有到过白云鄂博的人不知道,这里除了干旱多风、低温少雨外,还十分缺水。随着工业的发展,居民饮水十分困难,所以种好种活一棵树的难度就可想而知了。在矿山公园的地面上,爬满了一条条黑色的小滴灌,它们整齐地连接起来,为每一棵树、每一片草坪注入血液。像这样的公园,白云鄂博不仅有一座,还有正在兴建的湿地公园与矿山公园遥相呼应,它们就像镶嵌在白云鄂博身上的两块碧绿的翡翠。白云区委宣传部的同志对我说,在短短几年的时间里,白云鄂博城市绿地已达到345万平方米,种植树木13万株、灌木9万丛。外界还有29.5万平方米的防风林。仅矿山公园就有65万平方米被绿化。

白云鄂博还有一个已经开始计划实施的项目,就是要造一个胡杨公园。这是个不错的想法。再过些年,当白云鄂博的胡杨成林成片时,白云鄂博的绿将有某种意义的超越,不仅有着南国的妩媚,更有着北方的刚劲和勇猛。因为它的身上注满了岁月的沧桑,也注满了温情和丰腴。

我想,其实,白云鄂博的绿,真是靠白云人干出来的。这一点,我是非常清楚的。在这片土地上,一代又一代的人从来没有失去对绿的渴望,但也确实留下了很多遗憾。

去年白云鄂博奇石节期间,我陪同外地来的几个文友到矿山上看看。当我站在主矿采矿的观礼台上,望着那个巨大的、凹陷的矿坑,我的内心突然涌动出一种很复杂的思绪来。这座储存着几十种稀有元素的宝山,在给人类带来巨大经济财富的同时也毁灭着自己。这座山的开采,使整个白云鄂博的生态受到了很大的破坏。

且不说几百年前,就说20世纪二三十年代,那时这里是牧民的草场,水草肥美,山青水绿。60年代中期,我依稀记得,主东两座山峰的周围还是草绿花艳,我和小伙伴们顺着山路爬上山顶去捉铁蝈蝈。如今,这座山延绵几公里都已"伤痕累累",梯田一样的采场呈螺旋式下沉,你已经无法看到铁山昔日挺立的雄姿了。失去的不可能再来。我的目光又被那些错落有致地堆砌在一起的排土场吸引了,山的周围几乎被这些高大的岩石场包围起来了,它们的样子就像厚重高耸的城墙一样。陪同我们上山的工程师小范对我说,这些年加大了对矿岩的保护,这些矿岩里面储藏着大量的稀土、铌、钾等资源,因此这些堆积如山的排土场是禁止挖采的。从小范的话语里,我似乎又明白了一个道理,矿山资源的利用和保护,其实也是生态环境建设的重要内容。白云鄂博要金山银山,也要绿水青山,现代工业文明与草原文化的结合,从某种意义上讲，也成了白云鄂博打造绿色边塞小城的共识和梦想。

如今，所有走进白云鄂博的人，恐怕再也不会用"荒芜""凄凉"这样的词语来描述它了。如果你在最美的季节走进它的怀抱，就可以真切地感受到它绿的气息，听到它绿的喧嚣，可以沐浴草原吹来的清风。漫步在白云大道上，你会浮想联翩。白云鄂博这座山城，从远古走来，经历了那么多的风雨沧桑，白云人的信仰是红的，但他们的生命与绿联系得那样紧密。

白云鄂博的路

我对白云鄂博的记忆，还是从一条路开始的。20世纪60年代初，一个寒风凛冽的夜晚，我跟着父亲和母亲坐着绿皮火车，从东北辽东湾的一个小乡村来到白云鄂博。那年我才4岁。到火车站接我们的是我从未谋面的大伯。在这之前，他已经为父亲在矿山找到了一份工作，是他打电话让我们来到这里的。在大伯的引领下，我们茫然无措地走在一条坑洼不平的路上。现在想起来，我的人生之路也就是从这个夜晚，或者说从这趟开往白云鄂博的绿皮火车开始的。那个夜晚，我记得走了很久才回到家里。后来我才知道，从火车站到我们住的地方也不过2.5公里的路程，但因为夜黑，路况又不好，所以我们走的时间很长。那时的白云鄂博，只有一条路，就是如今的矿山路，西至火车站，东至水库。西高东低，如遇大雨时，这条路又成了泄洪的河床。待大雨过后，积水完全退去，这条沙土路被冲刷得遍体鳞伤。每天不论是

时光之河

清晨还是傍晚,上下班的人流都要从这条路匆匆穿过。它就像一条皮带机一样,每天不停地输送人。这条路在蒙古语中叫"嘎什那格勒"(意为苦河)。据说,在很久以前,这条路是一条缓缓流淌的河流,河流的两岸水草丰美,牛羊成群。游牧民族在这里繁衍生息。

说得更远一点,1400年前,这条河的两岸烽烟四起。630年,唐朝大将李靖与东突厥颉利可汗数千兵马曾在这里进行了一场"铁山大战","截围一百里,斩首五千级"。最后,这场大战以李靖大败突厥而收场。

1226年,成吉思汗的爱将特里古斯率兵西征时,也曾在这里驻留,他的坐骑就是顺着这条河流跑进了神山,而金马驹的传说也由此而生。

如今,这条河已经干涸了。历史邈远难考,但我一直想知道,它为什么叫苦河呢?包钢作家燕歌在《白云大道》这篇散文中,曾有过这样的一段描述:"传说很早很早以前,一个部落的牧民们,在勇敢的摔跤手阿里哈察的率领下,把部落里几个贪婪暴虐的王公贵族全部杀光,暴动的人们开始向南跋涉。整整走了一个月,队伍来到了小河边。这里巍峨的山势、喷涌的泉水引起牧民们的兴致,于是,这百余名奴隶就在这里定居下来,小河北岸第一次出现了成排的蒙古包。夏去秋来,奴隶们在这里过着幸福的生活。可是没想到,在一个雨后的秋夜,官府的骑兵纠集了几个部落的将领,开到小河南岸扎下了营寨。他们同敌人展开了殊死搏斗,这场血战持续了七天七夜。虽然,英勇的起义军杀死了9倍于自己的敌

人,但是,终因寡不敌众而全部壮烈牺牲,英雄的阿里哈察也葬身激流。日久天长,草原裂出了道道红缝,从此,这片无名的草原被称为'乌兰察布'——红色的裂纹。从此,这条无名小河也有了名字,牧民把它叫作'嘎什那格勒'——苦河!"作家笔下的传说,似乎有了些悲壮的色彩。

如今,知道这条河的历史的人更少了。即便是生活在这里的老人们,也不会谈起有关这条河的来历。那时,他们最向往的就是这条尘土飞扬的路能够变成一条油光铮亮的大道。现在想起来,这个想法并不过分。但在那个贫穷落后的年代,一条路却让矿山人想了几十年。

80年代初,改革开放的春风吹进了矿山小镇,也让白云鄂博开始驶进追逐梦想的快车道。我清楚地记得,矿山路铺上最后一层柏油之后,矿山人欣喜地走在上面。这座与外界封闭了很久的边塞小城,终于有了一点现代化的气息。随着路的变化,矿山路两侧原有的那些低矮破旧的土房子也很快被拆除掉了。随之而来的是一座座楼房的崛起,一条条新路的延伸。稀土大街、丁道衡路、百灵道、地质道,这些引人遐思的名字,像一条条血脉把白云鄂博连在了一起。

有一次,一位朋友问我:"白云还是一条路吗?"这话当时把我问得有些尴尬。我说:"你都多少年没去白云了吧?"他说:"快30年了。"我说:"那你哪天回去看看吧。"是啊,很多人对白云鄂博的认知还停留在过去。如今的白云鄂博已经华丽转身。那个曾经荒凉落后、其貌不扬的边塞小城,变得越来越美了,越来越有现代化的味道了。

2017年,我有很长一段时间回去照顾母亲。正赶上矿山路和通阳路道路管网铺设,街坊小区的管网及道路也进行了硬化,这对白云鄂博来讲是史无前例的。一年之后我才知道,这次大规模的改造对白云鄂博今后的发展有着多么重要的意义。如今的白云鄂博不会再为下水管道的堵塞而发愁了,特别是街坊小区里的改造,屋前房后全部进行了硬化,煤气、纯净水也走进了千家万户。重新改造后的道路两侧又新增了人行道,安置了漂亮的路灯。当你乘着清爽的风,漫步在大街上,你的内心会油然升起一种幸福感和自豪感,你会自觉地把自己融入这个安静祥和的小城里。你会情不自禁地吟诵出"白云鄂博,请你告诉我"那段美丽的旋律;你会说,白云鄂博,你就是我生命扎根的地方。

白云鄂博的风

白云鄂博这座饱经沧桑的边塞小城,总是呈现出勇猛的力量。白音博格都仿佛是它骄傲的头颅,低缓的东介格勒就是它的肩头。坐落在新宝力格草原上的巴润,那片赭红色的采场多像它起伏的胸膛,而催生它刚劲肌腱的应该就是白云鄂博的风了。

我从小就在这片土地上长大,对于白云鄂博的风有着深刻的体验。生活在这里的人们曾经流传着这样一句口头禅:白云鄂博一场风,从春刮到冬。没有到过这里的人,也许会觉得这话有点玄,然而白云鄂博一年四季中无风的日子是很少见的。在我的记

庆祝改革开放40年文学作品集

忆中，白云鄂博的风随着季节的变化，总是呈现出不同的特点。冬天的时候，风像刀子一样坚硬，刮在脸上如刀割一般。我小的时候，最怕赶上白毛风了，瘦小的身体被吹得东倒西歪，几乎是被风裹挟着一点点地蹭到学校的。春天的时候，人们似乎也没有感觉到春天的温暖，风依然挟着寒气和沙土漫天飞扬，整个小城有时被搅得天昏地暗。在白云鄂博，一年当中最好的时候应该说是夏天了。这时花红草绿，风也不再喧嚣，白云鄂博小城出现了一种宁静安详的状态，但这种安静很快被瑟瑟的秋风所替代。近年来，随着全球气候的变化，白云鄂博的风似乎少了一些凶悍，但是居住在这里的人们与风共舞的时间总是要比外面的人多一些。所以，到过白云鄂博的人都说，这里人的脸上都写着坚毅，说得再直白一点，皮肤都不是太好。有一次，我到南方出差，人家就问我："你是蒙古人吗？"我说："我是汉族人。"人家说我的长相像蒙古人。我不知道蒙古人在他们的印象中是什么样子，但有一点可以肯定，面部肤色一定不如南方人那么细腻，而是显得粗糙一些。其实，生活在这块土地上的人们，男人和女人都显得十分强壮，这也恰好表现出他们性格豪爽、真诚、坦荡的一面。

　　尽管白云鄂博是个多风的地方，但我并不讨厌这里的风，我倒觉得，如果有一天，白云鄂博真的缺少了强劲的风，变得像江南一样温柔，反而就不是白云鄂博的性格了。我在这里生活了近40年，我能辨别出来，如果风从草原吹来，一定会带来奶茶的乳香和轻柔的歌声；如果风从矿山深处吹来，一定会有铁花的芬芳和矿工们身上淌出的汗味。这些吹拂在白云鄂博身上的风，将那么多情感的元素交织在一起,就有了风的描述,风的呈现,风的传诵。如果你听懂了这些风声,你也就读懂了大地上的声音。著名作家刘亮程说过:"风就是传播者,传播远古也传播现代。它会把大地上发生的一切传播给你。"风,吹在了白云鄂博小城的身上,也吹开了小城几十年渴望富裕、渴望飞翔的梦想。

两年前的一天,我和朋友们在图雅蒙古包聚会,酒足饭饱之余,我便出来转转。午后的阳光照在草原上显得温暖而宁静,不远处的草坡上一架架乳白色的风车,在蓝天下矗立着,巨大的叶轮在空中划过了一圈又一圈,仿佛白天鹅那洁白的翅膀一样,煽动出优美的旋律。

这些风车给白云鄂博注入了不少的活力。现在的白云鄂博已经成了巨大的风力发电场。如果你沿着白云鄂博周围走一圈,从西向东,由南向北,会看到这些成群成片的白色大鸟覆盖了整个草原。它们是这个星空下最干净的火焰,最靓丽的雪影。白云鄂博漂泊了许久的风,终于有了立身之处。

很多年来,我都固执地认为,白云鄂博拥有一座神山就够了,它可以给人类带来无尽的财富。但我真的没有想到,白云鄂博的风,也能给这个世界带来巨大的能量。我不知道,再过几年,甚至几十年,白云鄂博这片草原上会增加多少风车,多少光伏。但有一点我确信无疑,白云鄂博的风是永远用不完的,来自蒙古高原和西伯利亚强大的风暴会注满它的胸腔,它会永远站在这里,靠近火焰,靠近光明。

固阳大道

高海英

以前,大青山北的固阳十年九旱,是全国有名的贫困县,贫困到啥样?有民谣证明:枕上一只头,生活没奔头;在炕头上起,在墙头上坐;吃饭靠政府,花钱找干部。

村里的房子,多是中华人民共和国成立前后的土窑,尽是塌房烂圐圙。

村民连个媳妇都娶不起,过得憋屈,活得难熬。

历届县委、县政府领导都看在眼里,急在心上,并为改变贫穷落后的面貌做出不懈的努力。

2007年11月27日,县委召开全委会,全面、理性分析了固阳的县情和当时的形势,明确提出围绕"发展、民生、生态"三大主题,坚持"科学发展、富民强县"的战略思想,大力实施"工业立县、投资拉动、城乡统筹、开放带动"的发展战略。

县委主要负责人说:"要想富,先修路,修包固一级公路!"

县委的决定,如同三月的春雷。

快嘴曹三,凤凰烧卖馆的常客,人称"半道街"。

此刻,正是烧卖馆座无虚席的时辰,曹三带着攒了一肚子的话推门而入,张口甩出一句"大喜事",唬得众人都抬起了头。"甚喜事?天上掉馅饼啦?还是嫦娥下凡了?"有人问。曹三今儿个要卖个关子,他一脸深沉和正经地将备好的小马扎放下,坐端正,这才仔细说来。

"咱们固阳要修路了,一级公路,穿阴山,跨石门,一直到达昆都仑!"

他把修路如何惠泽一方、福祚世代,干部们如何畏难质疑,一口气噼里啪啦迸了一箩筐的豆子。一群捧哏的伺候他一个,各个群情激昂,此起彼伏地宣泄了好一阵。可是,大家忽略了靠墙坐着的云升,他闷头苦吃完一盘烧卖后摔门而去,"哐啷"一声,惊觉中将烧卖馆的主题换了频道。众人怅望着云升离去的背影,慢慢地揭开了他早已尘封的痛楚。

凤凰烧卖馆坐南向北不起眼儿地圪蹴在工农路水利巷内,可是大家就喜欢到这里专门听几位老革命山南海北地胡侃。他们总是上知官谕,下通黎民。

在这里,云升就像个局外人,最是动情处,也不过浅浅一笑。大家一致默认,谁的段子引得云升一笑,如同中了头彩,露出孩子般的洋洋自得。关于云升的喜怒不形于色,大家早已习惯,这摔门的"哐啷"一声,倒让人好一阵惊觉。

"云升的病根在路上了!"曹三一语中的。

在大家的记忆里,固阳县有过3条路。

第一条是古道,清光绪年间以广义魁为首的十几家蒙商行捐资修筑的起于东河区经后营子、老爷庙的山石路;第二条,修

建于改革开放初期,虽是柏油路,可仍是单行道,翻山越岭,弯道颇多,时速缓慢,特别在穿过忽鸡沟的阴山入口处更是险峻。由于当时的技术条件所限,只能修筑盘山大坝,路况极其不好,所经之处无不屏气凝神,提心吊胆。在漠北漫天黄沙、扬风搅雪的恶劣气候中,行人常常命悬一线,一路坐车,一路悬着心。这第三条,是进入新世纪初,在原路线的基础上修建的柏油双行道,阴山入口处,由百米隧道代替了盘山大坝,大大减少了由于大坝险峻、气候恶劣造成的天灾人祸,时速小增,效率仍然偏低。

云升的妻儿就是在那盘山大坝上出的事儿,再也没有回来。陪伴云升的,除了长年累月的默然,还有漠北长风在寒夜里的号啕和呜咽……

大家沉默了好一阵,为云升、为那许许多多丢失在大坝上的亡灵。

"一级公路修好了,我们再也不用走大坝了!"曹三的话再次打破沉寂,众人也都回过神来。

"是啊,走的走了,活着的,也算赶上好时候了。"几个声音异口同声。

曹三接着说:"固阳大道,坐车40分钟就能到包头,那时候,我们就是名副其实的包头后花园了。"

"是啊,这半小时经济圈,带动农业工业齐发展,咱老百姓的好日子在后头……"

县委、县政府的第一步,便是请北京交通研究院的权威专家进行现场勘察,因地制宜地研究,制定了可行性报告。

随后就是进行工程申报、审批程序。2008年3月,固阳县就拿到了自治区政府同意修建包固一级公路的批复。2008年7月18日,自治区发改委正式批复可行性研究报告,工程前期立项批复完成。这是自治区首条由县级承建的一级公路。

在县委、县政府领导的鼓舞和影响下,全县各级干部的观念和思想得到了前所未有的解放,积极投身到轰轰烈烈的"工业立县、投资拉动、城乡统筹、开放带动"的发展战略中。

为了顺利有序地推进工程,县领导多次到国家和自治区有关部门协调,有时在相关单位的门外一等就是一天,直到拿到批复文件。在他们的亲力亲为下,投资15.2亿元的包固一级公路、投资4.6亿元的包头—固阳输供水工程、投资1.99亿元的阿塔山水库、投资3亿元的固南220千伏变电站等8个输变电工程,投资10亿元的500千伏变电站在固阳县相继开工;一期规划20平方公里的工业园区启动;百万千瓦风电基地规划实施;总投资40亿元的东方希望集团10万吨镁合金循环经济示范项目一期工程、投资5亿元的汇豪集团年产5万吨金属镁深加工项目开工建设……

从2009年3月22日第一次实地察看包固一级公路施工情况,到2010年10月具备通车条件,县委、县政府的领导们先后实地调研52次。

县委秘书说,那段时间,不光县里的干部压力大,县里主要负责人身上的担子更重。包固一级公路采用政府贷款、收费还贷的方式修建,需地方政府筹集35%的资本金,其余资金为银行贷款。为此，书记、县长亲自出面与银行协调达30多次。

2010年9月，固阳大道如期通车了！

固阳城外，锣鼓喧天，张灯结彩；阿拉塔街巷，百姓欢天喜地，奔走相告。就连一向沉闷的云升今儿个也有了破天荒的惊人之举。

实际上，平常人所经之时都会心有余悸的大坝，云升自从妻儿在大坝出事之后，就再也没有走过那条路。

每一天的凤凰烧卖馆，都在讲述着修路过程中的点滴，无论是新闻还是旧事。对于云升来讲，那么多年的伤痛和苦闷在关注它的过程中也渐渐地放下了。

前几日听到大道即将通车，云升特意上了坟，看过了妻儿。

今儿一早他并未出工，而是换上新衣裳，提上老陈酿，径直来到凤凰烧卖馆。

上午10点，流客已去，只有那些老相识还在海侃，一杯杯地喝着老砖茶。

"今儿谁也不许走，包固一级公路通车，全县人民的大喜事，我请大家喝烧酒。"云升进门就下了酒司令。

"我请！""我请！"……大家争先恐后中，还是云升拍板定音。他一面安顿大家坐好，一面张罗斟酒上菜，不一会儿，大家都在推杯换盏中。一向多嘴的曹三，今天也甚是谨慎。倒是云升，一改往日的沉闷，说了说今年更有起色的营生，众人揽着话头，笑谈生计。席间，云升兴意不减，提意划拳，大家也早憋不住了，一哄而起，喊三叫四，吆五喝六，吃喝不断，流席到下午3点才散。

后来,曹三将云升送回家里。云升醉了,老泪纵横……

可是,酒后的云升,一改多年的沉闷,穿戴整洁,笑逐颜开。他说这是新路迎来的新生活……

其实,新路的意义,对于每一个固阳老百姓来说,并不亚于云升。40分钟的车程,亲朋可以常聚,美食总可共享,甚至大多数孩子上学、年轻人就业、婚龄者择偶、新婚者安家,渐渐地都没有了乡镇与城市之差的观念阻隔。阴山南北一派祥和共荣的欣然之气。

毋庸置疑,在历史的长河中,固阳大道是固阳县经济社会发展的里程碑!

秦始皇修筑秦直道,隋炀帝开凿大运河,都是中华文明发展史上惊人的壮举。无论是工程浩大雄宏,还是旱路水路对于打通南北文明融合、促进经济政治的发展,都具有非凡的意义,并惊人的相似。更相似的是,秦皇隋帝的力量,来自于奉天承运、光复华夏、天人合一的夙愿,来自于江山易帜的威胁,来自于皇权政治一呼必应。然而,21世纪固阳人修筑包固一级公路,靠的是改革开放的好政策、好形势,靠的是人们创造美好生活的信心和决心。

固阳大道——一条民生大道,一条通向幸福生活的阳光大道。

庆祝改革开放40年文学作品集

昆都仑河今昔

张树宽

　　早晨，细雨洒过，微风轻拂，给鹿城带来了湿润，给田野带来了生机，也给昆都仑河两岸带来了清新。晨练的人们陆续来到昆都仑河岸边，开始太极拳、舞蹈和扩胸甩臂的锻炼。我随着晨练的人们，漫步于昆都仑河岸边，一任晨风的吹拂和空气的浸润，十分舒爽。此刻，正是春夏之交，也是鹿城怡人的季节。昆都仑河岸边的丁香花，面对清澈温柔的河水，"心情"特别好，早早地就开了。距离丁香花还好远，早有缕缕清香扑鼻而来。我喜欢丁香花，还因为它有风姿绰约的姿态，一如少女般羞涩。我总爱站在它面前，观看枝干的亭亭玉立，欣赏叶子的绿意和花的高雅，想象着它的神奇与魅力，陷入沉思之中。

　　到了盛夏，那些黄色的、白色的、红色的野花争先恐后地开在草丛中，虽然杂乱无章，却努力展示着讨人欢心的"笑容"。岸边那些翠柳"长发"及腰，在微风里摇曳着身姿，似有无限的柔情，在向人们招手。河水清澈如玉，小船划过荡起层层涟漪，撕破洒在河面的云霞。河里的鱼儿吐出串串水花，装点了自己的一片天空。忽然有鸟儿飞来，在水面上滑翔，翅膀拍打起朵朵浪花，好

时光之河

像要把昆都仑河装扮得更加漂亮。

昆都仑河中桥北侧那半圆形的浮雕墙,采用镂空技术,雕刻着草原、牛、羊、骆驼、马和鹿等,呈现出草原悠久的历史、灿烂的文化以及和谐之美。岸边那小亭、拱桥、长椅和动物造型,吸引着过往的人们。树荫下,石凳上,坐着青年男女,悄悄地说着情话。

盛夏的夜晚,风清月明,星星布满天空。人们为了纳凉,也为了消遣,便约上亲人朋友,来到团结大街西头的昆都仑河岸边,观看河中喷泉。音乐响起,五颜六色的水珠喷上几十米的高空,在空中散开,一如鲜艳的花朵绽放,美丽极了。有时水滴如玉珠飘洒,落在人们的脸上和身上,凉丝丝的,惹得人们躲躲闪闪,发出阵阵欢笑。

昆都仑河,一条流淌着千年历史的文明河;昆都仑河,鹿城的母亲河。千百年来如一首流动的歌,流过春夏秋冬,走过沧桑岁月,穿过大山与草原,流过鹿城人的心田。歌手天骏演唱的《昆都仑河》在鹿城上空久久飘荡:"一个故事流传了多少年,弯弯曲曲流过了大草原。奔驰的骏马,缕缕的炊烟,深深地眷恋着蒙古高原。昆都仑河,你是一首歌,歌唱着祝福,歌唱着和谐。昆都仑河,你是母亲河,养育着包克图,养育着草原。"歌声拨动了人们的心弦,使鹿城人更加热爱包头,更加喜爱昆都仑河。

从中桥由东向西穿过昆都仑河,在绿树鲜花的簇拥下,一座翠绿的人工小山耸立于眼前。我曾登上山顶,观看昆都仑河岸边的美景,观看包钢河西公园中的湖泊,观看昆都仑河两岸大道上树荫中穿行的车辆,观看河中的动感画面,心情十分畅快。

面对昆都仑河清澈的碧水,面对岸边优美的风景,让我流连忘返。我感叹鹿城人在改革开放中的开拓精神,感叹鹿城人在改革开放中艰苦奋斗取得的辉煌业绩!

曾几何时,昆都仑河还裸露着干涸的河床,裸露着沙砾,裸露着石块,每当北风刮起,沙土飞扬,黄了河岸,黄了厂区。我清楚地记得,在过去那荒芜的年月里,昆都仑河畔堆满了垃圾,出现了污水,岸边没有树木,缺少花草,是人们懒得光顾的地方。

有一年夏天,洪水突然来袭,昆都仑河水急骤奔腾,会吞噬在河床中玩耍的孩童和行走的人们。于是便有了包钢工人王振江奋勇救儿童的英雄壮举。王振江走了,他的事迹永远记在人们心中。几十年过去了,王振江的塑像依然挺立在昆河西岸。

昆都仑河,是一条古老的河,古名"石门水",又叫"呼延谷"。北魏地理学家郦道元《水经注》中就有明确记载。它从固阳县春坤山起步,越过阴山,流过草地,由北朝南一路走来,140多公里的行程,最后注入黄河。昆都仑河,是一条季节性的河。据记载,夏天多雨季节,它会泛滥成灾,曾多次洪水溢出,吞噬田野、房屋、人畜,造成极大的危害。20世纪50年代末,人民政府发动群众,修建了昆都仑水库,铲除了昆都仑河泛滥成灾的隐患。后来经过多次修建,水库六七百万立方米的碧水倒映着湛蓝的天空、起伏的山峰和游动的白云,成了人们游玩的好去处,成为旅游风景区、自治区级森林公园,享有"石门明镜"之美誉。这块明镜,紧紧地系在昆都仑河的腰间,为昆都仑河锦上添花。我和亲人、朋友们曾多次去昆都仑水库游玩,在那里抬眼远眺,观看山一层、绿一层的风景;看天上的云彩"一会儿变只金丝猴,一会儿变个银老头,一会儿变座小山峰,一会儿变条小溪流"的自然景象。

在改革开放的新千年里,鹿城人为昆都仑河制订了"西建南扩北进"的城区开发战略,打造"聚山林之豪气,观山水之灵气,纳田野之生气,揽都市之人气"的意境,重塑母亲河的形象。鹿城人民以满腔激情,用勤劳的双手把蓝图变为现实。

2014年,昆区在水库之南修建了昆河湿地公园,重点打造"一带、两岸、三区、四点"的景观体系。"一带"是一条南北贯通的水带;"两岸"是两岸绿地与广场结合,突出生态休闲的特点;"三区"是3个不同主题的景观分区;"四点"为分布在不同位置的景观节点,为人们休憩提供场地。经过前期紧张施工,完成了包括湿地公园东侧的泄洪通道和西侧景观水系在内的全部建设任务,为市民开辟了新的亲水观光生态走廊,新增绿化面积68.9公顷、水面面积20.7公顷。向南与昆都仑河水系连成一线,形成了集防洪、生态、景观、休闲、娱乐于一体的城市河道生态景观带。我和朋友去湿地公园游玩,被那里的风景所感动,高兴得像孩童一样,又蹦又跳,甚至唱起歌来。

面对昆都仑河两岸美丽的风景,眼界开阔,心情舒畅,从心底生出一种欣慰的快乐。看那3座长桥,仿如横卧昆都仑河上的3条苍龙,吞云吐雾,气势豪壮。人流车浪日夜奔腾着涌向包钢,又涌回市区,一年四季,从早到晚,从不间断。

我站在昆都仑河岸边,放眼西望,雄伟的包钢有众多高大的厂房站在那儿,站出了雄姿,站出了意境,也站出了鹿城人的骄傲。包钢这座现代化的大工厂，正在为祖国做着巨大的贡献。抬眼东眺，河岸边新建起的高楼住宅区，鳞次栉比。以河为名的昆都仑区的大街宽阔平坦，两旁的树木青翠如染，高楼大厦比肩而立，耸入云霄，一座现代化的大都市正在展示自己年轻而旺盛的生命！

我印象中的北门

汪恩源

从萨拉齐老城区过去的主街往西,穿过和平街也就是原来文化馆、四和园饭馆北侧的那条街,到现在的中心岛往右拐,便是通往北门的大街了。

那时,这条街是一条土路(后来修了柏油路),南北方向不是贯通的。虽然也能通往南门,但正对着这条路的南面中间是一大片民居,因此只有略靠西一点,也就是原鞋业社的小二楼对面的"太匠巷",才是一条能通行人和小型车辆的巷子。如有汽车、马车等车辆要前往南面的话,只能从后街的东西方向或其他路径去绕行。

这条南北方向的大街,早已在30年前就贯通了。改革开放40年以来,土右旗萨拉齐镇在城镇建设方面发生了翻天覆地的变化。随着旧城改造,原来两侧的民房已被拆除。如今沿街建起的楼房及商业门店,已形成四通八达,东西、南北交汇的商业网络。2017年,在迎接党的十九大召开、庆祝内蒙古自治区成立70周年之际,土右旗政府斥资对南北大街沿街商铺,以仿古的形式进行了改造。拓宽了老城区的道路,进行了绿化,美化和亮化工

程给在老城区居住的人们提供了更加舒适的生活环境和便捷的出行条件。

曾经围绕萨拉齐镇的四周建有城墙。据史料记载,当时的城门还建有门楼,后由于年久失修及其他原因,就不复存在了,只留下环城墙东、南、西、北4个方向的约10多米宽的豁口,俗称东门、南门、西门、北门4个"城门"。当初它们都有各自的名称,东门为"泰来门",南门为"永清门",西门为"定远门",北门为"磐安门"。

在我们小的时候,家乡小镇的城墙还算完整,形状大致是方形的。从城墙裸露在外面的墙体看,还能够隐约看到有的地段是用土坯砌筑的,但多数墙体好像是用黄土干打垒方式筑成的。城墙的高度大概有7米,上窄下宽,顶部平面足有2米多宽。有的地段酷似《红高粱》影视中的镜头,形象地讲更像是一座围城。住在城外乡下的人们把进城说成是下圐圙(蒙古语指围起来的草场)。

在城墙的内外两侧,离墙体有一定距离,是比较宽的低洼地形,像水渠似的。听老人们讲,那是护城的城壕,在夏天雨季到来时,壕里流淌着水,起到抗风险及泄洪的作用。在通往城外的城门口子上,往往都有略高于地面的坡度,是为了保护城池、抵御洪水漫灌而专门设置的"安全屏障"。

那时,当人们从城外劳作或是外出返回城内时,远远望去,总会感到整座城池高大而壮观。历经多少年的风吹雨打,被冲刷侵蚀出纵横沟壑的城墙,更加凸显出它的沧桑。

1958年，在不远不近的城墙上，很多地段都留下了被挖成上下贯通的窟窿，据说当时是为了用作化铁炉。后来，人们为了进出城方便，就在城墙塌陷的地方，又开辟了大小不等的豁口。再往后，住在城墙边上的人们，就地取材利用坍塌下来的城墙土，制成了土坯，盖了房子和猪舍等，有的干脆把冬天储存土豆、萝卜、白菜的菜窖，直接挖在了城墙脚下……

　　如今，城墙早已随着时代的变迁和城区的不断扩大，于20世纪70年代末被铲平，修筑了环城路。

　　过去，这条通往北门的大街，是唯一能够从城里与外界连接的一条道路。它是衔接110国道，东西走向可达呼包两市以至外省、市的主干道。因此，所处的区位优势，也就确立了北门未来发展的先决条件。

　　早以前的北门，沿城墙根下，到处都是坑坑洼洼，高低不平，杂草丛生。往里不远就是大片低矮的老旧平房。而跨出城门，顺土路往北至京包铁路的这段路的两旁，除有耕地外，就是在低洼处有沼泽地、水坑和草滩……

　　穿过铁路，往北的路两侧是连片的农田。在夏秋季节，谷子、玉米、高粱、土豆等庄稼郁郁葱葱，一眼望不到边。而西侧是1972年开始兴建的大型的土右旗果园。北面延伸至呼包公路边上，向西快到西坝外的坝址。东侧大片的农田，从南往北，过去称之为"三里房子""五里圪堆""后沙滩"。因为这里的土质是典型的沙土地，除种植其他农作物外，多数地里种的是西瓜、香瓜、甜瓜。从这里往东一点，能看到火车站的对面还有一条往北方向的土

路,它是通往北只图村,上国道往东去纳太、美岱召等地的便道。

如今,这块曾经只能种庄稼、种西瓜的地方早已成为过去,历史翻开了新的一页。这里已经建成规模宏大的新兴都市区。过去所说的城里与城外,早已连成一体。曾经在城北郊外边上的铁路,现在随着城市的发展壮大,它已成为从城中穿过的铁路。紧靠东面是已建成的贯通南北的敕勒川大道,它直接与高速公路相衔接,成为进出城区的重要出入口。为了适应不断扩大的城区规模,途经萨拉齐境内的原110国道路段,经过重新修建和拓宽、绿化和美化,已经变成了城区内的一条景观大道,给未来加速和提升城市交通事业的发展奠定了高起点、高标准的基础。现在全旗已基本建立起"两环、三纵、四横、六出口、八连接"的路网体系。

通往沟门南北通衢笔直的大道西侧,已建起了大型的萨拉齐生态公园。园门设计新颖别致,落落大方,富有强烈的时代感,像从一个硕大的钢琴键盘弹奏出的音符,简约明快,给人以耳目一新之感。园内向西的正前方,是环绕在广场中央的主题雕塑,造型更具特色。南侧建造的人工湖,湖面较宽,水波荡漾。湖边两侧栽植的垂柳,在绿篱、鲜花的映衬下,宛如江南水乡,宁静而自然。曲曲弯弯的甬道在绿树、草坪的掩映下伸向纵深,不仅为人们营造了更加舒适、幽静的环境,也为人们提供了休闲、健体、娱乐的场所。

从公园大门出来,正对着的是新修的大道——工业路,一直往东,南北两侧就是新市区,高楼林立,鳞次栉比。一幢幢住宅楼整齐划一,错落有致。小区建设风格各异。道路宽阔,纵横交错,配套设施齐全,新建有大型商场、超市、饭店、宾馆和学校等。这里是土右旗旗委、政府及有关部门集中办公的所在地,已成为全旗政治、文化、经贸、交通的中心。矗立在工业路中段北侧的敕勒川博物馆,更具鲜明的时代特征。小块玻璃幕墙,把整个建筑装点得庄重典雅,夜晚的博物馆在灯光的映衬下璀璨夺目,流光溢彩。馆前庭院西侧的草坪中,陈设着古镇过去农事、造纸业用的碌碡、水碾和家用的石磨、碾子等实物,为参观的人们诉说着古镇近300年的往事,给人不尽的遐想和回忆。

步入馆内大厅,顺着人流乘扶梯进入展区。古镇萨拉齐的民俗历史以1:1的比例和与真人相似的塑像,以逼真的效果再现了一幕幕劳作和生活的场景。那一件件文物,一幅幅老照片,都给我们带来对那段历史的回顾和更深的了解。这是一张立体的土右旗名片。

从博物馆参观后走出,站在绿树掩映下的宽阔的马路边上,再次环顾四周的建筑,情不自禁地回想起这里过去的景象。看看眼前这巨大的变化,很难与昔日的景象联系在一起。

为了加快全旗旅游事业的发展,旗政府充分利用独特的自然环境和生态基础,在紧邻老城区北侧建成了小游园。近年来,在靠近G6高速公路南侧新建了大雁滩旅游景区,在城区的南部正在建设湿地公园。为了给广大人民群众营造更加舒适、便捷,集观光、休闲、娱乐、健身为一体的生活环境,先后建起了沙拉沁广场、民生广场、海棠国际广场、市政文化广场、磐安门广场等多个大中小型活动场所,为整个土右旗在推进城镇化建设,打造中等城市的发展道路上打下了坚实的基础。

北门的变迁与快速发展,是全旗经济建设、社会发展的一个缩影。纵览土右旗这些年城市建设的成就,像一幅绚丽多彩的画卷呈现在世人面前。经过改革开放40年来的发展,土右旗城乡面貌焕然一新,人民生活质量显著提高,呈现出一派欣欣向荣的景象。迎着全面深化改革的春风,伴随着经济社会健康发展的主旋律,这里将奏响更加辉煌的乐章。

"城市客厅"的变迁

马培雄

> 有人说,黄河是一部厚重的史书。我认为言之有理。一部厚重的史书,把曾经的风雨烟云不动声色地嵌入字里行间,在临风开卷的时候,让人们浑然置身在历史的瞬间,从时间的褶皱里品读沧桑和必然。我喜欢收藏黄河这部史书,也喜欢去黄河边上穿越和行走。
>
> ——题记

"黄河之水天上来,奔流到海不复回。"形象地描绘出黄河之源,水天一幕;黄河之水,千古奔流。一首《将进酒》将我引回昌盛大唐。品读这首诗,眼前总会浮现出黄河的景象。黄河从遥远的山巅呼啸而来,唱着轰鸣的歌,九曲连环,浩浩荡荡,以惊人的气魄出现在包头人面前。

小时候,我在长江边仰望蓝天,总在想,蓝天白云之外的天边,究竟是怎样的一番景象?此时,母亲会附在耳边,轻声对我说:"天边有多远,梦就能飞多远!"

有一天,我飞出了出生地,飞向了辽阔的蓝天,来到黄河岸

边的草原钢城。这是一颗镶嵌在黄河岸边的美丽的明珠。来了就不想走，一待就是39年，包头成为我名副其实的第二故乡。

生活在第二故乡，就像久远了的画卷，时时更新着内容，让人记忆犹新又无从识别。故乡，就像一幕幕电影，掠过脑际，清晰而模糊，让人迷惘。故乡，就像一张张海报，叠起久远珍存，打开时会想起一幅幅图画……

在包头待久了，有朋自远方来，一定会问这里最好玩的地方是哪里？我通常会把他们的意思理解为环境最美、最有魅力的自然山水，于是不假思索地回一句："黄河岸边。"我急于让他们去那里看湿地，观赏起起落落的野鸭、红嘴鸥、天鹅等珍稀鸟类，吃最肥的黄河鱼虾，听王昭君的传奇故事，领略这黄河风情。每一次黄河之行，对我来说都成了十足的炫耀。我把身为包头人的得意藏在山水之间。

2007年夏，单位组织大家到呼和浩特市参观内蒙古自治区成立60周年成就展，之后把我召唤到黄河岸边，投奔到黄河的怀抱，用脚步丈量防洪堤。那一年，我像蒲公英种子，从九原区的打不素村出发，经过昭君岛、小白河、南海湖和敕勒川，看一路风景听一路歌，沿黄河踏勘220公里到达土右旗八里湾村。望着黄河那浩浩荡荡的河水像千万匹奔驰的骏马，离开包头地界奔向远方。

黄河岸边的风景中，一树一叶都是生命的演绎，一山一水都是上苍的馈赠。不用去问河水能流多远，爱是生命全部的供养；不用去丈量与幸福的距离，只需收藏点点滴滴的温暖。

伫立在黄河岸边,远眺城区高楼林立,日星隐曜,还有包钢高炉映衬在五彩斑斓的彩霞之中……历史和现实都对包头提出了要求,品味这座城市不能只停留在钢铁大街。为改变黄河岸边的面貌,修建一条集防洪、交通于一体的景观大道使之成为一条湿地生态保护带,一条历史文化展示带,一条休闲旅游景观带,一条城市品位提升带,一条经济发展转型带,从而提升包头城市品位,打造成包头"城市客厅"。

乘飞机从空中俯瞰,投资近10亿资金,历时4年建成的57公里长8米宽的景观防洪一体路坝,成为一道不可多得的景观。北侧排列整齐的风光互补电杆,像列队的仪仗士兵,以高规格的姿态,迎接八方来客。湖泊像一碗酒,一条路如一条哈达,表达包头人民的诚心和美好的祝愿。在时光孕育的黄河边,展现的是一幅人与自然和谐共生的精彩画面,更成为大青山脚下的一道亮丽的风景线。尽情欣赏美景之余,让我回想起:筑路坝协调各方不为人知的阻拦,承受着酸讽、冷笑,遇到过越野车陷入泥泞坑的尴尬,还有跑贷款那复杂的手续……

2012年8月,好多年没有过的汛情再次出现,河流变成通天湖拍打着两岸,筑起的防百年一遇洪水的大坝经受住了考验。

又到一年吃开河鱼的季节。来到"城市客厅"黄河岸边,夕阳下,牵着同伴的手,漫步在大道上,绚丽的余晖透过黄河之水映衬着脸颊。蜿蜒的黄河水不停地拍打着岸边的人工河堤,奔涌向前,滔滔不绝,仿佛诉说着母亲河曾经的历史篇章,展望着未来与希望。我激动地问:"母亲河啊,您为何长年累月都披着黄色的

戎装奔忙？"

"孩子，你看，我们前进的方向是浩瀚的海洋，我们要让全世界都知道，我们，来自华夏炎黄！"听，多么激励人心，沁人心脾，令我感动与钦佩。

黄河岸边的景观大道修好了，成为包头的"城市客厅"。君不见岸边的乡亲靓丽了，村庄坚固了，山水俊秀了，道路宽广了，月亮明亮了。朋友，来包头做客吧！体验黄河岸边农家乐，进村是水泥路，路口有路标，村庄是新村，采摘园的瓜果挂满枝头。开河鱼已炖好，桌椅板凳已摆好，酒也倒好……

一片翁郁苍翠的湿地，是一座城市的肺叶。城市边一些大大小小的湿地，给人们吐纳着滚滚氧气。一座城市里的人，没有理由不对湿地充满感恩。放飞于包头黄河岸边，举目远眺，欣赏美景，愉悦身心，同时更能领略黄河水之外的神韵。

黄河岸边，我会再去的，因为，那是一个梦交织的地方，留存有许多记忆。包头的历史在那里浓缩，积淀着醇厚绵长的底蕴。

钢城华章

钢城华章

钢铁大街话钢铁

高晓斌

在包头,说起钢铁大街,几乎老少皆知,家喻户晓。

钢铁大街东起包头第一工人文化宫前面的"三鹿城雕",西至我国特大型钢铁稀土联合企业包钢。十里长街,昼夜不停地涌动着川流不息的车流与人流。

钢铁大街很早以前就非常出名了。50多年前,我国著名现代军旅诗人李瑛,曾这样描写钢铁大街:

……
这条街的名字起得真好,
不然大街早给踩烂了。
把更多的钢铁献给每一天,
高速度,是这里战斗的基调!

这首诗写于1960年4月,诗名叫《包头钢铁大街的清早》。当时正是包钢建设波澜壮阔的时期,诗人肯定是被包钢那日新月异的建设场面所感动,才诗情大发,笔底生花,为我们留下了这富有

纪念意义的篇章,使包头的钢铁大街从此扬名天下,叫得响亮。

钢铁大街之所以诞生,全是包钢的缘故。

包钢成立于1954年,是中华人民共和国成立后国家规划建立的重要的大型钢铁工业联合基地,同时也是世界上最大的稀土工业基地。

1959年,注定是包钢建设史上极不平凡的一年。5月出焦,8月通水,9月出铁。包钢新建的一号高炉,从实现通水、通电、通气,到流出草原历史上的第一炉铁水,只用了16个月的时间,比原计划整整提前了一年。

1959年10月16日下午2时,包钢举行一号高炉出铁剪彩仪式。这是一个激动人心的特别日子,更是一个足以让历史铭记的重要时刻。

内蒙古草原上发生了翻天覆地的变化,改写了一个时代的历史。正是因为如此,国务院总理周恩来亲临包钢,为一号高炉出铁剪彩,为英雄的包钢人开启的历史新纪元剪彩。

悠悠大漠,茫茫草原。也就是从这一年开始,内蒙古终于结束了"寸铁不产"的历史,有了自己的钢铁工业;而包头的别称也在"鹿城"("包头"是蒙古语"包克图"的音译,意为"有鹿的地方")之外,有了"草原钢城"这个富有诗意的名字。

这一年,全国公映的一部反映包钢早期创业的电影《草原晨曲》,史诗般地与包钢结缘。

该片以白云鄂博宝山、包头建设工地为背景,反映包钢初建时期老一辈建设者战天斗地、艰苦创业的精神风貌。

与电影同名的主题曲《草原晨曲》,歌词形象感人,豪迈激越;旋律动听激昂,富有节奏感和美感,唱起来朗朗上口,所以当年电影上映后就不胫而走,近60年来代代接力传唱至今。这首歌催人奋进,有着深厚的历史感和现实意义,从一开始就对包钢的未来充满信心,对外界知晓包钢、为企业扬名做出了巨大的贡献。就连包头进京的列车,每次从包头站台出发时放的都是这个曲子。如今,《草原晨曲》已成为包钢人喜爱的企业之歌,"双翼神马"已成为包钢的象征,具有了企业文化的内涵。

经过60多年的发展,目前包钢拥有内蒙古包钢钢联股份有限公司、中国北方稀土(集团)高科技股份有限公司两个上市公司。截至2015年底,包钢资产总额已达到1600亿元以上,在内蒙古工业序列中排行"老大",是自治区工业的龙头企业、"工业长子"。

在这个城市的历史中,伴随着改革开放的步伐,钢铁大街从简朴到亮丽,从"瘦弱"到"丰满",见证了包头这座城市的顽强崛起和华丽蜕变,成为这个城市的象征和名片。

包钢在改革开放的大潮中,也将思维提升到发展战略的高度,把企业宗旨定位在"打造特色包钢、绿色包钢、人文包钢"上。

循着这个思路,秉承"坚韧不拔,超越自我"的企业精神,包钢在艰难中抉择,在改革中发展,在成长中创新。在市场经济的大潮中,华丽转身,凤凰涅槃。

40余载风风雨雨,40余载艰苦创业。包钢人辛勤耕耘,春华秋实。

庆祝改革开放40年文学作品集

现在的包钢，钢和铁以及钢材的年产量，已分别达到1850万吨以上；总体装备水平也达到国内外一流，形成了"板、管、轨、线"4条精品生产线的全新生产格局。

包钢白云鄂博铁矿独有的铁与稀土共生的资源特色，造就了包钢独有的"稀土钢"产品特色。"钢中含稀土，更坚、更韧、更强"，就是包钢诞生的钢材产品拥有内在卓越品质的真实写照。

现在的包钢，既能生产国家重点工程用的"高大上"产品，也能生产亲近百姓生活的"新精细"钢材。高档汽车钢、高档家电钢、高钢级管线钢、高强结构钢等产品，以其"高贵"的身份和旺盛的市场需求，填补了内蒙古和我国中西部地区的空白。

包钢生产的高速轨，已经遍布祖国，成为纵横千里的铁路大动脉，为风驰电掣的高铁插上腾飞的翅膀。

我国近年来新兴的风力发电工程，早已用上了包钢生产的热轧宽厚钢板。

包钢的无缝钢管，在祖国的各个油田深入地下，源源不断地将原油送往炼油厂，为国家输送宝贵的"能源血液"；同样，在火力发电厂，包钢无缝钢管又成为燃煤锅炉不可或缺的"血管"，支撑锅炉水系统正常循环，因而为社会提供电能量并由此为千家万户带来光明。

包钢生产的高强结构钢材，还用到了北京"鸟巢"（国家体育场）的建筑上。2014年4月，中国当代十大建筑评审委员会从中国1000多座地标性建筑中，综合年代、规模、艺术性和影响力这4项指标进行评选，北京"鸟巢"初评后光荣入选。这其中有包钢的功劳。

现在,包钢的钢材早已告别了过去的"傻大黑粗",向"特色化""精细化"发展。寻常百姓家里的轿车、冰箱、洗衣机上都能找到包钢钢材的影子。

包钢还是世界上最大的稀土工业基地和世界上最大的稀土原材料供应商,在采、选、分离、冶炼和部分功能材料领域,目前处于国际领先地位。包钢稀土研究院是中国最大的稀土科研机构和稀土冶金及功能材料国家工程研究中心。

最让包钢人自豪的是,在世界罕见的白云鄂博多金属共生矿的稀土应用方面,凭借高超的技术和过硬的产品质量,包钢的稀土产品曾为我国"长征"号系列运载火箭、"神舟"号系列飞船、"中国探月工程"和"载人航天"等诸多国家重点工程,提供过重要的磁性材料。

2013年6月11日,中国长征二号F运载火箭在酒泉卫星发射中心发射,将神舟十号载人飞船成功送入预定轨道。包钢稀土研究院蒙稀磁业公司生产的钐钴永磁辐射环,再次为火箭提供精确的定位、导航服务,助力"神舟十号"飞天成功;2013年12月2日,长征三号乙运载火箭成功将嫦娥三号探测器以及"玉兔"号月球车送入轨道,在火箭上又一次使用了包钢稀土研究院研制的稀土永磁器件,这也是包钢稀土永磁材料第11次助飞祖国航天梦。

包钢生产的低合金高强度结构钢热轧厚钢板、结构用无缝钢管、高速铁路用钢轨、热轧H型钢、钢筋混凝土用热轧带肋钢筋等 10 多种产品,荣获国家冶金产品实物质量"金杯奖"。

风电用热轧宽厚钢板、锅炉用无缝钢管、铁路用热轧钢轨获"全国用户满意产品"称号。

电极扁钢、低中压锅炉用无缝钢管、冷镦钢无扭控冷热轧盘条等 10 多种产品,获"品质卓越产品"称号。

面向未来,包钢将围绕"特色钢铁,绿色家园"的愿景,突出稀土钢优势,成为世界上最大的稀土钢生产研发基地。从钢铁生产商向优质产品供应服务商、城市服务商转变,力争到"十三五"末期,稀土钢的品牌影响力再进一步提升,高附加值和高技术含量产品的产量和比例都将大幅提升。

如今,走在钢铁大街上,一条宽阔笔直的主干道像哈达般横贯主城区的东西,承载着这个城市昔日的辉煌与光荣,延伸着这个城市未来的发展与梦想。

哦,钢铁大街,你因钢铁而诞生,因钢铁而得名,因钢铁而响亮。最终,你也会因钢铁而辉煌!

创业路上黄花香

崔瑞刚

> 1978年,党的十一届三中全会拉开了中国改革开放的大幕。春风化雨,百业盎然。
>
> 1984年,中国兵器内蒙古一机集团"保军转民,军民融合"的二次创业——铁路车辆创业开始了……
>
> 这是一篇华章,字里行间,有血和汗的印记;
>
> 这是一首长诗,每一个韵律,都充满军工人的铿锵;
>
> 这是一支劲歌,进行曲的节拍,孕育中国军工使命的交响;
>
> 这是一面旗帜,高高飘扬,让塞北文明城市包头骄傲;
>
> 这是一个品牌,亮丽北疆,为兵器工业,为内蒙古填补了不能制造铁路车辆的空白。
>
> ——题记

世间的路,有的是人走出来的,有的却是用五指犁出来的。用五指犁出的铁路货车研制之路,是一条充满酸甜苦辣的路……

1984年,改革开放的大潮冲击着军工企业。走"保军转民,军民融合"道路,研制铁路货车车辆,进行第二次创业势在必行。

夜,借着远处的灯火,眨着瞌睡的眼睛。

脚下的路坑坑洼洼,浓烈的煤焦油水把地面浸得又湿又黏。

一行人正艰难地骑着自行车去上夜班……

这里不是厂房,因铁路车辆要小批量试生产,没有场地,临时把旧火车库当成了车间。这里没有水,没有卫生间,更没有更衣室。内蒙古一机集团男男女女百十号职工,在这里摆开了铁路车辆的制造战场。大家一干就是十几个小时,车间主任亲自生火做饭。直径1米多的铸铁锅、平板铁锹、笤帚都成了炊具。当一碗碗用土豆、粉条、大白菜烩成的菜送到每个职工手里时,这位个头高大的山东汉子已是大汗淋漓。每个人都津津有味地吃着,仿佛吃的是山珍海味。小伙子们一连3大碗,外加5个馒头。姑娘们也失去了往日的矜持,大口大口地嚼着,说着,笑着。累了,六十几口男男女女钻进汽车大毡布下,四周露出了小花脸,有的还打起了鼾呢。不知道的,还以为是一群无家可归的流浪者。每当看到这种情景,谁不感动呢?

——这就是内蒙古一机集团铁路车辆的创业者。

——这就是一群不做任何讨价还价的干实事的人们。

——这就是用五指犁开铁路货车车辆创业路的默默无闻的中国军工人。

1987年4月25日,这是一个对铁路车辆创业的军工人来说十分难忘的日子。从这一天起,他们结束了铁路车辆创业打麻雀战、游击战的日子,搬进了新厂房,转入了阵地战。这是一个专为铁路车辆总装设计的厂房。3 个大厂房 2 万多平方米,固定资产 7000 万(当时计价),铁路罐车、敞车分线生产,非常气派的流水线。创业者在誓师会上铿锵誓言:"不辱使命,吃苦流汗,拿下铁路车辆批量生产任务,以大庆人的创业精神,走货车人艰苦奋斗、团结实干的创业之路。"迎着改革开放的春风,共产党员们举起了拳头,共青团员们也举起了拳头,他们在党旗和团旗下宣誓。他们在挑战,他们在拼搏。哪里艰苦,哪里总能看到共产党员和共青团员的身影。在货车线上,他们就是一面面旗帜,带领着货车人披荆斩棘,艰苦创业,斗志昂扬,在难以想象的困难条件下,实现了当月搬迁,当月出产品。4 月底,新厂房的第一批产品 8 台车出厂了。当火车的汽笛高唱着驶向远方的时候,货车人第一次流下了热泪。这是创业的喜泪呵。

……

职工的精气神是创业走向成功的基础。

1988 年,是铁路车辆上产量、上能力的日子,也是社会上大刮"下海经商"之风的时候,不少人想离开生产线去做生意。人们思想很不稳定。在这关键时刻,思想政治工作发挥着巨大的作用,党团员分头谈心做工作,就像一台台大马力推土机,为前进开辟着道路。

铁路车辆厂房的 3 个车间 800 多人,是由全厂 5 个单位拼凑而成。人们互不相识,性格各异,谁也管不了谁。打架斗殴,怠工,罢工,把车间领导的自行车挂在树上的恶作剧时有发生。人们说:"这里是一个火药桶,时刻都可能燃烧爆炸。"一次,因派工

分歧,一个工人同班长挥舞着菜刀,是分厂领导奋力夺刀,才避免了一场恶性事故的发生。每天下班后在小土坡旁,在路边上,总有一对对的谈心者,那是共产党员们分头做工人的思想工作。为了彻底扭转这种被动局面,分厂派出了由分厂领导带队的现场指导组。从生产流水线工序制定开始,到各项规章制度的建立和完善。货车总装车间开始步入正轨。人们相互信任了,各项工作有章可循了。

——艰苦的创业之路在改革开放的大道上不断拓展。

——伟大的事业在"军民融合"的大海中正显出曙光。

——出彩的货车人"艰苦奋斗、团结实干"开始搏击了。

战地黄花分外香。

1989年夏天,各项工作正处在紧要关头。于是,就出现了白班夜班连轴转、三十几个小时不下线的"陈闯将",把吃奶的孩子交给婆婆、一连两天不离开工作岗位的"郭妈妈",高烧40度、手中拿着病假条不休息的"赵铁人",晕倒在现场的"杨娃娃",吊车坏了,就用肩扛零件运转的"阚小子"……

7月过去了,月产达到302台。8月过去了,月产创下历史最高纪录312台。也就是说,每天都要用掉200多吨钢材。单从这些数字上看,就是一种气魄。当时有一位新华社记者来工厂采访,十分感慨地说:"你们真是英雄的军工厂。"

大哲学家黑格尔说过:"一个民族有一些仰望星空的人,他们才有希望。"

铁路车辆的创业者们,就是站在中国改革开放的宏图伟业上仰望星空、志高心远的人。

1999年,是铁路车辆创业鏖战的一年。这一年工厂计划生产3000台铁路车辆,这个目标对当时的货车总装线来说是一个极限数字。从年初开始,全线大班倒,一口气干到12月31日。不是亲身体验,谁也品不出个中苦涩酸甜。这里讲一个小故事:货车车间大部分都是已到婚龄期的小青年,由于连续的大班倒没有星期天,有一个小伙子几次与对象失约,对象认为他没有诚意,要"吹灯拔蜡"。小伙子急了,找到车间主任,拿出了10元钱,说:"主任,我买一天换休,让我和对象解释一下吧。"车间主任感动了,对他说:"小伙子,放心吧,后面的事我来办。只要你好好干,对象不会因此而吹的。"当然,结局是花好月圆。

铁路车辆的创业,曾付出了血的代价。那时正值夕阳西下,一名女工不小心被翻转机挤在底下,当即死在了岗位上。当时正是白班夜班交接的时候,人们惊呆了。为了继续工作,分厂领导冷静地做出了决定:兵分三路,各负其责。一路立即把女工送进医院安排后事,由一名分厂领导全权指挥;二路由当班的同志同技安部门勘察、清理现场,恢复生产秩序;三路由大本营(分厂主厂房)的三〇五、三〇六车间组成二、三梯队,由这两个车间主任带队快速支援货车夜班生产(因货车夜班人员心有余悸暂时歇岗)。40分钟过去了,现场清理得干干净净,没有一丝血迹。22名从大本营来支援的夜班工人,全副武装,整齐地站在翻转机前。当时,一位工段长说了这样一句话:"请领导放心,今天的夜班产量一台不减。"多么好的同志,多么坚强的毅力啊。弧光又闪起来

了,铆枪又发出了吼声,又是一派火热的战场气氛。

——好啊,这就是铁路车辆创业人创造的奇迹。

——好啊,这就是铁路车辆创业人坚强的性格。

——好啊,这就是铁路车辆创业人用血汗铸就的灵魂。

……

忆往昔峥嵘岁月稠。

我们不会忘记:

——由于长期蹲点在铁路车辆厂房指挥,熬"绿"了脸的分厂老领导。

——因为常年吃压炕头饭,患上糜烂性胃炎,动过手术,捂着肚子坚持加班加点,和工人一起战斗的"破肚皮"主任。

——因长期在120分贝噪音下,同工人一起铆焊,患上职业性耳聋的"聋子"主任。

——为了突破缓冲器关键技术,几天几夜不离开生产一线的怀着孕的"大肚子"技术员。

——同铁路车辆工人一起摸爬滚打的"铁代表们"。他们用专家的智慧和汗水完善了铁路车辆制造工艺,让一机集团的铁路车辆制造紧跟世界先进水平。中国军工的"保军转民,军民融合"事业,有他们一功。

——党中央派出国家级的文艺团体,深入到铁路车辆总装厂房慰问演出。工人们目睹了姜昆等一批著名演员的风采。一曲《英雄赞歌》让货车人热泪盈眶。

……

当年鏖战急,弹洞前村壁。装点此关山,今朝更好看。

在那艰苦创业的日日夜夜,汗水伴着苦水,血水伴着泪水,实现了中国兵器行业铁路车辆"零"的突破,达到年产3000台。火车车钩、缓冲器、摇枕、侧架等主要部件被铁道部列为行业领先产品。这里有说不完的故事,这里有永不褪色的中国军工光环。当时,不少圈外人怎么也不理解:现在都什么年头了,他们工资不高,奖金也很少,是什么支撑着他们,现在终于明白了——

铁路车辆创业之路,是一机人乘着改革开放的春风用"不辱使命"的五指犁开的路。

铁路车辆创业之路,是铁路车辆人用生命铸结的路。

铁路车辆创业之路,是体现中国军工精神的路。

……

因此,就有了以后的内蒙古一机集团"TY230"推土机,"北方奔驰"重卡的创业之路。

因此,就有了国家重点"9910工程"敢为中国军工逞英豪的大国重器奋斗之歌。

因此,就有了一机人能为中国宇航"神舟"号回收系列装备、海军航母轴轮装备、海军机动雷达装备、空军预警机装备等,填补了国内高端装备制造空白,为国争光的产品开发之举。

……

如今,铁路车辆已今非昔比。由1984年做第一台铁路敞车开始,当年一棵弱不禁风的小树苗,如今长成了迎风傲雪的云杉。从祖国大地到亚、非多个国家和地区,都有"中国内蒙古一机集团北方创业公司制造"的铁路车辆。6个系列50多个品种7万多台铁路车辆,昂首阔步地奔驰在铁道线上。

内蒙古一机集团北方创业公司已成为中国铁路车辆路外制造厂家的一支劲旅。当高铁载着时代的使命驰骋在神州大地上的时候,内蒙古一机集团的铁路车辆,为中国改革开放40年献了一份大礼。它向祖国大声报告:内蒙古也能生产铁路货车了。

铁路车辆的创业精神,伴随着共和国改革开放的大潮,在军工人用五指犁开的"军民融合"的创业大道上,一路风驰电掣,一路风华正茂。

为了中国稀土事业的光荣与梦想

高　欣

中东有石油，中国有稀土，稀土在包头。

1963年4月1日，经国务院批准，依托白云鄂博丰饶的资源储藏，包头稀土研究院的前身包头冶金研究所正式成立。此后至今，特别是改革开放40年来，稀土研究院在稀土选矿、稀土冶金、环境保护、稀土功能材料、稀土应用等领域，脚踏实地地为我国稀土工业的发展做出杰出的贡献。从1980年我国向太平洋海域发射的远程火箭，到2013年助推"神十"进入预定轨道的长征二号F运载火箭，都有包头稀土研究院所研制的稀土产品的身影。包头稀土研究院，见证了包头稀土产业的诞生，也见证了稀土高新区稀土产业的发展。

为了我们的共同理想

在包头的发展史上，要问有什么能让国内产业精英汇聚于此，并为之奋斗终生，那只有钢铁和稀土。

1963年，为开发利用白云鄂博矿的稀土资源，在聂荣臻副

总理的建议和主持下，包头的稀土事业起步了。一时间，来自北京、上海、安徽等地的尖端科技人才齐聚草原钢城，并把自己的人生理想定位在开发稀土资源、发展稀土产业上。窦学宏、陈希颖、熊家齐、倪德桢……如今这些仍然活跃在包头稀土界奉献余热的老一代专家学者，就是那个时期来到包头的。

1961年，在北京钢铁研究院工作的陈希颖，成为加入包头冶金研究所的首批科研人员之一。当时的北京钢铁研究院党委书记找他谈话，希望他在稀土产业上干一番事业！于是，他满怀理想来到包头，在北国这片黄沙弥漫、苍茫辽远的处女地上，开始他的稀土事业。当时，生活条件十分艰苦，上下班要走一个半小时的路程。陈希颖每天从工厂回来，总是赶紧夹上笔记本，一路步行到图书馆抢座位，他想从国外的杂志上捕捉稀土发展的最新消息，琢磨如何在白云鄂博矿的开发利用上实现突破。

1962年，老家在北京的窦学宏从兰州大学化学系毕业后，也被分配到包头，成为包头稀土产业开拓大军中的一员。"到祖国最艰苦的地方去！到祖国最需要的地方去！"从此，他认识了草原，认识了稀土，数十年以此为乐，乐此不疲。

熊家齐是最早参与稀土研究工作的专家。在他的记忆里，当时遇到的第一个难关就是，如何把资源里那百分之几的稀土提炼成50%以上的精华。

据检验专家倪德桢回忆，当时他们把宿舍改建成化验室，自己动手从一楼往四楼拎水，利用简陋的设备做检验，最多的时候一天要做100多次检验。

1975年,包头冶金研究所与北京有色院广东分院分别研制出了新型选矿用捕收剂。1976年,这两院所联合包钢稀土三厂进行工业试验,得到品位大于60%的稀土精矿。

他们实现了所期待的第一个目标。

改革开放,掀开了包头稀土事业的新篇章。1978—1986年,中共中央政治局委员、国务院副总理、国家科委主任方毅先后7次视察包头稀土研究院,给科研人员极大的鼓舞。到1984年,具有国际先进水平的稀土选矿捕收剂问世,破解了白云鄂博矿的选矿难题。这一年,包头稀土研究院还成功分离了镧、铈、镨、钕、钐、铕、钇7种稀土元素,并完成了工业试验,为实现稀土工业化生产奠定了基础。

1985年,包头冶金研究所正式改名为包头稀土研究院,将稀土提升到科研的新高度,由此进一步明确了研究机构的产业定位和方向。

一部科技创新与进步的奋斗史

包头稀土研究院的发展历程,就是一部承载着中国稀土产业科技创新与进步的奋斗史。从民用到军工,从船舶到航空航天,从信息化到智能化,包头稀土人用他们的心血、智慧和汗水,助推着中国稀土科技发展的每一步。50多年来,稀土研究院在稀土冶金、稀土磁性材料、稀土磁片伸缩材料、稀土发光材料、铬酸镧电热材料、磁制冷材料、稀土耐热抗老化助剂等领域取得了一系列重大研究和产业化成果。

20世纪70年代,我国单一稀土的萃取分离还处于初始阶段。也正是在那时,中科院院士、北京大学徐光宪教授开始对连续分离单一稀土的串级萃取理论进行研究。此后,包头冶金研究所进行了P507全萃取分离稀土的研究,该成果获国家科技进步二等奖、"六五"国家科技攻关奖。当时,这一成果不仅在包钢用于大规模生产,还在全国推广,由此掀起了一股单一稀土分离热,一时间产品丰富、供应充足,使国际单一稀土市场上响起一片降价声,西方发达国家将此现象称之为"China impact"(中国冲击)。

在火法冶金领域,稀土院也做出重大成绩,曾获国家科技进步二等奖。包钢稀土下属的瑞鑫公司当年号称全球最大的稀土金属生产厂,采用的工艺也是包头稀土研究院的研究成果。

1967年,美国科学家发明了第一代稀土钐钴永磁体。两年后,美国发射"阿波罗11号"宇宙飞船,其导航系统的关键材料就是钐钴永磁。包头冶金研究所探听到这一消息,也跃跃欲试,并于1970年成立了相关研究组。后来,他们不仅研制出钐钴第一、二代稀土永磁材料,还研制出用这两种永磁体材料的永磁多极环,并作为直接用于航空航天导航的"元件"。

1980年,我国向太平洋预定海域精确发射远程火箭;1982年,我国潜艇水下发射火箭准确落入预定海域;1984年,我国第一颗地球轨道通信卫星成功发射;之后多次载人航天的圆满成功——从"神舟"系列到"嫦娥一号""嫦娥二号""天宫一号"……使用的都是包头稀土研究院研发制作的稀土永磁器件。万里长空书慷慨,助力神舟上九天。虽然他们研制的只是这些航天器许许多多部件中的一个,但是从冶炼、制粉到烧结再到最后的压制成型,温度系数的提高、精确度的实现,所有这些指标,每一个刻度,都是一次次艰辛的努力和探索。中共中央、国务院、中央军委向稀土院发来贺电,相关的航空航天机构也发来贺电。

这期间,稀土院在第三代稀土永磁——钕铁硼的研发中也取得了令人瞩目的成绩,并获得1989年国家科技进步一等奖。

引以为荣的是,诺贝尔物理学奖获得者丁肇中与包头稀土研究院钕铁硼之间也有一段佳话。为了寻找宇宙中的反物质、暗物质,丁博士率领10多个国家共37个研究机构参加阿尔法磁谱仪的设计与制造。而这个仪器的核心材料高性能钕铁硼,就是出自包头稀土研究院的科研人员之手。

掀开产业发展的新篇章

乘着科技创新的翅膀,包头稀土研究院一路攻坚克难——

1988年,国内第一条年产40吨钕铁硼永磁材料生产线建成,形成具有自主知识产权的成套技术;2000年,由国家发改委批复,稀土冶金及功能材料国家工程研究中心成立;2012年,稀土材料中试基地建成,为科研成果产业化提供了孵化平台;同年,稀土院天津分院成立,成为拓展科研领域、聚集高端人才的重要平台。目前,稀土院不仅是稀土界最有实力的综合性研发机构,还拥有以科技开发和行业服务及生产经营为主的全资、控

股、参股公司 16 家。

从 1992 年包头稀土研究院并入包钢集团,到 2005 年落户稀土高新区,到 2007 年进入北方稀土集团。物换星移,春秋几度,包头稀土研究院执着、奋斗的精神依旧。

如今,这一精神仍然在稀土院不断传承和延续。

现在,研究院磁制冷工程研究中心技术专家黄焦宏,正在为专利产品实现产业化做着最后的准备。在他的实验室里,陈列着他先后研制出的三代磁制冷冰箱样机,而第三代冰箱已基本设计试验成功,常温下的饮料放在冰箱内半小时就可以制冷到 10℃以下。磁制冷用磁性材料和水做媒介,比现有的气体制冷要节能 30%到 50%。包头稀土研究院从 1999 年起开展磁制冷项目,为国内外多家单位设计研制了永磁场系统、稀土基磁制冷材料等,并获得多项专利。

半个多世纪的拼搏,特别是改革开放的 40 年,包头稀土研究院砥砺前行,见证了中国稀土事业的从无到有、从小到大、从弱到强的发展历程。包头稀土研究院人才辈出、成果丰硕,已经成为最有影响力的稀土科研机构,成为展示我国稀土产业发展的重要窗口。在稀土研究院科研力量的推动下,目前包头的稀土产业已经形成从选冶、分离、深加工、新材料研发到应用产品生产的稀土产业集群。通过科技创新,一些领域已经达到国内先进水平。转变"挖土卖土",实现"点土成金",正成为包头稀土产业发展的现实。并以此为基础,推动和实现着中国稀土事业的光荣与梦想。

父亲的煤矿，我的摇篮

刘宝丽

父亲80岁了，我经常去看望他，给他做他爱吃的麻辣豆腐，给他理发、剪指甲，听他讲过去的故事。

父亲讲他1959年来到包头，下了绿皮火车满目荒凉的记忆；讲他挤在臭烘烘的红皮公交车里，七拐八弯颠簸两个小时来到石拐煤矿安家落户的艰辛；讲他因为供应粮不够吃，和工友推着自行车三更半夜长途跋涉去土右旗农村偷买粮食的劳顿；讲他提前退休打工挣到第二份工资的满足；讲他带着我们兄妹4人每年在自家地里收获几百斤土豆的欢乐；讲他如今在滨河新区悠闲安逸今非昔比的感慨……

我童年的欢乐留在了机器轰鸣的矿区。高高的井架、黑黑的选煤楼、嗡嗡的抽风机、哗哗的输送带……放学的孩子们总是在刚升井的"窑黑子"中寻找自己的父亲，他们嘻嘻哈哈散发着纯朴的青春朝气，洁白的牙齿闪闪发光。记得当年很认真地问妈妈，为什么和爸爸在一起的叔叔们牙齿都那么白？妈妈笑我傻，说浑身一层黑煤粉覆盖，脸也被煤粉涂满，牙齿当然显得白了。有时父亲们会首先找到自己玩耍的儿子，突然伸出黑手抹一下

儿子的脸嘿嘿一乐，大伙便都看着黑脸小鬼哄堂大笑起来。想想那时候，我们的父亲也就30岁上下，在艰苦的生活生产环境下，挡不住的朝气蓬勃洋溢在矿山井下。是父辈用青春和汗水甚至鲜血，温暖了我们的小家，点亮了钢城的大家。

留给我一生都无法愈合的伤痛是小伙伴突然间失去父亲的悲凉。我9岁那年，父亲所在的煤矿发生大冒顶，坍塌的煤层无情地砸向掌子面，25条年轻的生命用鲜血诠释了他们辉煌而短暂的一生。在那个生产技术落后、设备不足、生产环境差的年代，像用血肉之躯跳入冰冷泥浆中的铁人王进喜一样，采煤工人都心存一个无上光荣的信念：为了完成采撷光明的使命，心甘情愿地走进黑暗；为了祖国大家庭的温暖，义无反顾地接受800米井下的阴寒。25条年轻的生命，留下了25个年轻的母亲和许多永远失去父爱的孩子。妻子们的哭声震颤了群山，年幼的孩子如何能理解那沉重的哀鸣。那天，教室里空下的座位像一张张龇着牙的大嘴，咬啮着我的心脏，吞噬着我莫名惊恐的灵魂，我祈祷爸爸每天都能用粗粗的嗓音喊我的小名。我也在父亲的眼神中读出了无奈：开采煤炭，总要有人去做。在煤矿，工人就是战士，井下就是战场，生产就是战斗，父亲在和我谈起他的工友时常常黯然伤神、感慨万千。他说，五六十年代国家穷，煤矿根本谈不上机械化，一切都靠勤劳的双手和坚定的信仰，在黑暗中开拓、打眼、放炮、出煤的兄弟，就是一个战壕的战友。后来，我每每听到电影《冰山上的来客》中那催人泪下的《怀念战友》的歌曲，便总是莫名其妙地想起矿难中失去生命的煤矿工人，想起带着几个孩子艰难度日的同学妈妈，也深深体会着父亲与煤炭爱恨交织的凝重情感……

每天上学路过的一段山坡上，布满了一个个小丘陵似的坟头，孩子们怀着恐惧快速通过。这里长眠着一次次煤矿事故中遇难的工人。也正是在这些孤儿寡母与生活抗争的现实中，在我放学之后与小伙伴背着煤兜子去矸石山上捡煤的磨砺中，我的心里种下了难以割舍的煤矿情结。我那带血的摇篮啊，在我成长的岁月里，让我形成了顽强、坚韧、朴实、善良，以及对一切困难都无所畏惧的矿山性格。

20世纪80年代初，父亲迎来了好政策，凡长期从事采煤一线工作患上煤矽肺病的工人都办理了坐休。同时，改革的春风吹到了山沟，石拐地区的小煤矿如雨后春笋般蓬勃发展，经济繁荣，无其他技能的父亲，重操旧业又一次钻入煤窑。一种无以言表的心痛伴随着我度过了高中和中专的读书生活。当我宿命般回到矿区工作的时候，生活条件已经大有改善，矿区一片繁华，小商小贩在街道两旁此起彼伏地高声叫卖。记得我用第一次发的工资买了十几个苹果，回家一股脑地倾倒在炕上，11岁的小弟欣喜地抱着大苹果滚来滚去，从此不用再可怜巴巴地盼望父亲偶尔买一些小小的皱巴巴的苹果回家。现在，他可以随心所欲地吃，可以挑三拣四地吃，可以选择品种地吃，可以肆无忌惮地吃。当时，石拐区的人口一度达到13万之多，不仅大矿处在鼎盛期，依托个体小煤矿的蓬勃发展，外来人口也不断增加。

再后来企业改制，已经退休的父亲归到神华矿业公司，拿着

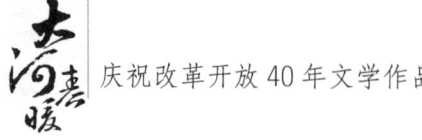

逐渐增加到每月 3000 元的退休金,父亲很知足。而随着石拐煤炭资源的枯竭,神华集团开辟了鄂尔多斯等地区的煤田,一部分单位整体迁移,一部分职工买断自谋职业。父亲的煤矿渐渐衰落,父老乡亲东奔西走、背井离乡。为了让这些立下汗马功劳的煤矿先驱老有所养,为了让第二代甚至第三代煤矿人安居乐业、团圆生活,一座安置石拐棚户区居民的新城拔地而起。位于稀土开发区滨河新区的民馨家园,成为安置石拐老区人民的乐园,成为包头市最适合百姓生活的地区之一,健身、购物、医疗、娱乐……消费很低,日子却过得别有一番滋味。标志性建筑——大鼎,坐落在民馨家园东侧,预示着石拐新区将继续发展、鼎盛繁荣的美好愿望。父亲搬到楼房之后,常常和当年一起工作过的老朋友、老邻居,逍遥自在地在民馨广场听戏、看跳舞、打扑克、下棋,或去早市购买日用品。母亲则参加唱歌队、太极拳队、秧歌队等各种群体活动。我常常和朋友说,曾经各自漂泊谋生、曾经跟随子女在各处生活的矿山人,终于又团聚在滨河新区,这得益于改革开放之后的经济发展。

父亲老了,又开始怀念在山沟里为了摆脱贫穷而奋斗的激情岁月了。我问他:"现在好,还是过去好?"他说:"当然现在好,你们小时候可怜的什么也吃不上,第一是物资匮乏,第二就那一点点工资勉强度日。"说到这里,我便想起在矿一中读书的青涩岁月,赶上高考后一并分配工作的美好时光,生活虽苦,但通过努力都会实现自己的愿望。我这个一线矿工的女儿,如愿以偿考上警察学校,并成为一名光荣的人民警察。所以,工作 30 年来,我没有忘记生我养我的煤矿,没有忘记黑山黑水的摇篮,更不会忘记我的父老乡亲。为他们服务如同孝敬父母一样。老邻居们也常常兴高采烈地对我的父母说:"我们的事情是你闺女办的。"那种温暖,那种自豪,如我孩童时在没有院墙的平房大家庭般亲近自然。我很清楚,我永远是煤矿的女儿。

历史的车轮滚滚向前,父亲的煤矿渐渐消失了,残垣断壁镶嵌着我努力拼搏的记忆。曾经沸腾的家乡石拐,也记载了它煤炭事业的兴衰变迁。当我开着自己的车行驶在宽敞干净的大街上,带着父亲在到处都是景点的包头市区游玩时,老父亲总是感叹:一个窑黑子,从来没有想到过,现在想去哪就去哪,想吃啥就吃啥,想买什么就买什么。其实,父亲没见过的东西太多了,他的满足来源于 80 年来一步一个脚印的岁月沧桑,来源于改革开放 40 年来生活的蒸蒸日上⋯⋯

庆祝改革开放 40 年文学作品集

风雨客运路

栗晨霞

> 晨六时半离百灵庙……近午抵召河普会寺……在寺饮茶，并中午点……下午二时过武川县，四时过蜈蚣坝……六时抵归绥公医院……
> ——冰心《平绥沿线旅行记之百灵庙篇》

> ……走了两小时爬上了蜈蚣坝……十一时，到武川县。（第二日）九点半，我们上了汽车，……十二时，过召河。……三时半，进了山口（九龙口）……而这时，翻译忽然叫道："百灵庙能望见了！"
> ——郑振铎《百灵庙记行之一》

这是 20 世纪 30 年代燕京大学的几位教授对平绥沿线（今京包铁路沿线）考察时留下的文字记录。由以上记录我们可以了解到当时从绥远（今呼和浩特）到百灵庙全程需要十一二个小时。

时光如白驹过隙，转眼间改革开放已经走过了 40 年。这 40 年中，国家在党的领导和全体人民的努力下发生了天翻地覆的变化,这些变化已经深深融入了我们的生活。回望过去40年乃至20世纪三四十年代达茂旗百灵庙客运的历程,就能领略时代的进步和变迁。

1952年冬,归绥(今呼和浩特)运输公司开始在百灵庙通车,当时的运输车辆为美国的十轮万国汽车和日产通和汽车。1953年开始有一辆归绥运输公司客车往返于归绥、百灵庙之间,自此境内才正式拥有客运。1960年,百灵庙建立了固定的停车站点。1963年,呼市运输公司投资4.3万元,在百灵庙新建一处配有候车室、营业室、办公室等的汽车站,总占地面积6000平方米,其中候车室248平方米。到1970年,呼和浩特市通往百灵庙的班车增至2辆,1980年增至5辆。1986年,达茂旗百灵庙汽车站承运班车达到8辆,日接送16个班次。1987年又新增呼和浩特市往返百灵庙的3个豪华班次。截至1990年底,百灵庙汽车站日接发26个班次,日接送旅客1200多人次。2013年,呼运集团百灵庙客运站迁入新址。新站按照交通部二级公路客运站标准建设,占地面积达20010平方米,其中站场面积达11339平方米,候车厅面积700平方米,日旅客周转量可达3000多人次,日发班次60多辆次,基本覆盖了全旗各乡镇、附近旗县和周边城市,形成了四通八达的快捷道路交通运输网络。站内设贵宾接待室、停车场、发车位、候车厅、售票厅、站务员暨驾乘人员休息室、车辆安全检验台、X光安检仪、LED电子显示屏、条形码验票设备、微机售票设备、监控设备、消防设备、无障碍通道等现代化设施设备,能充分满足售票、乘车、车辆安

检、发车等客运站运行需要。

20世纪客运站成立之初,投入运营的客车皆为"解放"牌客车与"东风"牌客车,无空调、无暖气、无气压门、无底仓,核定载客量多为19座或26座。那时,旅客出行条件相当艰苦,乘客从百灵庙到呼和浩特或包头,冬天要忍受将近12小时的严寒,夏天也要忍受将近12小时的酷暑。从20世纪80年代,也就是改革开放之初,客运行业得到高速发展。客运大巴顺次过渡为伊卡路斯、扬州、依维柯、金龙、宇通、中通等豪华大客,燃料也由汽油过渡为柴油及天然气。车内配有车载电视、北斗导航、车载灭火器、安全阀、安全锤、安全带等各种安全装置。空调风道为仿西班牙进口装置,车厢内顶棚、侧围都为发泡剂密封,防水、隔音、防火。发动机冷却风扇也在充分保证冷却效果的同时,最大限度降低了噪音。核定载客量一路飙升为35座、37座、45座、55座等。

改革开放初期,我国每百平方公里的公路密度只有9.1公里。现在,这一数字扩大了5倍多,达到每百平方公里48.92公里。达茂旗境内公路由20世纪的草原自然公路修建为现在的四车道分幅双向式一级公路。因为有了隧道,客车再也不用在大青山中绕来绕去,往来呼、包两市只需3小时,彻底改变了过去"晴天一身土,雨天一身泥"及雨天无法通车的乘车状况。

在交通强国建设如火如荼的当下,网络购票也已成为客运市场的一大亮点。过去如遇客流密集时客运站售票厅"排长龙"购票屡见不鲜,有时排队购票的队伍甚至会延伸至十几米,而且经常出现旅客排队几小时却未能买到所需车票的情况,旅客滞留现象时有发生。如今,随着互联网的普及和新一代公路客票系统的研发使用,人们通过网络便可了解到客运站售票情况,旅客可视具体情况提前安排出行计划,"动动指尖"即可购票。某种意义上说,当今售票厅"小窗口"已完全被"大数据"颠覆。

改革开放40年,弹指一挥间。发生在我们身边的变化真是太多太多了。百灵庙客运站这40年的变化,相对于全国各行各业的变化,只不过是沧海一粟。十九大报告中明确指出:"加强水利、铁路、公路、水运、航空、管道、电网、信息、物流等基础设施网络建设。"这意味着,交通运输行业将迎来更大的发展机遇,今后百姓出行一定会更加方便、快捷、舒适。

作为交通运输行业的一员,我们一定要认真贯彻落实习近平总书记重要讲话精神,努力构建开放型综合交通运输体系,不忘初心,牢记使命,为实现伟大复兴的中国梦不懈奋斗!

坝锁石门谱华章

郭文达

石门，位于包头市昆都仑河峡谷中，因两岸山峰高耸峥嵘，俨如石门，故自古称之石门。其名又源于北魏历史地理学家郦道元的《水经注》："河水又东流，石门水南注之，水出石门山。"至今听起来仍让人感觉充满岩石的坚硬、伟岸和烟水的氤氲、迷蒙以及文化的厚重味道。

昆都仑河，历史上是一条两岸水草丰美、牛羊成群的文明古河，也是一条水害频繁的季节性河流。据记载，从1822到1908年，昆都仑河就发生过3次特大水灾，其中1856年的洪峰流量达到了每秒7000多立方米，造成特大灾害，使得房屋倒塌，田地淹没殆尽，人畜伤亡惨重。1958年8月7日，包头地区连降大暴雨，其降水量为中华人民共和国成立以来之最，由此造成山洪暴发，昆都仑河河水横溢，冲毁了田野，冲毁了村庄，冲毁了城镇，也冲毁了下游公路桥和铁路桥，交通、电讯中断，厂矿企业停产，包头昆区居民和包钢厂区受到严重威胁，造成直接经济损失近亿元，间接损失难以估量。灾情发生后，解放军官兵和包头市民迅速投入到抗洪救灾恢复生产之中，抢修公路、铁路、桥梁，涌现出许多可歌可泣的动人事迹。

昆都仑河的洪灾促使包头市人民政府决定在石门险峻狭窄之处修一大坝,建一水库,锁住洪魔,造福人民。昆都仑水库于1958年11月动工,1960年基本建成并投入使用,履行着城市防洪、城市供水、旅游服务、水保绿化的职能。由于其地理位置特殊及安全的重要性,被称为悬在全市人民头上的"一盆水"。

十一届三中全会后,国家在加快水利改革步伐,进一步繁荣水利经济方面取得了突飞猛进的成果。昆都仑水库也受到党和国家领导人的关心和重视,先后有时任自治区政府主席布赫、全国政协原副主席兼水利部原部长钱正英、水利部原部长钮茂生等领导来昆都仑水库视察,并做了重要批示。进入20世纪90年代,昆都仑水库大规模除险加固工程开工,水库加固工程按千年一遇洪峰流量8050秒立方米设计,最大可能洪峰流量1.4万秒每立方米校核,工程总投资1.05亿元。水库加固工程竣工后,大坝总高度达到40米,新建63米钢制交通桥1座,加装溢洪道10孔闸门,安装启闭机10台,总库容提高到7850万立方米,溢洪道最大泄量由原来的3900秒立方米,提高到12720秒立方米,水库的防洪蓄洪能力显著增强。每逢泄洪,浊浪排空,地动山摇,声势浩大,有"十万军声动地来"的壮美,气势磅礴,蔚为壮观。

建库近60年来,昆都仑水库成为包头市重要的防洪屏障和旅游休闲胜地。每当旅游季节,昆都仑水库总会以其优美的环境吸引着八方来客。雄伟的大坝,高耸的闸门,浩渺的水波,铺满山坡的鲜花,高大静穆的松柏,绿意融融的草地……这无限美好的自然风光,让身在其中的人们流连忘返。然而,你可曾想到这如画的风光,正是水库人顽强拼搏、挥汗如雨、勤劳耕作的结果。在水库这个距市区偏远的地方,一些感人甚至催人泪下的故事就像发生在昨天一样在我的脑海里萦绕、回荡。

那是一年的冬天,天气特别冷,滴水成冰。有一支队伍每人手里拿着冰钏(用于钻冰)、笊篱(用来捞冰)、镐头在水库冰面上砸冰,原来他们是为了防止大坝工作桥桥墩和闸墩冻胀而将其周围的积冰打开,这种工作在寒冷的冬季每天清晨都要进行。尽管人们在工作时头戴棉帽、身穿厚厚的羽绒服,可还是被冻伤了手脚和耳朵。没有在那样寒冷的天气里工作过的人是体验不到它的艰辛的。正是有着这样的一支队伍,坚守在偏僻的昆都仑河段,才确保了昆都仑水库的岁岁安澜。

对于昆都仑水库而言,最重要的两项任务是防洪和供水。几乎每年都有三四次汹涌的洪水,在上级水管部门的科学调度下,变成清冽甘甜供市民饮用的自来水。每逢暴雨来临时,水库人几天几夜不睡觉,坚守防洪第一线。2004年6月29日,黄河上游巴盟前旗两个造纸厂的污水流经黄河包头段,造成包头市黄河水源地大面积污染。事发后,市供水总公司紧急启动了供水应急预案,停止从黄河取水。在面临断水5天的紧要关头,正是昆都仑水库,也是这支队伍,将宝贵的清水送到包头市的千家万户,缓解了市民的燃眉之急,保证了全市人民的正常生活和工作。

改革开放40年来,在国家科技创新的战略背景下,水库管理处围绕水利中心工作,服务水利发展大局,在技术开发、科技推广和成果转化等方面取得了显著成效。为了改变水库冬季人工打冰劳动强度大及存在不安全因素，根据水库气候、工程管理、施工技术规范、安全防护措施等要求，反复试验与安装调试，于2015年末昆都仑水库专业防冰冻装置安装调试运行成功，结束了半个多世纪人工打冰的历史。

如今，这里已成为国家AAA级旅游风景区和国家级水利风景区。碧水环绕青山，蜿蜒流转处，高耸的拦河大坝横亘于石门之间，构成了一幅高峡平湖、飞流瀑湍的自然图画。与之呼应的是茂密丛林中茵茵绿草、点点野花与谷底涓流以及坡旁静静伫立的小木屋和蒙古包群……田园美景恰到好处地缓冲了坝的雄壮，水的奔涌，让你于这一缓一急中，不由得惊叹造物的神妙，不由得用心体味人工与天成相伴共生中所弥散的景语画音。

对游人来说，从来都是在夏季雨水最丰沛的时候才去石门的。因为要看奔涌的水，要以桨击浪，要在茂草鲜花丛中小憩，以一种最放松的姿态贴近土壤，贴近自然的芬芳。或许还可以邀一群多日难见的伙伴，把在都市嘈杂中蒙尘的激情一并释放。沿着石梯登上坝顶，你会领略到"水色山光无限好，疑是飞身到广寒"的意境。四周的山、水、树尽收眼底。一湖碧水浮光耀彩，似熠熠碎银撒满湖面。浩渺宽阔的水面上成群的野鸭相互嬉戏，数百只银色的鸥鸟伸展着几何图形的双翅，鸣叫着盘旋在水库上空。如果你特别幸运，还能看到仪态端庄的白天鹅、悠闲自得的灰鹤。每当丽日当空和夕阳西下之际，轻柔的风阵阵拂来，水面上泛动着点点金光，耀人眼目，如同千万片鱼鳞在闪动，呢喃的鸥鸟几

乎贴着水面急划而过,不时向水面点击两下,像调皮的顽童掷向水面的漂石,消失于另一端,给景区平添了无限的活力。爱水的人更可以添一份情致,一跃投入水的怀抱,一展身姿,一舒筋骨。那种清凉、那份透畅,足以消退酷热引发的倦意,换一身清爽。向晚,在蒙古包前点起篝火,劲舞狂歌;在餐桌前落座,品尝浓香可口的手扒羊、鲜嫩肥美的水库鱼,再饮上一杯美酒。那洌洌的甜,醇醇的香,恰似那似浓还淡、似淡还真的挚爱,让人难以放手和忘怀。

岁月如歌

岁月如歌

我的乡村写作

马宝山

我的写作始于"文革"结束之后。那时候提倡解放思想,一个全民读书热轰轰烈烈兴起,青年人买书、读书成为一个时代的风尚。书店、图书馆、阅览室,到处是读书声,处处都有人谈读书感想,热爱文学成为青年人的追求,写作成为许多青年人的爱好和实现理想的金桥。

那时候我已经30岁了,写作似乎晚了一些。

我的写作缘于一次黑板报上的文字。当时我在二机厂(现为北方重工)一中任美术教员,除了1周6节美术课外,就是每两个星期出四大板块黑板报。黑板报上的文章出自老师和高中文学社的同学之手,都是很有质量的文稿。其中一位高三同学写了一篇作文,题目叫《春归校园》。

《春归校园》写的是本校的一名学生在"文革"中造反、批斗老师、迫害校长,后来上山下乡走向社会,懂得了许多道理,也明辨了是非,认识到自己在校时的恶行,忏悔不已,于是再返校园向老师道歉赔罪的散文。文字清新,感情丰富,成为那一期的热点文章,每天都有师生站在板报前阅读。他也成为校园的"学生

作家"。

我受这篇文章的影响很大。心想,一个高中生写得,我为什么写不得。于是,也就用这个题目,扩展成一篇小说。起先3000字,后经反复求人指教,一次又一次修改,写到5000字、7000字。内容也不断充实加厚,最后已近万字。作品完成后,寄给复刊不久的《儿童文学》,天天盼星星盼月亮似的等待编辑部的回音。然而等来的不是采用通知,而是一封退稿函。不过正是这几百字信函的鼓励,激起我创作的热情和坚持一生追求文学创作的信心与勇气。一位是我的学生,一位是素未谋面的编辑,成为我走向文学创作道路上的引领者。我至今收藏着那位《儿童文学》编辑的信。

1980年,是我的收获年。这时我学习创作已有2年了,写的东西自然是练笔,都达不到发表的水平。这年的暑假,我写了一篇小说,是孩子劝告爸爸戒烟的故事。几个月里反复修改,誊抄清楚后寄给当时的《包头文艺》。大约不到一个月接到编辑的来信,通知我两个消息:一是《我和爸爸》采用,当年第6期发表;二是杂志社决定9月在固阳办创作学习班,约我参加。写信的青年编辑是方溦,一位天津知识青年。这样,我的处女作发表在这一年刚更改刊名为《鹿鸣》的第6期上。9月参加学习班,认识了包头的许多文友。在学习班期间,有传言说市文联和包头师专联合办文学创作研究班。我能不能上这个研究班呢?还没有一篇作品问世,怕是很难。没有想到的是,市文联推荐名单里竟然还有我,真是高兴极了。10月初开班,学员里有名声赫赫的王维章、叶文彬等诗人,有崭露头角的青年作者若干人,还有来自伊盟、巴盟、乌海的中青年作者。

年底,包头市召开了文代会,我有幸参加了。在这里我体会到,党和政府培养少数民族作者的政策和改革开放的大好形势,给我提供了学习和创作的机会。

文联和师专共同举办的文研班,在校学习一年,另外半年深入生活进行创作。我利用这半年的时间回到东北老家,住在舅舅家。舅舅家是地主。当时刚刚召开过十一届三中全会,给农村的地主、富农摘了帽子。这些几十年抬不起头的人从村中喇叭里听到消息后,兴奋得放鞭炮,喝着酒,高兴得又哭又笑。听说邻村一家富农带着一家人跪在村中电线杆喇叭下面磕头。很快,农村改革轰轰烈烈地开展起来,实行土地承包制。这是农村一次划时代的改革。那年春节村里的春联写的是"翻身不忘毛主席,致富不忘邓小平"。

我表哥是个很老实的农民,因为家庭成分不好,30岁了,还没有找到媳妇。舅舅舅母急得不行,让我帮他找对象。当时我在十里八村采访,一边听乡亲们讲故事,一边寻找合适做我表哥媳妇的人。终于在一个叫毛都艾力的村里打听到一个丧偶、带着两个孩子的女子。几番联系,介绍人说女子同意改嫁,可是带着两个孩子怕嫁到表哥村里受欺负,提出让我表哥搬到他们村。表哥不同意:"我咋能扔下两位老人不管,去过自己的小日子?不行,不行!"脑袋瓜子摇成拨浪鼓,然后出去串门散心去了。舅舅舅母默默无语。我心里也乱糟糟的,不知我这个"媒人"

是做对了还是做错了,只能没趣地回到东屋躺下看书去了。表哥很晚才回来。那一夜他翻来覆去没睡好。

第二天,吃过早饭,舅舅说:"我看,这事行。新社会讲男女平等,怎么就不能男的到女家去?都一样过日子嘛。甭惦记我们老两口。这日子过顺心了,再干个十年八年没事。"

那天,我和表哥骑着自行车去相亲。一路上,表哥很少说话。他实在是不愿意扔下老人到别的村过日子。走到半截路上,他就不走了。我好一顿安慰。最后我说:"走一步,看一步,先答应下来再说。"

两人见了面,别的都没有意见,就是对到谁家落户的问题有各自的忧虑。

我一边忙着给表哥说亲,一边写小说。他们的事也成为小说的素材。其中短篇小说《媒婶儿》里就有他俩的影子。《媒婶儿》写完寄给《鹿鸣》,另一篇小说《"小气老汉"更名记》,寄给《草原》。这两个描写农村改革新生活的小说,一篇上了《草原》杂志封面的要目上,一篇获得《鹿鸣》全国小说征文奖。

第二年暑假,我再一次回到老家。表哥从县城火车站接我回村。他告诉我,表嫂搬来了,还盖了新房子。一种幸福感和满足感跃然出现在表哥的脸上。说说笑笑间就进了村。一走进舅舅家的院子,眼睛就亮了。眼前是刚刚翻盖的5间大房子,院套、菜园都拾掇得干干净净。我刚喝几口茶,表嫂就放桌子上菜,满满一桌子。酒过三巡,我问表嫂:"咋搬来了?"表嫂脸一红,说:"我一个妇道人家,哪有你哥心眼多,七说八说,我就没主意了,就搬来呗。"

也就在这年年末,表嫂生了一个女孩儿。名字是舅舅起的,叫"联花"。后来听说这个名字颇有深意。十一届三中全会后,农村生产方式改革,推行家庭联产承包责任制,调动了农业生产者的积极性,改变了农业生产的方式和农民生活,是农村改革与发展的第一次飞跃。"联花"取意联产承包,农村生活芝麻开花——节节高。

那些年,我总是利用暑假回老家,感受日益变化发展的农村生活。几年里写出了《凤落雁河湾》《宽宽的乡间路》《山村的悼念》《二伯》等一系列农村发展变化的中短篇小说。一时被包头文友们称为"乡土作家"。我还将这些小说寄给著名乡土作家刘绍棠先生,接到先生热情洋溢的激励信函,至今我还珍藏着。

3年前,我再一次回故乡,去参加表侄女联花的婚礼。

联花好学上进,考取了公费研究生。毕业后通过招聘考试进入沈阳市开发区的一所小学任教。她和同是辽宁师范大学的同学恋爱几年,选在老家办婚事。

表哥表嫂又盖起一座新房子。5间新房子一码白色瓷砖贴面,高高矗立在村北的一道梁上,被村人称作"小白宫"。院墙、菜园子都是红砖花墙。菜园子里四周是果树,有杏树、桃树、李子树、苹果树、枣子树,自家吃不过来,一半都送人了。菜园子里的四季菜也一样,一半自己吃,一半送乡亲们。

联花的婚礼,是按照乡俗又结合城市婚典的形式办的,简单而又新颖。白天招待亲友,乡亲们吃喜酒,晚上放一场电影,片子

是《喜盈门》。大家高兴的同时都想已经过世的舅舅舅母。老两口已经去世六七年了,大家都惋惜,老人家要是还活着,看到今天的情景该有多高兴啊!

改革开放不仅在农村发生了翻天覆地的变化,城市建设也是日新月异。一片片楼房拔地而起,人们旧房换新房,小屋变大屋。2002年,我也买了新楼房,134平方米,三室两厅两卫。妻子把朝阳的一间布置成书房,书房里写字台、书柜全部更新,还安装了一部电脑,完成由手写转入电脑写作的"历史性变革"。

搬了新居,也有了好运。2003年春节,刚刚上班没几天,就接到内蒙古作家协会通知,推荐我去中国作家协会鲁迅文学院高研班学习。鲁院高研班是中宣部领导提议开办的作家培训班。参加第一届培训班的就有活跃在当今文坛的青年作家。我参加的是第二届,是专门培训国办和省办文学刊物主编或者副主编的,所以也叫主编班。

在鲁院学习期间,我进入了文学创作的最佳时机。那时,我创作了《主编》《草原深处的村庄》《白活》和一系列短篇小说、小小说。后来出版鲁迅文学院精品丛书"恰同学芳华",我在这本书里的作品大多是在鲁院学习期间写出来的。

鲁院结业后,我也从《鹿鸣》杂志社退居二线,有了更多的深入生活和写作的时间了。

2008年10月,我退休离开工作岗位,全身心投入到文学创作中。写作时间充裕了,写作环境不仅有包头家的书房,女儿在杭州安家后也有了宽敞的住房,她专门为我设计了一间书房,供我在杭州学习写作。

这样，我就拥有了两个书房——一个在黄河岸边，一个在西子湖畔。

今年端午节，我和表哥表嫂通了一次话。我问了今年的雨情，表哥说："春天播种时下过一场透雨，快两个月了没雨。"表嫂接过电话说："回来吧，菜园里的菜都下来了，都是有机菜，没有农药化肥。还有李子、杏也快熟了。"我说："手头还有一点写作的事情……"表哥忙解释说："农村都联网了，家里早就装上电脑啦，上网、查资料、写东西都方便得很。"

我真动心了，想再回去一趟。

我已创作 40 年，以小说、报告文学为主。其中小说，写过中长篇、短篇和小小说。小说题材虽然杂了一些，但是乡村写作是我矢志不渝的追求，因为乡村有我的亲人乡友，便有了一份惦念，一份牵挂，一份乡情。特别是日新月异的农村新生活是我永远取之不尽的写作源泉。

40年的点滴记忆

朱丹林

40年很漫长,几乎是一个人生命的一大半,要想把40年的生命流程全景式地记录下来,几乎是不可能的。这不仅仅是限于篇幅,更是由于生活的内容太多、太丰富了。我们赶上了中华五千年文明史上最光辉灿烂的一个历史时期。要记录这40年伟大时代的变化,我只能用"点滴"二字来写下这篇文章的标题。

说几个生活中记忆深刻的场景吧,算是对40年改革开放的一点回忆。

听广播

1978年12月底,纷纷扬扬的雪花飘落而下,人们三三两两地围在一起,收听广播。

那时,内蒙古每个旗县的街头,相隔不远都会有一个高音喇叭,悬挂在高高的电线杆上。陕坝镇也不例外。

1978年,刚刚走出浩劫的人们,多数家庭都买不起收音机,电视机、洗衣机、电冰箱、微波炉更是人们闻所未闻的东西,街头的高音喇叭是小镇上人们了解外部世界的唯一窗口。

这是来自北京的声音。中央人民广播电台的王牌播音员夏青,正用他那浑厚的嗓音,播送党的十一届三中全会公报:

"全会肯定了'实践是检验真理的唯一标准',重新确立了解放思想、实事求是的马克思主义思想路线,抛弃了'以阶级斗争为纲'的'左'倾错误方针,平反冤假错案;作出了把党和国家工作的重点转移到社会主义现代化建设上来的战略决策,确定今后党和国家的工作要以经济建设为中心;在经济工作中实行改革开放的方针。"

我和另外一位年轻的朋友站在深冬的街头,静静地聆听着党中央的声音,一任寒风吹撩着自己的头发,胸中像燃烧着一团火。我们知道,一个新的伟大时代走进了中国,走进了我们每一个普通人的生活和工作之中,它将改变我们国家的面貌,也将改变每个家庭和个人……

那一晚,我和那位青年朋友决定"奢侈"一把,两个人钻进了陕坝镇里唯一"最高档"的"国营食堂"。那时,市场上买不到粮食酒,我们只能喝着烈性薯干酒,吃着醋熘白菜、过油肉和几个馅饼,热烈地讨论着三中全会的决议,讨论着国家和我们个人的未来,直到酩酊大醉。

包产到户

党的十一届三中全会召开以后,各级党委、政府的领导班子都在认真学习三中全会的精神,我所在的杭锦后旗党委、政府连夜召开紧急会议,学习十一届三中全会精神,讨论如何解放生产力,让农村搞活、农民致富。

取消"三级所有、队为基础"、取消"一大二公"的人民公社体制在河套大地全面铺开,实行"家庭联产承包责任制",解放生产力,成了那个时期农村的最强音。我所在的农村生产队也把土地、牲畜、农具承包给了社员个人。

承包到了田地和农具的农民,像当年土地改革时分到了土地和农具那样兴奋。

分社那天,我正住在生产队的一户贫农贾国保老汉的家中。

说他是老汉,但他的年龄并不是很大,50岁左右的汉子长得满脸皱纹,看起来比实际年龄大。

他从生产队分到了一头毛驴,是一头怀了骡驹子的黑色母驴。这可乐坏了贾老汉。

阳婆落山了,天空是清朗的蔚蓝色,遥远的天际还可以看到几颗亮晶晶的星星在闪烁。入夜以后,天上刮起了朔风,片片乌云飘过来,不一会儿,大地上飘起了纷纷扬扬的雪花。

从下午开始,贾国保就穿着个白茬皮袄,圪蹴在正屋对面的自家牲口棚,单等那头毛驴下骡驹子。

他在牲口棚里高声呼喊着老婆娃娃。一会儿让老伴儿烧滚水,一会儿让新婚的儿媳把新的盖地(被子)拿来,盖在驴背上,生怕那怀驹子的毛驴受了凉。只是儿媳不高兴了,那新盖地是她的嫁妆,现在盖在驴背上,儿媳的嘴撅得比驴嘴还长。

我突然想起自己看过一个老的土改纪录片,有位衣衫褴褛的老农民,浑身颤抖着捧起一抔土,哭号着在地上打滚。他分到了土地!这是几千年来,中国农民对生产资料的渴望!

挂在牲口棚上的马灯,在寒风和飘雪中摇曳着。到了后半夜,那母驴终于开始要生骡驹子了。当小骡驹刚刚从娘胎里掉到干草堆上时,贾老汉不顾母驴的抗议,立刻用新盖地把浑身颤抖的小骡驹子包起来,抱进自家的大正房,用温水洗净骡驹身上的血迹,在热炕头上用毛巾把骡驹擦干。

那一刻,我突然理解了眼前这位贾老汉。毛驴和刚刚生下的骡驹子,就是他的生产资料,是他赖以生存、致富的工具。

那个时代,是农村打破"大锅饭"、提倡劳动致富光荣的时代。

"家庭联产承包责任制"的确是好政策,仅仅一年,人们便扔掉了粮票、布票、油票、肉票和豆腐票等。新开的农贸市场上,鲜红的西红柿、紫色的茄子、绿色的黄瓜、奶白色的大白菜和新上市的土豆及新鲜鸡蛋……琳琅满目的农副产品,让人们初步体会到摆脱物资匮乏的快乐,尝到了解放生产力的甜头。

我家的第一台电视机

前不久在网上看到一篇文章,说中国的老百姓已经基本上走出了物资匮乏的时代,衣、食、住、行都是如此。

面对着手机屏幕上这篇文章,我呆呆地坐了很久,思绪却没有停,一直在想几十年来自己和身边的熟人、朋友、亲属、同事们的生活经历。周边的人,的确没有一个像40年前那样必须考虑全家温饱问题,必须节衣缩食精打细算过日子的人了。

回想自己生活变化的起点,可能就是从家里有了第一台电视机开始。

40年前,如果想有一点娱乐活动,基本上就是去电影院看场电影,两角钱一张票。连续十几年,全国人民基本上没看过进口电影。20世纪80年代初,法国的《佐罗》、日本的《追捕》《望乡》及英国的《尼罗河上的惨案》等影片,突然出现在中国的银幕上,让10年只能看十大样板戏的中国人突然看到了另外一种艺术表现风格。我敢说,当时的老百姓,特别是年轻人,都被迷住了。

但能够在自己的家里舒舒服服地看一场电影或者一台文艺演出节目,依然是不可想象的。

1981年,包头地区极个别家庭有了电视机。那时的电视台是没有广告的,也没有电视连续剧,每天新闻节目结束后会有一个老电影或晚会节目,大约在22:00到22:30结束。再想看电视,得等到第二天晚上。

拥有一台电视机,成为那个时代每个家庭的奢望。彩色电视机根本没见过,更不敢想,连黑白电视机也不好买。我的一个同学家里想买电视机,专门派个男孩子坐火车到北京,从王府井百货大楼买了一台9英寸黑白电视机。那是天津出的"北京"牌电视机,他小心翼翼地捧回包头,大家新鲜得不得了。他邀请我们晚上去他家看电视。

我家的第一台电视机,是一台红壳的12英寸"松下"牌黑白电视机。买这台电视机并不容易。在电视台工作的老同学私底下告诉我说:"台里从广州发了300台电视机,大家疯抢,因为'肉少狼多',是否能搞到就看你们自己了。"

正好我妻子的同学是个干部子弟,她的父亲是位市级领导,托老同学央求她父亲,终于搞到了一张购电视机票。

可是购买电视机的420元钱我们还不够。当时我和妻子每月每人工资只有42.5元,家里还有一个两岁的孩子,生活过得紧巴巴的。后来妻子和家里老人借了些钱,才买回了这台电视机。这点钱我们还了半年多。

至今仍记得这台电视机给我们带来的欢乐。1983年,中央电视台举办改革开放后的第一个春节联欢晚会,王景愚老师的小品《吃鸡》,李谷一老师的歌曲《乡恋》,都让我们在欢乐中感悟到时代的巨大变化。

后来出现了电视连续剧。当时引进的是香港的《射雕英雄传》《霍元甲》等,每天晚上这些电视剧播放时,大街小巷空无一人,家家户户守在电视机前观看连续剧,那真是一个电视的黄金季节!

儿子上大学

当我还在初中读书的时候,就听说对于家庭出身不好的人

庆祝改革开放40年文学作品集

来说，不管你的学习成绩有多好，是不能上大学的，当时的政策叫作"不宜录取"。

当我到了上大学的年龄时，大学有几年是不招生的，整整一代年轻人被送到农村这个广阔天地"接受贫下中农再教育"。

后来听说"理工科大学还是要办的"。于是，全国各大学开始在下乡知青里招收"工农兵学员"。但是，家庭出身不好的人（在当时叫"可以教育好的子女"）基本上是没有机会上大学的。

1977年，党中央做出了一个重大的决定，即"恢复高考"。我赶上可以高考的时候，已经是一个人读书年龄的"末班车"，基本上误了读书的最佳年龄。于是，我们这一代中的很多人，把上大学的梦想寄托在孩子身上。

1998年，儿子高中毕业，参加了他人生中非常重要的高考。

从儿子拿到录取通知书后，我和妻子便忙碌着为他收拾行囊，准备上大学的生活用品，一会儿想起要带这个，一会儿又说要带那个。一个暑假飞快地过去了，眼看到了报到的日子，我和妻子决定，给孩子买机票，让他坐飞机去上大学。

我们把孩子送进机场的安检门口后，立刻找了一个可以看到机场跑道位置的地方等候飞机起飞。当波音737飞机呼啸着飞上蓝天的那一刻，我突然热泪盈眶。儿子赶上了一个多么好的时代，17岁的他可以乘飞机去上大学！而我呢？17岁那年，正是我下乡插队的年龄，我至今记得到乡下的生产队插队落户的情景。当时是由队里的"政治队长"李毛虫，用毛驴车从公社大院把我们接回小队的。

我突然决定,回我上山下乡的小队去看看。

买了长途大巴车票,一路风尘地跑回河套地区的"老家"。在进村的小桥上,正好碰到头发花白的老队长李毛虫,他正赶着自家的毛驴车走上桥头。

"毛虫,"我问,"你做甚营生圪呀?"

"哎——是小朱哇?"他还叫我当知青时的名字,"稀罕的多时不见了,我这狗的起蒜圪呀。"

30年前,就是这位老农民,用毛驴车把我接到了农村生活的小队。

30年后,我的下一代乘坐飞机去上大学。这是多么巨大的变化!这就是改革开放新时期给人们生活带来的变化。

手 机

手机在今天已经很普及了,我已经记不得自己曾经用过多少个手机。

从20世纪90年代我拥有的第一个诺基亚手机,到现在的256G内存的iPhoneX,我至少使用过十几部手机。从最早的发短信、打电话的功能,到今天手机几乎无所不能地覆盖了人们的生活,包括看电视、听广播,甚至成了移动钱包……人们的生活已经离不开手机。它的确是太方便了。

但是我总是忘不了自己这一生中打过的第一个长途电话。

那是1974年的夏天,因为知青身份的变动需要政审,我必须立即和父亲通电话,请他所在单位为我出一份政审材料。

早上10点钟,我来到杭锦后旗邮电局,先要填一张表,说明对方的单位和电话号码。那时个人和家庭是没有电话的,只能往父亲的单位打电话。

邮电局的工作人员开始拨号联系,她拨号后说了我父亲的单位、电话和联系人,之后便放下电话机,要我等待。

我开始着急,但必须耐着性子,用最好的态度询问人家:"为什么把电话放下了?"看到我这个"土老帽"连长途电话也没打过,对方满脸鄙夷不屑。在我再三询问下,她很不耐烦地告诉我:"长途电话要由杭锦后旗转到临河县里的盟电话局,再由临河转到包头电话局。包头电话局接通后,再转到你父亲的单位总机,总机接通后才能转到科室电话找你父亲。现在临河还没有接通呐。"

我终于明白了,打一个长途电话,竟然如此复杂。只好老老实实地坐在邮电局唯一的长木椅上等待。

两个钟头过去了,已经到了中午12点。邮电局的工作人员告诉我,临河县的工作人员到了吃饭时间,电话没接通,让我下午2点上班以后再来。

我只好把焦虑藏在心里,到街上去溜达了2个小时,下午2点继续到邮电局等待。

下午3点30分,电话铃声响起来了,我赶紧冲到柜台前,工作人员告诉我临河接通了,然后又放下电话。

接近5点钟,电话铃声又响了,我再一次冲到柜台前,工作人员又告诉我,接通了包头,然后再次放下电话。每次看到她放下电话,我都有一种绝望的感觉。

大约在 5 点 30 分,电话再次响起,工作人员终于告诉我好消息,要我到邮局大厅角落里一个隔出来的小木房子里去接电话。

从上午 10 点到下午 5 点 30 分,终于接通了这个长途电话。可是电话中传来的声音却是线路上"嗡嗡嗡"的响声,响声非常大,通话的声音很小,并且时断时续。我用全力喊叫,父亲也在喊叫,可声音断断续续。喊了十几分钟,总算把意思听明白了。

今天,当我们用手机打国际长途、越洋电话的时候,清晰的声音,甚至连对方呼吸都能听到,这是多么巨大的变化!这是前两天我和远在加拿大蒙特利尔的孩子通话时的真实感受。

汽 车

中国社会进入汽车时代,大约仅仅用了 10 年,就是在这 10 年当中,大城市中不少家庭都拥有了一辆,甚至几辆汽车。当我开着汽车翻越天山,在古尔班通古特沙漠公路上飞奔的时候,我常常想,40 年前,做梦都想不到会拥有属于自己的汽车。那时,拥有汽车似乎是一种罪恶,是西方资产阶级的生活方式。别说拥有汽车,就是拥有一辆自行车都是一种"难得"。

记得妻子年轻的时候在包钢上班,当时买辆自行车需要用若干张工业券,以及一个产业工人大约四个半月的工资("飞鸽""永久""凤凰"牌自行车大约一百七八十元)。为了买一辆自行

车,每个班组的工人要集体凑工业券。这次大家把工业券凑给张三,下次大家再凑工业券给李四,解决上班的交通工具问题。有的人买一辆自行车要节衣缩食两三年。这都是我辈家人亲身经历过的往事。

今天,当我们开着自己的汽车,飞奔在高速公路上的时候,不应该忘了我们曾经有过的艰苦生活。正是改革开放,让我们拥有了受高等教育的机会,有了汽车、电梯房……

尾　声

2018年是改革开放40周年,我们作为最普通的百姓,从自己身边的生活变化,感受40年的沧海桑田的变迁。其实,不说遥远的深圳怎样由一个小小的渔村,变成了拥有华为、腾讯这样引领中国产业发展的大城市;也不说上海怎样成为中国最大的金融中心,就说我所居住的这座北方三线城市包头,它的变化也是有目共睹的,是可以用日新月异来形容的。

40年间我所看到的,从1978年中国广大的城市乡村有几亿人口连温饱问题都没有解决,到40年后13亿人中的多数人基本达到了小康,走向了富裕。我们的国力也跃居到世界第二位,这恐怕是中华五千年历史上发展最快的历史时期,也是中国人生活最幸福、变化最大的历史时期。

感谢改革开放的好政策!感谢这个伟大的时代!

越来越好

陈　吟

一

　　1978年春天,当窗前的枝丫刚刚绽开一丝新绿时,我成了一名"费用工"——父亲的工作单位为照顾职工子弟,将我们招进企业。因为没有编制,连"临时工"都算不上,只是为了减轻本单位职工家庭和社会的负担,让我们走进企业,干起了零碎工作。

　　我穿着一件蓝外套,毛衣领子上翻出白色带花点的领子,那是用一尺布做的假领子。下身是一条洗得发白、裤腿接了一拃长的学生蓝裤子。几十年后,大家回忆起当年,都会说起我那条醒目的裤子。也难怪,用布票的日子是异常节俭的。我家4个孩子,为了省布票,我们的衣服都是接力而下的——老大穿小了给老二、老三、老四穿后再撕成布条打成袼褙做鞋用。我的女裤没法接力给弟弟,所以就接上一节再穿。

　　尽管正赶上上山下乡的末班车,没有扛着铁锹风里雨里地去"修地球";尽管享受了"留城"的待遇,但被称为"费用工",也有了张着嘴接人家下巴流下的那一滴汤水的意味,心里极不痛快;尽管一个月的工资是36.5元,但好说不好听,不是正式工,就像被贴了"废物"的标签。每次开支时,牛皮纸工资袋一打开,几个学徒的起重工就眼红得直撇嘴,说:"'废物工'也比我们强呀。我们学徒3年,一个月才18元钱呢。"

揣着第一个月的工资回家上缴给母亲,正在蒸玉米面菜团子的母亲脸上乐开了花,说:"哎,你终于可以帮我们一把了。先给你舅舅邮10元钱。喏,给你的零花钱!"2元钱递给我。我心里一阵高兴,一阵扫兴。电影票2角钱一张,可以看2场,一本书1元多,想再要1元钱。母亲说:"一个月买一本书就够了,借着看嘛。"得,就这么定了。每月2元钱,那是挣工资的我一个月的零花钱。

母亲又抽出3元钱来,说:"让刘姨给走个后门,扯5尺花布,给你做个棉袄套衫吧。"那时,全民蓝绿灰,花布很少。好不容易进几匹,闻风抢布的人比布都多,常常有挤倒柜台的现象。哎哟,亏了有在青百大楼当售货员的刘姨,不仅免了被挤之苦,还能首先拿到花色特别好看的布料。几天后的一个傍晚,刘姨拿着用马粪纸包着的碎花布过来了。细细碎碎的彩色花点上面,点缀着一片片深浅不一的绿色竹叶,清新,淡雅,艳而不俗,我和我妈都喜欢。刘姨说,一打开包装,大家都看上了这个花色,连柜台都没上,内部人都分光了。"内部独享"让我有了第一件花布衫。

因为是"费用工",所以我们啥活都得干。给泥瓦工当小工——上砖、上泥、勾墙缝;干零活——搬砖、运土、装卸货;当油工——刷油、粉墙、做防水。每周只有一天的休息时间,基本是上午洗衣服、收拾家、包顿饺子,下午去看场电影或逛书店。隔着柜台仰着脖子看架子上摆放整齐的书，或趴在柜台上隔着玻璃仔细欣赏书的封面，然后让售货员拿这本拿那本，直到售货员的脸色渐渐变冷，才选上一本。几毛钱或1元多就能买一本书。

1978年底，党的十一届三中全会召开，党和国家把重点工作转移到社会主义现代化建设上来，以经济建设为中心。这一方针如春风吹来，使我们的生活甚至命运发生了变化。

第二年初夏，我们被转成"大集体"工。扔掉了"费用工"的帽子，这就意味着我们要拿每月18元的学徒工资了。好在我被分配在水箱车间，6个月出徒，每月还有6元钱的保健费。我的待遇一下子提高了一大截——保健费是我的零花钱。

这时候，买布料已经不似前几年那么紧了，衣服的式样也仿佛一下子走进了春天，花样也翻新起来。的确良、涤卡、大纹哔叽等都摆上了柜台。那年春节前，我买了一块绛红色白人字花纹的化纤衣料，一块咖色的涤卡裤料，求同事做裁缝的母亲给剪裁。同事的母亲端详了一下布料，又看了我一下说："小姑娘穿这颜色太深沉了，咱就在样式上新颖些吧。"一个不对称的如意襟，上面点缀着一枚我母亲盘的琵琶扣，中西结合，新颖雅致；裤子呢，微喇。穿上吸引了不少人的眼球，但我爸大为不满："这裤腿为啥这么肥？"

二

我家还有两件奢侈品——一辆"永久"牌自行车，一台"蝴蝶"牌缝纫机。自行车是1964年我爸用攒了几年的积蓄买的。缝纫机购于70年代初，母亲攒了几年还是不够，只好又和邻居借了点。

那辆自行车最早可以带一家4口——我斜坐在横梁上，我妈抱着我弟弟坐在后面的车座上。那辆车客货两用——不仅可以带人，还要运货。买粮买煤买菜，样样都离不开它。我家4个孩子都是从这辆车开始学会骑自行车的。从左手扶车把右手扶车横梁，掏腿蹬车开始，直到个子长到勉强够到自行车座，使劲扭着屁股，在自行车的海洋里穿行。

刚上班时，每天坐在父亲的自行车后座上，不到一个月就烦了。后来坐同事的自行车。工作一年后，才得到一张自行车券，把全家的工资都加起来，紧巴巴地买了辆"飞鸽"牌弯梁二六自行车。买来新自行车的第一件事是要到派出所专设的部门打钢印、备案（每辆车都有一个巴掌大的自行车证）。如果被盗得报案。警察也时不时地利用晚上时间到居民家查自行车的情况，钢印和自行车证要相符才行。第二件事就是武装车身。现在买一辆宝马也不见得会精心装扮到那个地步。车梁用紫红或墨绿平绒布包起来，车把上套着用毛线勾的把套，挡泥板下端用薄铜皮包裹上，金黄耀眼。车座上必须套座套——有布做的，有线织的，也有皮革的。更有细心者，将每一根车辐条都用白色的细棉线密密地缠绕起来。那是家庭的必需工具，是不动产，当然要格外精心。

我爸的那辆"坐骑"在岁月的磨砺和摔打中跟随了我们40

年,退役时,除了车身没了漆色,零件依然完好。

缝纫机是家庭主妇的最爱,但不是家家都有。邻居谁家要是缝个床单褥单或补个衣服,都要去我家。一到星期天,缝纫机的"嗒嗒"声就不断。那时,家人的衣服都出自这台缝纫机。随着年龄的增大,我们已经不满足于母亲的缝纫机了,要花钱去裁缝店里做。为了节省每一个铜板,母亲要我们拿着布料让裁缝店裁剪好,码好边后再拿回来自己做。

熨斗也是那个时候出现的。以前,用棉布衣料做好衣服后,母亲含上一口水,"噗"的一声,水雾散开,均匀地喷洒在衣服上。用手铺平后压在枕头下就成了。化纤布料用这招就不灵了,必须用熨斗。我工作的车间的师傅就会做。起先,让铸造工铸个猪心般的铁块,上面安个长把,这就是烙铁——现在我们常在电影、电视上看见。日本鬼子或国民党严刑拷打共产党员时,从火盆里抽出烧红的烙铁,慢慢地伸向裸露的胸口,一股浓烟和着一声惨叫让人心惊肉跳。我们当时就用这种烙铁熨衣服。用时放在炉灶里烧一下,拿出来后一定要先用手试试温度,然后在要熨的衣服上垫一块打湿的毛巾或旧布,再熨。就这样小心翼翼,也常常会有烙煳的时候。那时穿裤子讲究两道笔直的裤线,常看见同事、朋友的裤子上有一个明显的烙铁印记,像邮戳,那一准是没掌握好温度。这种现象大家都习以为常,熟视无睹。

再后来就进步了。铸造师傅浇铸出一个像现在电熨斗般的模具,里面放一块能取出的铁芯。将铁芯烧红,然后传导热量熨平衣服。就这样,烧坏衣服的事故就减少了。

三

那时,谁出差到北京、天津、上海,都要给亲朋好友带东西。带啥?从吃的穿的到用的。北京的挂面、茶叶、酱油膏、熏小肚、杂拌糖。去上海就要带衣服、围巾、毛线、风衣等。

当时,最吃香的工作是"方向盘"、采购员、售货员、列车员。"方向盘"是司机,尤其是我们单位的司机,走南闯北,不仅长见识,更涨人气。和电影《青松岭》里的钱广一样,"近水楼台"嘛,肯定是要先得"月"了——给公家运输货物的同时先给自己家卸点。除了机械、零件,公家有啥他家有啥。给别人捎土特产时,自己当然也少不了。最不济的司机也要每年拉煤拉菜拉瓜,那家中这些都不缺了。采购员公私并济,是单位大姑娘、小媳妇的最爱。天南海北到处走,新思想、新潮流就随着他们手中的商品被带了回来。列车员就是现在的"代购",只不过那时没有经济头脑,不会加价,只是混顿饭或年节时送瓶酒或水果罢了。售货员就牛了,几乎都不会笑,隔着柜台,横眉冷对一切人:"要啥?"顾客要是犹豫或再有点麻烦,售货员扭头就给另一个顾客服务去了。还有呀,你要想买紧俏商品,就要托售货员从柜台下面拿。

幸福路肉店有个女售货员,30来岁,膀大腰圆。有一次临近过年,人们买肉排队,到中午下班时间了,售货员油乎乎的大手一挥,放下刀下班了。排队的顾客谁也不动,因为知道回家后再来肉就没了,只好空着肚子等。柜台里只有女售货员和一名男售货员值班。不知两人起先说啥,引起我们注意的是男售货员要和女售货员打赌,吃一根和擀面杖一般粗细、1尺多长的香肠。那时的肉是凭票买的,一人一个月带骨肉1.3斤。尽管香肠不要票,但因价格高,一般人家消受不起,只有过年过节或来了贵客,才能在餐桌上见到。两人呛呛一阵后,那女售货员像吃萝卜似的举着香肠就啃。哎呀,那个香呀,诱人的味道隔着水泥柜台弥漫开来。排队的人几乎都饿着肚子呢,口水不听话地一个劲往上涌,男同志的喉结上上下下翻动的声音都听得到。终于,女售货员咽不下去了,又不肯服输,咬着牙艰难地把最后一节全部吞了下去。男售货员忍痛掏了腰包。他们没想到的是,刚一上班准备卖肉,一位中年男顾客就一个箭步上前向肉店主任举报了两人的"壮举"。不久,他们被调离了肥得流油的生肉组,发配到杂货组卖酱油醋去了。传闻他们的主任说:"你俩再打赌就喝醋吃甜面酱吧!"

那个时候,家家白菜、土豆,连豆腐都是凭票供应,肠胃"清廉"得经常咕咕叫,那根香肠成了大家的谈资。

2角钱一斤的酱油也不是家家都吃得起的。家里孩子多的,一般用黑酱或甜面酱代替(黑酱现在已绝迹了)。我家最好的菜是咸带鱼。咸带鱼大多"苗条",两指宽。放在锅里一煎,自身就"吱吱"冒油,又咸,就着窝头吃,特别下饭。这是我妈最中意的。当时每人每月3两油是舍不得全吃了的,要省下来在过年过节时炸油条、油饼、油糕。

四

　　我的父母50年代末来到包头,刚来时借住在一宫南边武银福窑子农民的空房子里。后来搬到西大型的临时住所里,再后来条件好了,搬进了幸福路的土坯房。70年代初,土坯房翻建成红砖房。我出生后,我们家就住在一间半的房子里,20来平方米的房子住着6口人。

　　有一个公用的自来水管,每家都有桶和扁担。清晨和傍晚,人们都会挑着两个桶去打水。冬天时水管周围冻成一片冰场,挑水要格外小心,一不留神就会人仰桶翻,一身湿透。我是用两个小桶开始挑水的。弟弟长大后,由弟弟来挑。洗衣服要用大盆和搓衣板。天气暖和时,在小院里用洗衣粉或肥皂洗完第一遍,然后端着大盆小盆到公用水管前冲洗,一是水宽且冲,二是省得挑水。看吧,每到休息日,公用水管前就聚集着不少洗衣、洗菜的人。

　　那时的邻里关系大都是在公用水管前和公用厕所里建立起来的。所有的公用厕所大体相似,是简陋的"人"字形房屋,其中一面墙上半截用砖间隔成空格,做成透气透光的窗户。中间隔开一道长廊,供淘粪工工作。两边分男女厕,一溜坑,没有栏板隔段。一个房顶,一个粪坑,上下相通。没有照明设备,家家都备有一个手电筒。夏天苍蝇乱飞,冬天寒风刺骨。晚上去厕所真的是胆战心惊,时有发生的案件让每个人都十分警惕,女人一般要几个人做伴一起去。

最早时，我们上厕所用火柴划个亮，找到蹲坑站上去。后来不知谁发明了用油毡点亮，厕所就成了孩子们名正言顺的玩火场地。墙缝里总有没用完的、撕成条的油毡，点亮后几个人就可以从容地蹲着聊天了。半个小时后，才意犹未尽地起身回家。

进入80年代，企业为职工改善住房，我家的居住环境也得以改善。我有了自己的房间，父母一间，3个弟弟一间。我们家第一次有了独立的厨房、凉房和宽敞的小院。我爸指着院子说："这就是常说的3间大瓦房呀。过去地主家才有的啊。我知足了。"

五

记得我工作不久，有一次师傅们在一起聊天。一位师傅说："此生最幸福的就是能过上'楼上楼下，电灯电话'的生活。"

另一位师傅说："想吃啥有啥最幸福。不想自己做饭了就一挥手，咱下馆子去！然后点自己爱吃的，吃完一抹嘴就回家，不用洗锅刷碗，那才叫美呢。"

一位青年说："我的目标就是像杂志上的外国人一样，穿着笔挺的衣服，戴上墨镜，拎着旅行箱，到世界各地去看看风景，遍尝美味，那才是天堂的生活呢。"

我师傅是位年长的妇女，她不紧不慢地说："咱能像外国电影一样，做饭烧水不用点炉子，不用烧煤，也不用打煤饼子，一按

按钮就成。既干净又便利,那才是神仙的日子呢。"

一位喜欢看书的年轻师傅告诉我们,他向往的是有质量、有品位的生活,像外国人,吃牛扒面包,喝红酒牛奶,穿着睡衣睡帽睡席梦思。出门有车,进门有壁炉,大冬天在室内照样穿单衣。他摊开双手说:"咱现在呢,进门就得点火炉子,不是灰就是烟。做饭得拉风箱,吃个肉得等过年过节。哎,估计咱这辈子没那好光景了。"

一位老师傅接过话说:"你们是做梦还是画画呢?净想美事!"

没想到,这种日子竟在不知不觉中来到了我们身边。"楼上楼下,电灯电话"和不用煤做饭的日子我们早就习以为常了。那样有质量和品位的生活已经成了老百姓的日常生活。不仅如此,我们已经有了躺在沙发上走遍世界,足不出户购物到家,家中四季如春的生活。想吃饭又不想下楼时,只需一个电话或动动手指,转眼间快递小哥就会把热腾腾的饭菜送到嘴边。当年的"神话故事",都成了现实。

旅游也成了寻常百姓的生活内容之一。据国家旅游局消息,2017年,国内旅游人数达到50.01亿人次;出境旅游人数为1.3亿人次。中国继续蝉联出境旅游的世界冠军。全国持有因私普通护照的人口比例为10%,中国公民持普通护照可免签证或落地签入境的国家和地区达65个。中国护照的含金量大幅提升。中国公民旅游目的地国家的范围不断扩大,目前已达153个。

六

步入90年代,我们姐弟相继住进了楼房。

每搬一次新家,父母亲都要仔细视察一番,然后站在宽大的窗前俯视和眺望后,感叹道:"哎呀,就是盖着3床棉被,我也梦不到你们能有今天这样的生活,能住上这光景如画的楼房。"我父母常挂在嘴边的一句话就是:"我的父母和祖父母都是照葫芦画瓢一辈接一辈过着同样的日子,真没想到,我们这辈子有了这么大的变化呀。"

是呀!谁也没想到,我们的生活转眼间有了质的飞跃。

不久,父母家的房子拆迁。一套两居室的房子代替了原来的3间平房。一应俱全的电器、家具,冬暖夏凉的设施,给了他们"换了人间"的享受。

转眼间,我们姐弟又相继从步梯楼房搬进了电梯房。花园式的小区设计精巧,健身器械齐全,雕塑精美,湖水环绕,水榭楼台,鸟语花香。工作之余,可以去健身俱乐部游泳、做瑜伽、跳拉丁,也可以在绿荫掩映下的彩色小径间散步、小憩,舒适惬意。

翻天覆地的变化,提高的不仅是我们的生活质量,更给我们的精神世界增添了色彩。

2017年国庆黄金周,80多岁的父母要带着一家十几口回山东老家省亲。3个弟弟3辆轿车,行程1300公里,一路边走边观风景。小车穿行在初秋的原野上,远处的风景,近处的街市,展现着风景迥异的画面,令人目不暇接。父母感慨万千地说:"以前回趟老家得提前半年做打算。先把路费攒够了,再筹划给亲戚买东西。亲戚多,钱少,还要都照顾到。大包小裹地扛上,再去挤火车换汽车,那个费劲呀,想想都头痛……哪像现在,拎上包说走就走。到了老家村口,现掏钱,啥都能买到啊。哎,没想到我们也过上了伸手有衣穿、张嘴有饭吃、出门有自家车、进门有沙发的日子了。"

节假日,弟弟们会开车带着父母去郊外,去黄河边,观风景,挖野菜。父亲说:"以前挖野菜是为了填饱肚子,如今是为了怀旧,换换口味儿,为了养生。你说,咱这生活有多好呀!"

是呀,中国凭借着改革开放,经济不断增长,如今已是世界排名第二的经济大国了。

相信我们的日子会越来越好!

岁月如歌

幸福就在烧卖里

常守文

从辽宁丹东回包头的第二天一早,我便一头扎进烧卖馆。好嘛,那叫一个香。在丹东没处吃烧卖,可把我馋坏了。这几乎成了我的习惯,每每从国外或国内旅游归来,第二天,总得吃顿烧卖解馋。外面好山好水好吃的,可总是比不上咱包头的烧卖带劲儿。

我与烧卖的情缘,还需从儿时说起。那时我家住东河区圪料街一带,东接东门大街,西连民生街,拐过来就是解放路,我常和小伙伴们在街上乱窜。第一次窜到解放路四美元饭馆那儿,见门庭若市,车水马龙,香味扑鼻,趴着玻璃往里看,大堂里吃客满座,餐桌上一盘一盘摆放着像包子但又开着花的食品。"这叫甚了?这么香。"我问。"甚也不知道,这叫烧卖!"同伴答。烧卖第一次进入我童年的记忆里,看着吃客们吃得那个香劲儿,又借助飘出的香味儿,口水直流。回家跟妈妈说要吃烧卖,妈妈说:"孩子!那烧卖可贵了,几个窝头才换一个烧卖,咱家哪能吃得起。"此后,我又自己偷偷去那儿站在外面看景、闻味儿,并且确认了烧卖肯定是世界上最好吃的,当时就立志长大后挣了钱,一定吃顿烧卖。

我长大了,进了工厂,挣上了钱,并娶妻生子。怎奈工资不

多，还得养家糊口。下馆子、吃烧卖那是多么奢侈的事情，只有来了贵客，才舍命陪客人下馆子，吃顿烧卖。我梦想着，等我挣钱多了，天天吃烧卖。

后来我琢磨着自己做烧卖。在厂子里专门做了擀烧卖皮子的轱辘，逢年过节，用积攒的羊肉，叫几个亲朋好友，隆重地吃顿烧卖。朋友们赞不绝口，并传出了名，我经常应邀去朋友家做烧卖。我想，要是天天有人请我做烧卖，那该多好。虽然辛苦，却有烧卖吃，那是多么幸福的事。无奈那时物质还不丰富，凭票买肉，且收入也不高，天天吃烧卖，只是梦中的事了。

然而，我的未来不是梦，我赶上了改革开放的好年月。我是改革开放的亲历者、见证者，更是改革开放的受益者。沐浴着改革开放的春风，高考制度恢复，而立之年的我又踏进校门实现了我上大学的梦想。三年寒窗，毕业后调至事业单位，从此改变了我的人生轨迹。之后好事连连，从东河区搬到昆都仑区，从平房搬到楼房。后来又因楼层和面积的原因搬过两次家。工资不断上调，生活富裕了，电视、冰箱、洗衣机不断更新换代，梦想的烧卖再也不是什么奢望了。今天去这个馆子，明天换那个馆子，甚至跑到东河、青山慕名而吃。几年下来，终于吃出了"三高"，遵从医嘱，烧卖或肉食一定要节制。

历史真是开了个玩笑，过去想吃却吃不起，今天想吃却不敢多吃。折射的道理不言而喻，人民生活水平提高了，收入增加了，想吃什么就吃什么；人们已从温饱型过渡到营养型，更注意膳食的荤素搭配和身体的自我保养，不能因喜好而放纵自己。

我这个人好吃,自然也留心吃的文化,尤其是烧卖。关于烧卖的名称,有多种叫法和解释。"烧卖"是因卖粉制作;"烧卖"意为烧熟了就卖;"稍美"因顶端束褶如花;还称"捎卖",过去在茶馆出售,意为捎带着卖。还有很多叫法不再赘述。至于烧卖的来由也有很多版本。我更倾向于内蒙古的版本。一说,乾隆皇帝狩猎至大青山,天至黄昏,饥饿难忍,便在附近找一小店。小店打烊,面已空,肉已完,店主无奈,抖尽面袋,搜罗碎肉,归拢葱花,随便一包。饥不择食的乾隆大饱口福,问叫什么,店主随答"捎卖",意为捎带着卖了。乾隆大笑,遂赏100两银子,策马而去。还有一说,明末清初,在呼和浩特市一带,哥俩以卖包子为生,后来哥哥娶妻,嫂嫂要求分开卖。包子的收入归哥哥,开口包子的收入归弟弟,后来开口的包子就叫成了烧卖。查阅史料显示,"烧卖"一词最早出现在14世纪高丽(今朝鲜)出版的汉语教科书《朴事通》上,有元大都(今北京)出售"素酸馅烧卖"的记载。乾隆也确有"烧卖馄饨列满盘,新添挂粉伴汤圆"的诗句。可见烧卖承载着厚重悠久的历史,蕴含着丰富的文化。不管怎么说,今天包头人认准的烧卖,那就是达茂旗的羊肉,佐之固阳县的胡油,加之手工切制,那才叫正宗。

现在,烧卖越来越成为包头人的最爱,同手扒肉、涮羊肉一样,成为包头的品牌。外地客人来包头,主人总免不了要带客人领略包头特色——烧卖、手扒肉、涮羊肉。仅我所住的昆都仑区,一条街上专营烧卖的就有五六家甚至十几家。聪明的商家与时俱进,迎合顾客的喜好,特意打出手工切制的招牌,更注意文化的打造,把烧卖的来源及做工配以素描画制成展板挂在墙上。顾客吃烧卖不单是吃味道,更是享受一种文化,一份心情。东河烧卖、达茂烧卖、固阳烧卖、老绥远烧卖,甚至以个人命名的或其他烧卖连锁店林立大街小巷。去年我去海南的海口小住,80多岁的二婶特意说:"守文啊!快露露你的手艺,用你带来的羊肉,快给我们做顿烧卖。前年我去包头还没吃够,再说三儿他们一家还没吃过呢!""好!"我欣然答应。在我这个"二把刀"大厨的指挥下,切肉的、剥葱的、和面的,各司其职。擀皮子压花就用碗。弟媳是南方人,第一次见到烧卖,注意我的每一个细节,并不断询问,说要学会了自己做。全家人围坐着,有说有笑,像办喜事一般,把幸福和欢乐都包在烧卖里。好家伙,做了那么多烧卖,结果一扫而空,侄儿直说好吃,要有还能吃,乖乖!内弟说:"姐夫!干脆你来海南开烧卖馆吧!肯定能赚钱!"说得我心里直痒痒。

　　回味往事,就是致敬逝去的岁月。40年的历程,如昨日发生的一样,历历在目。我们从温饱线上苦苦挣扎,从迷茫、困惑和艰辛的探索中,终于走到今天的繁荣、舒心与安宁。迎接我们的是一个崭新的时代。如今,我已年近古稀,但烧卖的情缘仍然割舍不断,隔三岔五,约几个好友,几笼烧卖,一壶浓茶,佐几款精致的小菜,国事、家事、天下事,尽享太平盛世。此时,你会觉得,什么是幸福,幸福就是一笼烧卖。

母亲上网记

肖 宁

一

今年的春天似乎来得特别早。

一个星期天的晚上,我们家的"幸福一家人"微信群,突然悄无声息地加进了一个人,并且还是以一个非常吉祥的网名出现。当我们怀着好奇心仔细辨认头像时,才欣喜而又惊讶地发现,原来是老母亲,是老母亲的微信号!

此刻,小弟在群里打出了几行字:"我给了妈一台平板电脑,让妈学习上网,我慢慢教妈。让妈以后和家里人互动。"在小弟的帮助下,老母亲的声音从微信群里发了出来:"我进微信群了,以后我有什么事儿就可以在群里说啦。"老母亲说这些话时显得特别激动……

一会儿,小弟发起了群视频,在线的家人纷纷加入。看着老母亲脸上欢快的表情,我们一家人也都欢呼雀跃起来。老母亲激动地连声说道:"看见你们了。想不到呀,想不到一家人不在一个地方,竟能在网上一起面对面说话。比打电话好,又能说话又能

见上面,像在家里一样。"这一晚,我们一家人在网上聊了很多,身居天南海北的家人齐聚在微信群里,向老母亲汇报着各自的生活状况。最高兴的是老母亲在网上看到重孙子时,激动地说:"咱们家是四世同堂了呀!我太知足了,太高兴了!"

临近 22 点时,我们怕老母亲太累,才恋恋不舍地关上了视频。第二天一早,小弟在微信群里发了一句话:"老妈昨天晚上兴奋得睡不着,半夜还在学习上网。"大家看到消息后,都感慨不已。

二

老母亲今年 84 岁了。

母亲和父亲都是从小在山西太行山深处的一个偏僻农村长大的。父亲十五六岁就参加了工作,当时是在八路军的一个简易兵工厂工作,后来几经辗转,调到长治、南京后,又调到了包头。当时正值建国初期,内蒙古第二机械制造厂是我国 156 个重点建设项目之一,父亲响应党的号召来到了包头。另外,据母亲私下讲,父亲调到包头还有一个原因,就是内蒙古的牛羊肉多,父亲喜欢吃肉。

那一年,我刚满 3 岁。父母亲抱着我,跟随全国各地支援边疆的建设大军,风尘仆仆地来到了包头。

母亲清楚地记得,那一年是 1958 年。

在母亲的记忆里,过去的包头及居住的厂家属区,可以说是简陋的、凄凉的。春秋两季,刮起风来常常是黄沙弥漫、遮天蔽日,风卷起的黄沙打在人们脸上生疼生疼的。冬天大雪纷飞,外面的地上常常堆着厚厚的积雪,哪有半分"天苍苍,野茫茫,风吹草低见牛羊"的景象。

那时人们住的都是平房,一个街坊一排排的,横竖倒也整齐。一排10户人家。人们都共用一个公共水管,是用手柄压水的那种。夏天倒好说,冬天可犯了愁,水管四周由于人们打水有泼洒,渐渐就冻成了厚厚的积冰,常常有人打水时一不小心就摔个人仰马翻。公共厕所是1个小便池和5个蹲坑。夏天淘粪工人一淘粪,附近就会臭味熏天,路人都捂住鼻子急匆匆跑过。更令人难堪和窘迫的是,冬天厕所里的大小便都冻住了,加上不及时清理,真的让人无法下脚。

当时我们家住的是一室的平房。1960年,我的大弟弟出生;1963年,小弟弟出生;1968年,妹妹出生。随着家庭人口的增多,家里的生活就越显得清贫。于是母亲在生完我妹妹一个多月后参加了工作,当了"五七工",当时正值"文革"时期,也叫"五七营"。妹妹还小,只能托付给邻居看管。

后来,我们家又搬到了一户两室的平房,父母上班都很忙,我们兄妹几个常常是放了学就都回到家。夏天,我们就在小院里种上向日葵,等待着秋天的收获。冬天,我们便围着火炉,烤着土豆片,你一口我一口的也特别开心。至于父亲说的"吃肉",那是过年过节才能吃到的美味。我们兄妹4人和全国其他普通人家的孩子一样,在那个特殊的年代里,虽然清苦,但也像春天的蒲

公英一样,顽强而快乐地生长着。

三

1978年12月,十一届三中全会在北京举行。从那时起,祖国大地春雷滚滚,进入了一个伟大的历史转折时期……

这40年,是一个民族的整体记忆,是一个社会的巨大变迁;这40年,是一个漫长的岁月,也是一个历史的瞬间。对于我们家庭来说,这40年走过的路程,则是悲喜交加,感慨万千!从这年起,我们家也悄然发生了意料不到的巨大变化。

1978年秋天,我中专毕业后,被分配到内蒙古二机厂,回到了父母家。当时我们家已经搬到了楼房,面积没扩大,还是一户两室。父母和妹妹住大屋,我和两个弟弟住小屋。家里除了简陋家具和一个破旧的电子管收音机外,摆的都是床。虽然家中拥挤,但住楼房是厂里多少职工翘首盼望的事儿。父亲参加工作早,才有幸分得这套楼房,这令我们全家人激动不已。从此,我们再也不用半夜三更跑公共厕所,再也不用在冰天雪地里挑水……

记得1981年春天的一天,父亲欣喜地拿回一个像黑砖头似的东西。父母告诉我们这是托人买到的日本"三洋"牌录音机。父亲恋乡情结非常重,特别喜欢听山西梆子。那天晚上,父亲让我们每人说几句话录了下来,然后又播放出来,在我们惊奇的目光中,父亲的脸上满是喜悦。后来,父亲常常放一些山西腔调的山歌和小曲儿。从父亲眯着眼睛打着拍子自我陶醉的状态中,我们能感受到他的欢乐。

80年代初,我是家里最早结婚的。结婚时,我就占据了我们家的小屋。那个年月,结婚酒席是在家里办的。当时,我们有一个同学,分到了学校的伙食科。于是我就去借了一小推车的锅碗瓢盆,外加烧水的小锅炉,然后请了个会做饭的师傅,邀请了一些同事、朋友和亲戚,婚礼办得简单而热闹。当时,人们随礼大都三元、五元的,也有的送上两个暖水瓶或脸盆、香皂盒、毛巾之类的生活用品,关系近点的给个10元就算是大礼了。

一家7口人住在一起,虽然显得拥挤,但是日子也过得有滋有味……

结婚不久,我就搬了出去,家里虽然松快了不少,但两个弟弟和一个妹妹已相继长大,以后的去向成了父母纠结的心事。没几年,厂里实行子女顶替政策,父亲便办了退休,由大弟弟顶替进了厂。

80年代初,电视机闯入了中国人的家庭。对于当时文化生活相对贫乏的人们来说,家里能拥有一台电视机,是一件十分渴望的事情,而对于工资不高的一般家庭来讲,更是一种奢望。

记得当时厂文化宫的一间小会议室里有一台电视机,一到晚饭后,闲暇的人们便争相涌入。虽然是黑白电视,但人们充满了好奇,看后回来都津津有味地议论着……当时电视机大都是进口货,十分紧俏。即使有钱,没有熟人也买不到。后来国内厂家开始陆续生产电视机。当时,热播的电视剧有日本剧《姿三四郎》,香港的《霍元甲》等。每到播放时间,总是万人空巷。

这期间,父母举全家之力买了一台国产的"红梅"牌电视机,这对我们家来说,不仅是一个大的消费,同时也是生活中的一个巨大进步!

没过几年,大弟弟也成了家,搬出去住了。由于我们兄弟俩相继成家,几乎花光了父母为数不多的存款。而小弟和妹妹又在上学,父母终于坐不住了。父亲先是和别人合伙去农村收购荞麦皮,用荞麦皮做枕头芯是当地人的习惯,可以醒脑、保健,又清凉无害。后来改卖豆芽,家里买回几口大缸生豆芽,黄豆芽、绿豆芽一起卖。虽然辛苦,但也有了一些收入。

起初,父亲去卖货的时候确实犹豫过,怕遇到熟人,不好意思吆喝。后来就理直气壮起来。父亲常挂在嘴边的话就是:"过去叫割资本主义尾巴,现在叫勤劳致富,咱们用双手挣钱,不偷不抢,光明正大,不丢人!"

而最令父母得意的事是他们改变了主意,开始卖刀削面了。

父亲在家时也算是个美食家,尤其擅长做刀削面。关于刀削面的历史渊源我不清楚,但我知道山西、陕西等地对于刀削面情有独钟。父亲在家做刀削面时,先和面、醒面、揉面成形,待水开后一手托住和好的面,一手用特制的刀片快速地削着,长而细薄的刀削面在锅里翻滚着,令人垂涎……

经过几天的紧张准备,父亲的刀削面摊位开张了。那天早晨6点多,父亲和母亲就推着小车,带着大锅小碗去了厂单身宿舍门前的那条马路旁。臊子是母亲用猪肉排骨汤、蘑菇、海带丝加葱姜蒜等调料熬成的。父亲懂得,刀削面味道好,不仅面要削好,臊子也一定要到位,再放点辣椒面,保准一个香!

果然,父亲的刀削面摊位一开张,立刻吸引了早晨上班和晨练的人。尤其是自制的横幅"山西风味特制刀削面"在众多的小吃摊位中显得格外醒目。

父母勤劳肯干,虽然辛苦,但卖刀削面确实给父母带来了实实在在的收入。父亲的手艺精、信誉好,每天早上小摊前基本都是爆满,甚至有人宁可迟到,也要先吃上一碗刀削面再去上班。

就这样,父母的刀削面一卖就是几年。在这期间,小弟考上了包头师专,毕业后工作了两年又考上了北京航天大学的研究生,后来留在北京工作。妹妹也考上了东北师范大学,毕业后去成都工作了。

熟悉父母的人,不管是邻居还是来吃刀削面的常客都知道,父母的刀削面摊供出了两个大学生。这一点足以令父母骄傲和自豪,也引来周围人赞许和羡慕的目光。

小弟和妹妹毕业后,父母的年龄也偏大了,劳累了一辈子也该歇歇了。在我们的劝说下,父母终于不出去卖刀削面了。

又过了几年,小弟和妹妹在北京和成都相继成了家。这时,父母家里不仅装上了电话,电视也早已换成了彩电。那台"三洋"牌收录机早已不知扔到哪儿了,取而代之的是一台崭新的收录机,久违的山西梆子、晋剧又回荡在父母的家中。母亲常说:"养育了你们4个子女,如今都像长了翅膀的小鸟,扑棱扑棱地飞走了。"

是的,我们兄妹4人不仅各自都成了家,也都有了自己的孩子。父母逢人便讲:"我们有3个大孙子和1个外孙女。"

后继有人使父母在精神上得到了极大的满足。最令父母高兴的是,每逢过年,我们兄妹4人大包小裹地赶回家,孙子孙女围着爷爷奶奶团团转,一家人坐在一起吃团圆饭的情景。唯一不变的是,我们每次回家,总是请求父亲给我们做一次他拿手的刀削面。

四

就在这无忧无虑的日子里,父母在一起相依为伴,度过了十几年快乐的时光。

这期间,父亲经常西装革履,或穿着一身时髦的唐装,或穿着一身时尚休闲装搭配礼帽,去和老年同伴们一起扭扭秧歌、串串门、下下棋、喝喝茶,日子过得十分惬意。更为高兴的是,父母在这十几年中,经常携手外出旅游,在厦门、福州、北京、成都、桂林、西双版纳、山西等地都留下了足迹,所乘交通工具不仅有火车,还有飞机。每次旅游归来,都带回许多照片,这些照片后来成为家人非常珍贵的回忆。

2003年,父亲因病不幸去世。父亲的去世,成了母亲一生之中永远的痛,那间房子里发生的事,也成了母亲挥之不去的记忆。后来,小弟把母亲接到了北京,一住就是几年。

前些年,由于母亲年龄大了,腿脚也不太方便了,妹妹就给母亲买了一间一楼的房子。比以前住的房子大了一些,还离我的住处不远,这样方便我们照料母亲。

母亲渐渐习惯了新搬的房子,家里电器也一应俱全,还配有老年手机。更令母亲高兴的是,10年前政府已把他们过去的"五七工"纳入了国家社保范围,一切按企业退休人员待遇。现在不仅年年随国家政策涨工资,市里还给80岁以上的老人每月增加100元,专门配发了老年卡。母亲过去住的老房子也常年出租。老母亲的日子越过越好了。这期间,我的儿子大学毕业后去了北京工作,并且买了房成了家。妹妹移居加拿大,妹妹的女儿也从加拿大的一所大学毕业。大弟的儿子也成了家,并且有了一个女儿。小弟又在北京买了一套房子,他的儿子也考上了国内一所著名大学……

是的,日子好了,但是老母亲却常常感到孤独,除了我们经常回去看她和看电视外,就是盼望着远在北京和加拿大的小弟和妹妹打来电话……

每当我们回家或接老母亲到我家时,母亲总是要求我们打开网络和远在异地的小弟和妹妹及老家的亲戚们视频。母亲高兴之余,怎么也想不明白这网络到底是怎么回事,竟然这么神奇。我们曾几次要给母亲装个网络,母亲坚决拒绝,说:"我这么大岁数了,哪会上网呀,连个手机还摆弄不好呢!"但我们从母亲的神态中看出来,母亲最开心的还是面对面地上网聊天……

前两年,趁老母亲身体还好,我们两口子陪着老母亲去了北京、成都、山西老家分别住了几个月。当看到老家的舅舅和姨姨都住上了新房,乡村都修建了水泥马路,看到了庄稼茂盛,果满枝头的情景时,母亲又一次心花怒放了。

去年,我们领老母亲在成都妹妹家住了几个月后,又回到了

包头。老母亲感慨地说:"这是最后一次外出了,也走不动了,再也不走了!"

今年春节前,儿子给我打电话说,儿媳妇离预产期不远了,让我去北京。因为我爱人前几个月已经去了北京,现在让我去北京也好有个伴儿,有事儿也有个照应。再说新的一年家里新添一丁,是个大喜事儿!听到这个好消息,老母亲坐不住了,决心和我去北京。老母亲说一来看看重孙子,二来在北京和我们及小弟一家过个喜庆年。

母亲和我到北京后,就住在我儿子家。儿媳妇春节前一天抱着出生才3天的孙子回到家中,母亲迫不及待地看了又看,之后才依依不舍地让小弟接走了。离开时,老母亲激动万分地说:"我有重孙子了!我们是四世同堂!想不到呀,真想不到!"

五

自从母亲学会上网后,几乎天天都和我们视频聊天。母亲最开心的就是在视频中看重孙子,并关切询问重孙子的情况。

母亲说:"我会发视频和接收视频聊天……"

母亲又说:"我会在网上看新闻了,我还听了习主席的讲话和李总理的报告。习主席说了,要让全国人民的日子过得幸福!李总理在报告中还说今年又要给咱们退休职工涨工资了!"

我说:"您好好保重身体吧!好日子还在后头呢!"

母亲说:"这日子过得就像蜜一样甜。吃也不愁,穿也不愁,比过去的皇帝过得还好呢,知足啦!"

最近几天,老母亲上网告诉我说,她准备6月就回包头了。我说:"您就在北京住吧,小弟那儿和我们这儿的房子都能住得开,我们还能照顾您。"母亲说:"不了,回包头还有二儿子一家在身边。北京一天比一天热了,还是包头的夏天凉爽。再说,我也学会上网了。回家就安个宽带,每天都可以上网视频聊天,就和你们天天在我身边一样!"

是的,母亲这一生,前半生是清贫的,而后半生则是与越来越强大的祖国合上了节拍,生活越来越好,越来越幸福。

我在想,母亲晚年的幸福生活,不仅是中国历史改革进程中的一个缩影,同时也是中国千千万万个普通家庭的真实写照。

庆祝改革开放40年文学作品集

默默成长

吴建荣

多年以后,陌陌回想当年,总会看见那个黎明时分的剪影:爷爷站在房后的大路上看着一辆马车晃晃荡荡地远去,他的旁边蹲着那条大黑狗。

那是1979年春天的某个时刻,陌陌还穿着厚厚的棉袄,圆圆的像个粽子。那一年好像突然开始记事,记忆中很多事都混杂在一起。

陌陌上了半年学,领了两本新书,得了一张奖状,和姐姐比赛谁的字写得好。爸爸要带着全家人去城市,城市有白面馒头,有奶糖,有新衣服。陌陌在火车上吃了有生以来最多的鸡蛋而且不受限制。绿皮火车跑得很慢,陌陌和姐姐在车厢里自由行动,走一会儿就回来找找妈妈和爸爸。他们坐在那里一直都没有动,也没有像平常那样责备她们乱跑……

随着火车渐行渐远,陌陌的记忆都被留在故乡了。

从此以后,陌陌和以前完全不一样的新生活开始了。

新 生 活

陌陌在家附近的子弟学校完成了小学到高中的学习。由于贪玩,一直成绩平平。

初中时陌陌搬到了新家,爸爸说这是单位分的。

对门的邻居家有一个小女孩。她说她有一个大哥哥,去上大学了,要好几年才回来。

上到高中的时候,邻居家的小芬考工了,听说是最后一批正式工,从今以后就再也没有了。父亲说:"正式工代表一辈子有铁饭碗,一辈子有保障。"他想让陌陌也一起去考,然后上班。陌陌坚决不去。她想不出自己去工厂上班的样子,感到非常恐惧。父亲叹口气说:"你考也不一定能考上,等我退休了接班吧。"

小芬学习好,果然一考即中,考了个全厂第一,分到了最好的工种——气焊工。她的父母很是骄傲。但是陌陌看见小芬并不高兴,她的眼镜上多了很多斑点,说是干活的时候被气焊刺的。

几年后,陌陌考上大学,小芬来送她。小芬已经是一个泼辣的工人了,气焊工最终没干下去,去了一个缝纫社。她给陌陌买了一个红色的笔记本,上面用很坚定的笔迹写着:你要好好学习,替小芬也上一个大学!

暑假时,对门的大哥哥回来了。他穿着很新的衣服,短短的平头。他把走廊打扫得干干净净,见了人就非常谦恭地鞠躬。陌陌想大学生真有礼貌呀。可是邻居的大妈来串门,和妈妈嘀咕:"前几年打群架赶上'严打'被抓起来,判了7年。"

过了几天他就走了,妈说是因为表现好假释回来的。

大　学

上大学的时候陌陌的行囊很重,当时花了100多元钱买的一个很贵的蛇皮箱子,至今还放在陌陌家的角落里。

不记得是怎么把箱子抬到学校的,陌陌进到高大的学校大门里,张着嘴土里土气地站在一栋巍然古朴的大楼前,上面赫然写着"图书馆"。这3个字令陌陌热血沸腾,想到今后就可以自由出入这里去看那看也看不完的书,她的自豪感油然而生。

开学的每一天都是新的,校园的每一处也都是新的,陌陌激动地走在绿树成荫的校园里,觉得空气中弥漫着的都是青春的书香气。

学校开设的课程中有一门计算机课叫 Basic 语言,每次上课都要穿过大半个校园去机房。机房里铺着地毯,遮着厚厚的窗帘,陌陌和同学们戴着帽子,穿着脚套,坐在每一台计算机前编程序。计算机是286,是当时最先进的。所以学校非常爱护,闲杂人员一律不得入内。陌陌毕业时,计算机已经是386,后来是486、586,越大越先进,不知什么时候计算机就不以"86"计了。

上计算机课的时候,陌陌常常想起高中时的一篇英语课文。文中讲生病的 Tom 在家里选生日礼物,打开计算机就进到一家商城,商城里应有尽有,他想买一辆自行车,就到琳琅满目的自行车店选了一辆蓝色的赛车,过几天就有人送来了。

这篇"科幻"文章曾使陌陌想入非非,大惑不解。现在身处密闭的计算机房,陌陌打开286那小小的屏幕,怎么也想不明白是如何打开阿里巴巴的大门进到那琳琅满目的商城的。

陌陌只能认为那是一篇科幻文章。

20多年后的今天,当网上购物已经成为陌陌的主要消费方式的时候,谜底终于揭晓。

随着这个谜底揭开的还有另一个问题。

多年以来,陌陌想起自己度过的那非常重要的4年,看到的总是那个每日奔波于校园的迷茫忙碌的陌陌。

考上大学,这个奋斗了好多年的目标已经实现,可接下来没有人告诉陌陌下一站在哪里,陌陌也不知道每日学的那些高数、经济学以后有何用处。陌陌坐在这巍巍学堂里每日天马行空地乱想,或者混进中文系看电影,听老师激情澎湃地讲《西厢记》。那可比经济学原理有趣得多。可是陌陌早已问过老师,转系并不容易,而且似乎也并不划算。

陌陌每天泡在图书馆里,恨不得将所有的书都看一遍。图书馆的《参考消息》上报道苏联解体了,在街上买鸡蛋的队排得老长,人们都裹紧大衣,很冷的样子。陌陌的经济学教授开始让同学们查资料写有关市场经济的论文,他讲厉以宁,讲股票、债券、自由竞争的市场经济和股份制企业,他最常说的一句话是"羞答答的玫瑰静悄悄地开",以此比喻市场经济。

陌陌想起上高中时经常在街上看到的"计划经济为主,市场经济为辅"的大红条幅,先变为"市场经济与计划经济相结合",再变成"市场经济为主,计划经济为辅"。

但她终究不明白计划经济和市场经济与自己有什么关系。她以为那是国家大事和自己没有关系,她只是一个旁观者,急切地站在生活边缘,想看清生活的意义及自己的目标。

自己的价值是什么?自己以后能做什么?

股　票

毕业的时候陌陌着实领教了股份制的魅力。

室友带着陌陌第一次去了股票市场。站在那红红绿绿的屏幕前,她们一起找一个名为"路桥公司"的股票,大屏幕刷了一屏又一屏,陌陌的脖子都酸了。

终于看到这4个字,后面的价格明确地写着9.6,这意味着她父亲当初以1万元买进的1万股,现在如果卖掉的话可以得到9.6万元!

陌陌的脑子飞快地转着,想不明白9.6万元是什么概念。陌陌的伙食费是一个月50元,学费、生活费一年3000元。上大学之前,叔叔因为带队去国外施工一年,回来就被人们称为万元户,非常有钱的样子。那么现在的10万元户是怎样的概念?这么多钱能干什么?孤陋寡闻的陌陌无论如何也想不明白这个天文数字的意义。

股票市场人头攒动,同学告诉陌陌现在是股市上涨的时期,也许以后会下跌,也许还会涨。

刹那间经常听到的那句话闪过脑海:十亿人民九亿商,还有一亿要开张。陌陌只觉得以前没好好听老师讲股份制真是太傻。

可是陌陌马上就要毕业了。

工　作

当初上大学的时候说过毕业后包分配的,所以陌陌不必担心毕业后找不到工作。很多同学毕业前都已找到了不错的工作,而陌陌却只能回去再看。回到家乡时,心里已没有了幻想。随着火车渐渐往西,陌陌看到满山青翠渐渐变得荒凉贫瘠。陌陌的家乡虽然也有了一些变化,路更宽了,楼也多了一些,但是没有那么浓厚的商业氛围,也没有学术气氛。

陌陌到人事局,那里排了很长的队,都是和陌陌一样的毕业生。那个接待陌陌的人看了陌陌的毕业证说:"学经济管理的师范生,去小学教政治吧。"

陌陌不想去,只好自己想办法。想必吉人自有天相,陌陌终于在一位老师的帮助下来到了一所大学。从此过上了父母满意的稳定生活。

那是1992年,邓小平"南方谈话"。陌陌在单位的会议室学习讲话的时候,陌陌的同学已经南下深圳。她打电话说她在报社工作,非常忙,陌陌似乎能感受到那如火如荼的场面。但她发愁地说买不起房子。陌陌安逸地对她说:"我们这儿的房子便宜得很,给你寄一套过去。"

现在想起这话,恨不得打自己一个嘴巴。陌陌的经济学终究

是白学了。

大　潮

几年前父母的老房子拆掉了,作为补偿,他们得到了一套新房子。当年搬家的时候父亲说过几年单位再调整的时候能换一个再大一点的,他的希望一直没有实现。但是前几年这一片拆迁,补偿的经济适用房比原来大一倍,也算是如愿以偿。

父母的老邻居要分开了,搬家的时候看见都亲热地说上几句。

对门的邻居没有搬进拆迁房,那个被说成上大学的大哥为他的父母买了附近昂贵的商品房。当年他因表现良好,提前两年出狱,找不到工作的他做起了买卖,服装、化妆品、羊绒什么都卖过,后来做起了煤炭生意。有一次去父母家时,看见他从宝马车上下来,昂首挺胸,脖子上的金链子闪闪发光,和当初见到的谦卑地低着头打扫楼道时的样子判若两人。

陌陌和母亲在一家建材商店买装修材料时看见小芬了,如果不是她热情地向陌陌打招呼,陌陌几乎认不出她。

小芬胖了很多,神色显得很快乐。

"那阵以为正式工就有保障。哪有的事,最早下岗。不过这谁也说不准。"她快人快语。

"老天饿不死瞎家雀儿,反正也过来了。在这儿打工也不错,明年就可以领退休金了,每月 2000 多元钱呢。"她高兴地说。

胖乎乎的小芬一副知足常乐的表情。陌陌想起她送的笔记本上面那坚定的字迹:替小芬也上一个大学!

聚　会

大学同学聚会,20多年后,人到中年,陌陌惊奇地看到自己的同学和她在社会上见到的所有的人并无不同,这令陌陌多少有点失望,记忆中每个同学都很独特,都有陌陌所学不到的优秀之处。现在他们的服装、神色、谈吐都并无独特之处,使陌陌仿佛回到了所有的饭局之中。同学中一些做了老师,一些成了企业家,一些成了政府官员,全没有当年意气风发的神态。

聚餐后几个同学纷纷抢着买单,陌陌随着同学一起开往下一站去唱歌。同学们都不是神仙,也不是特殊人群,当然和这个社会所有的人一样,融入其中才能深得其乐,也许这本身就是人类得以生存的本能吧。

于是陌陌也将自己随和地放进这一片热闹之中。

父亲的幸福生活

陌陌常常从父亲身上看到幸福的含义。老父年过七旬,喜吃面食,陌陌每每买了送过去,并陪他和母亲吃饭。

看父亲吃饭能使陌陌提高对生活的满意度。父亲吃饭非常专注,一口一口地吃,仿佛每一口都美味无比。食物对他而言,真的是被尊重的。他常说:"现在的时代好呀,想吃啥吃啥,衣服多得穿不完,什么都不缺。要是小时候有这么好的条件……"

他说不下去了,陌陌知道他又想起他那被饿死的母亲——陌陌的奶奶。小时候以为奶奶是生病吃不下饭起不了床,长大之后才想明白其实是饿得浑身无力。

这是父亲的痛苦记忆,每每想起总是黯然神伤。但这些痛苦的回忆让他更能感受到现在生活的好。老百姓医保社保都有,安居乐业,什么都不缺了,真是过上了好日子。

在这信息肆意飞扬的时代,陌陌的父亲依然保持着最初的生活习惯:每晚9点睡觉,早上4点半起床,锻炼身体,吃最简单的饭,看电视新闻,只用能打电话的老人手机。

他却对每天离不开微信的母亲说:"微信就像一个十字路口,所有的人好的坏的都从这里聚集走过,看到什么信息要用脑子想一想,不能啥都信。"

记得曾经听过一个故事,一位诗人找智慧老人寻找幸福。他有非凡的才华,美丽的妻子,富足的生活,可他从不感到幸福。智慧老人答应给他幸福。随后拿走了他所有的财产,让他的妻子生病,使他才气枯竭写不出诗句,诗人贫困落魄,无以为继几乎死去。最后时刻,智慧老人将一切还给他,问他是否感到幸福。他感恩不尽,从此过上幸福生活。

父亲有了过去的苦日子垫底,能耐心地品味到现在生活的甜。

陌陌有时候想,如果自己当年没有来到这座城市,现在的生活会是怎样的?

这样想着的时候,陌陌感到一阵幸福。

岁月如歌

小五和一座北方城市

老 墨

40年前,她5岁,家里排行第五,人们都叫她小五。那时,中国对内改革、对外开放政策刚刚开始实行,改革从农村开始,从土地开始。

小五生长在华北平原的农村,平原上漫无边际的绿色渗满了5岁之后的记忆。1973年出生的她没有经历过大锅饭时代,没体验过生产队集体劳动,也没有过吃不饱穿不暖的日子。长大后她才知道,这一切要感谢当年冒天下之大不韪的安徽凤阳小岗生产队的18位农民,是他们的举动拉开了中国农村改革的序幕。在那之后,以"家庭联产承包责任制"命名的中国农村改革迅速席卷全国。

万物复苏的华北大平原,一望无际的黄土地笼罩在风起云涌的天空下。一年四季除了冬天,经常就是雷声响、雨点大的天气了,仿佛常年水涝。村子外,漫洼遍地白晃晃一片;村子里,到处都是浅水洼。也许是老祖宗留下的传统,家家户户的房屋地基特别高,地基高了,房子高了,街巷就不会存水。房前屋后的雨水都流进了村头的一个个大水坑里,水坑旁边是水井。水坑灌满了,就漫过了水井。站在房后眺望村口,一片水茫茫。那时村里树

多,每家大门口都堆放着檩条或干木桩。每家孩子也多,小孩子们就把木头滚到水坑里,当马骑,玩漂流,打水仗,整个漫长的夏天都泡在水里,折腾得乐此不疲,个个晒得冒油黑。风吹雨打下的槐树、柳树、杨树、榆树却在水中摇曳生姿,与光腚小孩形成互动,彰显着漫长夏季里的生机。

儿时的记忆无忧无虑,天真而又烂漫,虽然单调却充满美好。小五最具光芒四射的印象是在9岁,那年她来到了首都北京。20世纪80年代初,华北农村的基本生活保障体系在探索中重建,在实践中发展。由于实行了"包产到户",仓里有了余粮,手里有了一些存款,又有了富余的劳动力,便从发展多种经营,创办小作坊、小企业起步,甚至有人开始离开土地到城市务工经商。那里紧邻京城,信息发达,人们头脑活泛,不久村里就有人在北京办了个加工厂,招一些姑娘们去厂里打工,小五的大姐也在其中。这年暑假,厂里一位负责人的闺女要进城探望,小五跟她是同学,听说后也想要一起进京。父母不容分说地拒绝了,但小五铁了心要去。同学临走的前一天,小五吃完午饭就跟在父亲身后,父亲去哪她跟着,父亲干啥她看着,不说话不闹腾,就是死磨硬缠执拗到底。父亲在房后用铁锨一下一下地挖着猪圈里的肥料,从下午一直挖到傍晚。华北平原午后的热是难以想象的充沛和持久,猪圈旁有几棵无精打采的老蔦树,父亲就在树荫底下挖粪,不看她一眼。小五垂着头受气包似的蹲在一旁,阳光一览无余地照着,直到拉长了她的身影。猪圈挖空了,父亲的坚持也触底了,他狠狠地把铁锨往圈外的粪堆上一扔,气哼哼地扭头回家了,小五自虐式的抗争赢得了胜利。

直到现在,小五最珍贵的相片都是那张小不点个头的她和大姐相依在一起于首都天安门和北京"和平里"照相馆的留影了。"和平里"照相馆现已成为北京众多百年老店之一,小五很庆幸当年能与大姐在此留下永生难忘的记忆。大姐在36岁那年因病离世了,小五写了一篇《青草的墓园》怀念大姐,里面很浓重的一笔写到"和平里"照相馆。如今那里已成为小五此生最深刻的念想。

15岁的小五来到镇上读高中,虽然那时已经脱贫,但在80年代末期,农业、农村、农民依然受到计划经济以及城乡二元分割体制的束缚,人与地的矛盾有了显现,成为计划经济体制下的薄弱环节。形势有些动荡,人心有些不稳,但对于青春年少、不知天高地厚的孩子们来说是没有多少特殊可言的。小五在那时,做梦都想拥有一辆属于自己的自行车,终于在软磨硬泡下有了车子,从此更加臭美了。

25岁的心思是迷茫的,尤其与内蒙古结缘,来到包头。90年代的包头,与普通农村没有太大差别,与课本中"天苍苍,野茫茫,风吹草低见牛羊"的草原风光相去甚远。没有草原只见到了玉米地,从下火车到青山区的住地,视野所及除了庄稼就是平房;蓝天很少,只是一场接一场漫无天际的风沙,昏黄的天空让人乏味,沙子吹进眼中是生疼生疼的;没有几条像样的马路,除了钢铁大街外,横七竖八的道路弯曲狭窄,都不如老家门前的那条新修的大路气派……总之,一切都要与老家对比,哪哪儿都不如老家。小五真是

说不出的郁闷。

改革开放 20 年后,包头发生着迅猛地蜕变。在全市各项事业发展面临艰难的时刻,包头的改革开放是勇气所驱、信心使然。这座新型的移民城市,虽然基础设施尚未完善,城市发展也没有形成规模,但钢铁、铝、稀土、电力、制造业的坚实根基奠定了有朝一日必将踏歌腾飞的基础。她以青春伟岸的英姿屹立在中国西北,像一颗草原明珠般冉冉升起;她朴素无华,但开放包容大气,敞开胸襟欢迎接纳着外来者。浑身上下无处不在的机遇发着光闪着亮地在招手,以无限的大度迎接外来大军的探索、开垦、扎根、生长。小五成了其中的一员。

搬家,不停地搬家;想家,强烈地想家。由东河到青山再到昆区,从这个平房到另一个平房;想河北老家,想大平原上的父母亲,人在包头,心却是飘的,有一种根不着地的感觉,总会半夜泪湿枕巾。

初来乍到的情绪低落而又无助,小五开始骑着自行车熟悉这座城市。由青山区"四角"(文化路与幸福路交会处)出发,途经九星路口。那时丽晶酒店刚刚开工建设,已是包头的一大亮点,吸引着过往人的目光。每天傍晚还会有四面八方前来看稀罕的人,人们纷纷猜测着这个拔地而起的高楼,会有怎样的神秘功能。往南穿过玉米地来到钢铁大街,这是包头最有名气的街道了。沿街一路往东,是第一工人文化宫,心也开始莫名地激动起来,感觉包头最气派、最雄伟的便是一宫了,每次见到它都会不由得心生敬畏。还有门前的"三鹿"标志,如定海神针般令人气定神闲,虽然是注目仰视,却踏实而亲切。与一宫毗邻的是新建不久的天外天大酒店,再往东骑行,路两边就是芦苇地、庄稼田、树林子。马路并不宽阔,最多的机动车就是拖拉机,常见到骑着车子手扒拖拉机的人,不用自己费力蹬车,反而优哉游哉,成为建设路上一道别致的风景。

那时候让她最感兴趣的是包头突然生出许多大报小报。小五从小就有文学梦想,上学时曾多次发表作文并获奖。于是她就看书读报,激起创作灵感后也开始写点街谈巷议的社会新闻,也写散文、随笔和诗歌在一些报纸上发表。《周报》《同行报》《电视报》等充斥街头,包头的老百姓几乎人手一份,同时也吸引和固定了一大批怀有文学梦的作者投稿和支持。后来小五渐渐有了思考也提升了品位,尝试写一些有文学性、有情怀的作品向期刊投稿。当第一篇小小说刊登于心目中那个神圣的文学期刊后,她内心深处对文学的渴望被触动了。每天凌晨是小五写作的开始,精力极其充沛,那真是一段令人难以忘怀的岁月。一次,一个全市范围内的征文活动让市委领导亲自颁奖。当胆怯羞涩而又意气风发的小五从市委领导手中接过奖杯和证书的那一刻,注定了此生与文字结缘。

35岁时,不再有人叫她小五,同事们都亲切地称呼她"老墨"。在这座内蒙古最大的城市和工业中心,从阴山边地要塞,到草原工业心脏,包头的城市发展史浓缩着北方工业城市的艰辛与奋进,演绎着无数建设者辛勤耕耘的繁忙图景。这时候的老墨已深深地爱上了这个第二故乡,在这个西北边疆城市扎根发芽,

庆祝改革开放40年文学作品集

与包头共同成长。

在包头的10年间,小五得到的回馈太多了:取得了大学专科、本科学历,住上了楼房,还开上了私家车!她总觉得自己一直沐浴在改革开放温暖的春天里,这何尝不是人生事业的春天呀!学习虽然艰辛了一点,但能考进理想中的文化单位;工作虽然辛苦一些,但能得到组织的重视与认可。曾经结识的一些文友和好姐妹都羡慕地说她命好,聚在一起总是用嫉妒的口吻说:"刚来包头时是一无所有的外来户,现在却该有的全有了,我们都没有你幸运!"小五也常常在想,每个人的命运是天生注定还是靠自己争取的?争取固然重要,但她总相信人生需要一种机缘,对于自己来说,这种机缘全有赖于这座城市的给予。

包头这座年轻的城市也在经历了国企改革、下岗再就业、外资进入、私有企业的兴盛与经济的繁荣之后,不断发展壮大。眼见着路宽了车多了,一个又一个公园绿地如雨后春笋般涌出,花苑、植物园等新生事物充实了包头市民的精神世界。原来建设路两边的荒滩、臭水沟、树林等,摇身一变成为有湖泊有园林有草原有羊有鹿有马有蒙古包的亚洲最大的"城中草原",成为鹿城人的骄傲。包头这颗"抬头见蓝,低头见绿"的草原明珠因为城市建设的快速发展而被赋予了众多耀眼的名片:联合国人居奖、中华环境奖、全国文明城市、国家森林城市、国家园林城市、国家卫生城市、中国优秀旅游城市、世界稀土之都、中国制造业名城、中国最具魅力金融生态城市、中国十佳宜居城市、中国最有吸引力城市、中国最具幸福感城市、全国园林绿化先进城市、全国安居工程先进城市……

老墨深深为自己是这个城市的一员而自豪,这座城市已然让她难以割舍了!

45岁的老墨觉得自己正值盛年,美好的日子正在继续。爱人的事业平稳自然,儿子在大学期间已开始创业,自己在2018年伊始,又成为单位里一个部门的负责人。她非常知足而又无比珍惜,她始终认为所收获的一切都是这座城市对她的奖赏。

住在新都市区,驾驶着新换的SUV,行驶在宽阔整洁的路面上,仿佛身临于一座新生城市。万达广场、会展中心、体育场、影剧院、科技馆等服务设施的健全,标志着新区在文化事业、社会公益、服务功能方面的进步与发达。"城中草原"对面的奥林匹克公园的修建落成,成为包头的又一靓丽风景线,是一道"大隐于市"的风景,穿行在建设路上就能把道路两边赏心悦目的和谐美景尽收眼底,那种油然而生的获得感、幸福感简直无以言喻。

今年有老家的亲友要来包头,与其说是看望老墨,不如说是来内蒙古观光游玩。每每老家来人,老墨都会竭尽全力地陪着前往每一个景点。包头地区有沙漠、草原、高山、森林、河流,她会耐心地当好导游做好讲解,为的就是以主人的身份把对包头的挚爱传递给每一位客人,让游玩的外乡人充分感受包头独特的魅力。

老墨来到包头的20年,是春风化雨的20年,是春华秋实的20年。20年里,成长了心爱的事业,成就了幸福的家庭。改革开放40年,老墨感受到了包头点点滴滴的变化,见证的是自信,领略的是智慧,看到的是希望,这种变化多么令人自豪!

抚今追昔话照片

刘文永

近日和一位文友聊天，聊我们的从前，聊我们农村孩子曾经的梦想。在聊天的过程中，我们的话题落到照片上。那些黑白泛黄的老照片，那些色彩艳丽的新照片，承载着我们的过往，伴随我们一路走来。

《北方新报》有一个栏目叫《老照片》，登载的照片都为黑白照，讲述的都是寻常百姓的真实故事。手捧着这张报纸，我感知着岁月的变迁。一张照片，附几行文字，组合成一幅生动的画面，把往事表现得历历在目。在万千感慨中回首曾经的岁月，我联想到自己，想起家里墙壁上父亲精心制作的相框，相框里那一张张光彩照人的脸。

过去那个年月，家家户户的墙壁上总喜欢挂几个相框。相框既是一个家什，又是一个摆设，点缀着屋子，也承载着人们的念想。一是摆放家人的照片，二是摆放一些有纪念意义的照片。爷爷生前是个木匠，天性聪明的父亲自然会干木工活儿。家里的相框都是父亲一手制作的。在我的记忆中，我家窑洞的墙壁上挂着十几个相框，有的装风景画，有的装领袖照，有的装人们的相片。

父亲是教师,相框里自然多了一届又一届学生毕业照。家里最早的照片是父亲初中毕业时的合影照,还有母亲年轻时在卫生院学习时的一些照片。我们农村孩子有一个习惯,无论到谁家串门玩耍,总会留意人家挂在墙壁上的相框,端详照片上的人,若能找出认识的人来就自感十分惬意。儿时,我常常凝视着相框里的照片,认相片里的人,也和来家里串门的客人一起分享相片。有时,我端详着这一张张照片,勾起了父母对岁月的怀想,他们常常给我们兄妹讲一些年轻时学习或工作的故事,我们也看到照片中年轻的父母。

我的第一张照片是我们兄妹4人的合影照,那时我10岁。记得是一个阳光明媚的春天,村里来了一位照相师傅,孩子们奔走相告,消息迅速传遍了整个村庄。村里能照相,对于我们孩子来说是天大的喜事,我们高兴极了,都央求自己的父母要照相。记得那次村里的孩子们都走进了镜头,父母也同意给我们兄妹4人拍一张。等待时心情很激动,轮到我们拍照时,我却迟疑了,有点胆怯。照相师傅把我们摆布好,让我们别动,要拍照了。此时我却不由得眨眼,觉得脸上发痒。我记得自己站得笔直,满脸的紧张掩盖了丝丝笑容。父亲把这张照片装在相框里,它记录了我的童年时光。这张照片父母至今依然珍藏着。初中毕业时,我和两个同学拍了一张合影,去年我找到了这张照片,看到了年少的自己。上中专时我和同学拍过几张照片,这时的照片是彩色的,比黑白照片看上去鲜艳。这些为数不多的照片,我一直珍藏着。珍藏着时间的过往,也珍藏着岁月的馈赠;珍藏着暖暖的亲情,也珍藏着同学的友情。

看着这一张张老照片,我想到了从前。从前的穿戴,从前的生活,从前的人和事。从前的服饰多以黑和蓝为主色调,很单一,缺乏鲜活和生气。但是,从照片里能读到一张稚嫩的脸,能读出童年少年,能读出洋溢的青春。不但我们年轻过,而且我们的父辈也年轻过。年轻真好!照片既能记录人生的轨迹,又可再现曾经的生活。

90年代初我结婚时,照相已成为百姓家里的寻常事。追赶幸福人生的我与爱人在照相馆拍了一张婚纱照,装帧在一个相框里,一直摆放在家里的醒目位置。后来这个相框不知去向。去年岳母从要拆迁的平房里找出了这个相框,我如获至宝。玻璃虽已碎裂,但照片完好。我把照片上的尘土揩掉,仔细端详这张照片,看着年轻貌美的妻,看着从前腼腆的我。想到我们携手岁月,知冷知热,相濡以沫,一路相伴。回头瞥见爱人和女儿相依在一起,一阵温暖荡漾在我的心田。

有了女儿之后,照相自然更频繁了。女儿小时候,每年过生日到照相馆照相是必备的课程,照片记录着女儿的成长,体现着我俩对孩子的关爱。在我给女儿拍的照片里,有两张给我留下深刻的印象,现在都能回味到温暖。一个秋日的下午,女儿头戴学校统一发放的小黄帽,背着书包,从家里出发到校时,我拍了一个天真活泼的儿童形象。还有,一个雪后刚放晴的日子,我和女儿在院子里堆雪人。记得女儿身着天蓝色棉袄,脸蛋和两手冻得通红。女儿用红纸给雪人贴了红嘴唇,用红辣椒做雪人的鼻子,煤球做雪人的眼睛,一个活灵活现的雪人呈现在眼前。她又给雪人戴上她的帽子,围她的围巾,在雪人胸前立一把扫帚,雪人憨态可掬,惟妙惟肖。当时,我分外激动,拍了我记忆中难忘的好照片。因这张照片,我把和女儿堆雪人的故事写入我的散文《雪落村庄》。看着照片,看着日渐成长起来的女儿,我心里暖暖的。

我天生不爱照相。年轻时觉得穿戴对不起自己,后来觉得自己的相貌对不起观众,于是我的单人照极少,偶尔发作品时需要照片,却一张像样的照片都找不出来。近10年,节假日我和家人好友走了一些地方,在景点我也主动要拍一张照片,照得俊丑我从不在意,只表示我来过这里,一作为旅行纪念珍藏,二作为旅行的收获馈赠。但是,我非常喜欢拍风景照片。十几年前我买了数码相机。我带着相机,饱览祖国大好河山,拍下了一些非常珍贵的风景照片。有汹涌澎湃的壶口飞瀑、恢宏壮观的巴丹吉林大漠、奔腾的雅鲁藏布江、巍峨的慕士塔格峰、美丽的西子湖畔……从这些照片中我感受着美丽的风景,愉悦滋养着一颗健康的心。为纪念内蒙古自治区成立70周年,自治区审计系统组织书画摄影比赛,我提交的几幅摄影作品,荣获了三等奖的鼓励,让我在欣喜之余倍感荣誉给予的动力,让我更加热爱生活。这些风景照也记录着我人生的脚步,丰富着我的人生经历,让我从照相到摄影发生了质的飞跃。

从前的相片我存放在大大小小十多个影集里,时而翻阅,时而感怀。岁月常新,从这些相片里读出岁月年轮,读懂流金岁月。有时从一张照片里能回味起从前的趣味故事,看似瞬间拍的照

片,却是我们自己的许多经历,一种甜蜜感在心头萦绕着。看着照片上年轻的自己,对于岁月给予我的收获,有一种沉甸甸的感动。近些年外出旅行拍了很多照片,尤其是手机可以拍照后,照相成为家常便饭,人们对信手拈来的照片不再觉得神秘,也忘记了珍惜。而我却喜欢把记录生活、学习、工作的照片珍藏在电脑里,既节省了洗相片的费用,又方便翻阅,用时也便捷。

我珍藏的这些照片,涵盖我的父辈和我以及女儿三代人的成长和进步,可见一个家庭的发展变化。照片记载着每一个时代的服饰和居住发生的巨大变化,记录着祖国一日千里、天翻地覆、欣欣向荣、蒸蒸日上的脚步。写到这里,我想倾吐心声,说一句感谢社会,感谢祖国的话语,以表达我对祖国的深深眷恋和敬意。珍惜美好生活,记录人生过往,从一张张照片中收获岁月,感知生活,品味人生。

岁月如歌

北归遐思

林　若

春夏交替之际,我由南向北飞回。

一道耀眼的光从刚刚开启的机舱小窗中射入,唤醒了我惺忪的眼睛。顺着缓冲向下的机身,我的目光被带入一望无际的沙漠之中,俯瞰着漫漫烟云笼罩下若隐若现的金灿灿的沙丘,恰似九曲黄河臂弯里闪烁的金珠。突然想到诗人王维"大漠孤烟直,长河落日圆"的不朽诗句,眼前的景色没有大漠的孤寂和荒凉,却平添了璀璨的雍容和大度。顿时,精神为之振奋,一扫几小时飞行的困顿疲惫。

飞机载着乘客掠过大漠金沙,穿过浩瀚壮阔的黄河,在包头这座闻名遐迩的稀土之都的上空盘旋着,我的心也随着熟悉的街景、绿地、高楼而激荡起伏。

一条长龙自西向东蜿蜒磅礴,不见尽头。不用问,那必是贯通全市的建设路。这条大道横卧于市区,西起包钢的钢铁大街,东接出入市区门户的巴彦塔拉大街,它不仅是连接城区的交通要道,更见证了包头市改革开放以来的文明进程。

20世纪80年代初,我被分配到包钢工作。因家住东河区,每天乘坐5路公交车往返于这条唯一连通昆区、东河的线路。这条线路,不但要途径东河、青山、昆都仑3个市区的繁华地段,还要穿越约10公里的空旷原野。

那时候,每天上下班挤公交车既是个体力活也是个技术活,像我这般瘦弱且腼腆的小女生,被挤得丢盔卸甲也顾不上自怜伤心,每次眼看就要挤进车门却又被挤出人群时,最渴望英雄能横空出世,上演一出"英雄救美"的剧情。然而,"英雄"之武都用在了奋力挤攀之上了,哪还顾得上"美人"? 明明早早地等候在站牌下,却看着一辆辆挤得黑压压的密不透风的"铁箱子",缓缓从身边开走,气得捶胸顿足。

好不容易上了车,立足后一心默念:"上帝保佑,公交车不要坏在半路。"倘若公交车半路抛锚,又恰是在建设路上,那是最悲催的事了,不知要在寒风中等多久才可以再次前行。后面再来的公交车因无力载下这么多人自然是呼啸而过,可怜乘车人只好望眼欲穿,等待,再等待……

随着改革开放的不断深化,包头市的市容也日新月异,旧貌换新颜,而建设路的变化正是这个时代大变迁的缩影。

建设路变宽了,形成了上下行的双路线,中间由花草、树木隔开,宛如花团锦簇的绿丝玉带,迎送着过往的车流。从前破旧的公交车换了一批又一批,电动公交车以宽敞、节能、轻便成为市民的最爱。再也看不到为挤公交车而叫喊追赶着的人群了。

这些年,因为添置了私家车,我也好久没有再坐公交车了。

那是一个春末初夏的盛日,受朋友邀请相随同坐5路车。早就有闻公交车的整洁有序,但上了车还是让我一时生出许多感慨。

无人售票的车厢干净整洁,车上唯一的一个工作人员就是司机兼车导。有感于当代电子科技运用于公交车上便捷有序的同时,对这位驾驶员产生了极大的好感。前门上车,师傅微笑着点头示意我投币购票。糟糕,我和同伴都忘记准备零钱了,手忙脚乱地掏遍了所有的包,还是找不出足够的零钱,我俩面面相觑,一时不知所措。心想,这下一定会被驾驶员奚落,然后在下一站落荒而逃。驾驶员似乎看出了我们的窘迫,笑着说:"请就座。"然后从身旁的一个金属罐里摸出几枚硬币,投入箱内。我一时惊愕语塞,迅速在大脑里判断着驾驶员如此作为的合理性时,却见驾驶员指指身后的告示牌,说:"手机扫二维码支付。"我们相视一笑,恍然大悟。

我想,一个城市的文明程度,不仅在于城市化进程有多快,更重要的是在城市物质生活丰裕的同时,人们思想层面的提升。我看到了人性和理性之光正在这座城市绽放,人与人之间更多的是互为方便,宽容以待。

坐在座位上,透过明亮的窗向外张望着,道路两旁杨柳轻垂,百花争艳,一座座叫不上名的高楼大厦依次隐没在身后。只有坐在公交车上你才可以这样悠然地打量这些年拔地而起的建筑物,也一次次更换着城市的地标。公交车行驶在专用车道上,快捷而平稳,很快驶入建设路。

此时,驾驶员操着标准的普通话,将大家的目光不约而同地集中到右侧的一片茂密的树林中。

"乘客朋友们,大家好!现在即将通过的是我们包头市的城中草原——赛汗塔拉公园。它位于我们城市的中央,是亚洲绝无仅有的'城中草原'。占地面积770公顷,长约4.1公里,宽2.2公里。园内蒙古包、敖包、博克场、赛马场星罗棋布,蔚为壮观。它不仅是我们旅游、度假、健身、游乐等多功能综合型草原生态园,它还被喻为我们城市的'肺',每天源源不断地向我们生活的城市输送着新鲜的空气,净化着我们赖以生存的家园……"

我身后坐着几位南方来的游客,不时发出"啧啧"的赞叹:"城市中心竟然生出这么一大片绿地,太奢华了!"

的确,在如今寸金寸土的城市中,哪一片土地会有如此宏大展扩的胸怀,拒绝商业、住宅的入侵,只接纳草木、飞禽、动物的回归,包头,只有包头。

"如果您以为10里建设路上有了这座城中草原就足够了,那您就错了。"

驾驶员又娓娓道来,语气中充满自豪。

"您看,前面是我们的奥林匹克中心。路南那片气势恢宏的建筑群中,有同时可容纳4万人观看田径、足球赛事的体育场;有建筑面积10万平方米,可承办全国性赛事和大型综合演出的体育馆;有建筑面积9万平方米的国际会展中心;还有占地1.6万平方米,内蒙古自治区规模最大、档次最高、设备最先进的演艺平台之一——包头大剧院。路北是广阔却不失苍翠、恬淡而又雅致的奥林匹克主题公园。您闲暇假日来此一游,景色堪比江南。"

身为包头人的我被眼前的景致深深吸引。曾几何时,这里沟壑淤积,周围几家工厂排出的大量废水经由此地。20年前,当我往返于这条路上时,都会闻到阵阵刺鼻的臭气,不由得掩鼻屏息。如今碧草环绕湖水荡漾,接天莲叶映日荷花,叠石瀑布飞流直下,栈桥木道曲径通幽,榆柳楼阁相映成景。

几十年之间,恍若隔世……

我随着乘坐的飞机,由西向东在城市上空翱翔。一年前,公交车上匆匆掠过的景致,如今又有了一次俯瞰的机会。放眼望去,阴山脚下,黄河之滨,到处郁郁葱葱,我看到一只巨鹿在腾空凌飞。

常乘飞机的人都知道,由东南飞入包头的客机,不会在进入包头时直接降落在机场,而要任性地在包头城市的上空划过一条优美的弧线,然后深情地亲吻着南海湿地公园湖面上的薄雾,再款款降落在机场。有人说,这是因为包头常年刮西北风,飞机逆风而起,顺风而降。可我更愿意相信是因为包头的天空太美了,美得让人流连不止,非要让你在踏入她的土地之前,在空中领略一下她的风姿。

"家乡,我又回来了。"情不自禁间,我为自己竟然对包头有了家乡的归宿感而感到惊诧。

用老包头人的话讲,我们家是外路人。包头人实在宽容,从没把我们当异客而使我们受到排挤和冷落,倒更像是把我们当作游历在外衣锦还乡的同胞而尊敬和爱戴。我们在这片黄土地上不懈地奋斗着,已经繁衍扎根,第四代已然出生。尽管如此,我从来没有将养育我的这片土地好好地审视打量过,似乎也从未承认过她是我的家乡。我一直以为我的家乡在遥远的南方,那里泉清鸟鸣、山翠峰叠,鼓浪屿曼妙的琴声时时和着海风吹过耳畔,石板街旁祖父留下的小楼频频召唤着我们。

我有足够的理由舍弃包头而选择厦门,回归故里,叶落归根,这个信念从未动摇过。因此,当我终于有条件南归时,便心无旁骛地打点停当,不顾一切地回到我一直以为的故乡——厦门。

跨越半个中国,换了口音,再看似曾相识的街景,熟悉的略带咸味的海风,久违的大榕树和穿梭于大小岛屿的轮渡。在曾厝垵的露天咖啡馆的座位上看着来来往往的行人,觉得像是做了一场梦。这里也发生了翻天覆地的变化,厦门——这个占尽地理优势而又底蕴深厚的南国海滨之城,依然风光秀丽,美得足以让世人瞩目。可是与我何干?我既不是她的见证人,更没有参与感,又何来归属感?我和那些步履迟缓、漫无目的闲逛的游客无异。

海面上成群的大雁,正排成"人"字,向北飞去。突然间,我的脑海中浮现出千里之外的包头,从未有过的亲近感和思念之情油然而生。我决定收拾行囊,在南行几个月后,再度北归……

"旅客们,飞机前方到达包头,请您系好安全带……"耳畔传来空中小姐柔美悦耳的语音,机身已呈俯首着陆之势。

包头,我回来了!

我家住在昆都仑河畔

孙宇颖

每天上班时行走在钢铁大街西段的昆都仑河中桥，闲暇时漫步于河西公园和昆都仑河两岸的景观道上。看着昆都仑河及其沿岸由昔日的黄土飞扬、萧条荒凉变得碧水蓝天、风景如画，我不禁为我们包头的城市建设由衷点赞。

2002年4月22日，我写了一篇散文《走过春天的昆河桥》。文中有几段是这样写的：

"走过春天、走过昆河桥、走过春天的昆河桥，我看到了昆河桥春天的心情。

"当乍暖还寒的北方春天迈着匆匆的脚步来到昆都仑河时，我看到了昆河两岸星星点点的绿意。昆都仑河四季的干土碎沙在经过冬天的沉睡后慢慢蠕动、蠕动。沙河里、沙河堰最先迎接这春的是孩子们手中的风筝，一根根长长的线牵着孩子自由翱翔的心，穿过昆河上空的碎沙细雾，升腾、升腾。

"北方的春天没有'吹面不寒杨柳风'的惬意，而昆都仑河畔的春天更体会不到春姑娘的娇柔。无论是西伯利亚的寒流还是阿拉善的沙尘，都会在昆河上肆虐、撒疯。它与昆河里的黄沙尽

情地亲吻。昆都仑河上风在呼号,沙在哀鸣。……

"走过春天,走过昆河桥,走过春天的昆河桥,我想看桥下波光粼粼的河水,我想看河面上风筝的倒影。

"若干年的规划,若干年的工程,若干年后走过春天的昆河桥。你我会是怎样的一种心境。"

2007年春天的一个早晨,我又一次途经昆河中桥时,看到桥下几辆推土机在平整河槽,清理河槽里的垃圾。后经询问得知,包头市要对昆都仑河进行综合治理,防风固沙,防洪防汛,绿化周边。次日,我怀着喜悦的心情拿上相机去拍照片,想把昆都仑河的昔日留作纪念。生活在昆都仑河畔的我,有太多的生活烙印在这里。我坚信2002年所写的散文中"若干年的规划,若干年的工程,若干年后走过春天的昆河桥"定然会有另一番景象。

2007年8月,随着昆都仑河的综合治理,昆都仑河以东的钢36街坊、钢37街坊大面积老旧平房相继拆除。而这些平房中,距离昆都仑河中桥最近的钢37街坊1万平方米的小区就是我居住了7年的地方。

时光倒回至1992年,我从乌兰察布盟丰镇发电厂调入包头一电厂工作。由于没有房子,我和爱人住到了包头西机务段的一间仓库里。偌大的一间仓库就靠一个火炉子取暖做饭。每到冬天,仓库顶棚挂满白花花的霜,墙壁四周都是霉斑。睡在潮湿阴冷的床上,后半夜炉子里的煤燃尽后鼻子冻得通红,遇到气温低的风雪天,我就会把围巾包在头上,呼吸出的气都能凝结。买来的煤是有限的,不可能让火炉子长时间燃烧。就这样,我在这间破仓库里不仅熬过了4个冬天,还在这里生了孩子。从包头西机务段去一电厂上班要骑一个小时自行车,路偏僻不说,包钢的渣车、载重车还将路压得坑坑洼洼。遇到下雨天,雨水覆盖了路面,我常常歲在坑里摔得浑身是伤。冬天西北风卷着大雪,上下班更加艰难。遇到夜班,我得先从包头西机务段到钢36街坊的单身宿舍,其中一段路是从南桥往南1公里的河西往河东走,走在河槽里鞋子会灌满沙土。遇上刮风天,整个人就卷在沙土中了。到了钢36街坊的单身宿舍,休息到半夜再和同事们结伴上班。我几次三番向厂里递交住房申请,到1996年时终于分给我一间位于昆都仑河东岸的"一万平"("钢37街坊"的简称)小区的平房。房子虽小也是一个家,我抱着儿子欢呼:"我们有家了,我们有家了!"然而,住进"一万平"的第一个夜晚,我就被爬上床的老鼠吓得脑袋磕在了床沿上。"一万平"不仅老鼠多,而且潮虫泛滥,锅里、碗里到处爬,睡觉时被窝里捏出一两个潮虫并不奇怪。见多了也就不怕了,只是一拨又一拨的老鼠、潮虫总也灭不完。

从"一万平"到位于包钢厂区的包头一电厂上班,昆都仑河中桥是必经之路,区间不通公交车,只有一辆私人承包的破旧8路车有一时没一时地跑着,车上永远都是拥挤不堪。我们夜班的往返时间是凌晨1点到3点。当时,中桥路灯昏暗,治安也不好,常常有单独行走的同事被劫匪用菜刀、铁棒等凶器劫持到桥下面威逼要钱,或者干脆连自行车也抢走。我就那样提心吊胆地走过了一个又一个夜晚,往返于四季荒凉的中桥。春天,有很多次,狂风把骑着自行车的我刮倒,尽管我把头包裹得严严实实,但沙

庆祝改革开放 40 年文学作品集

尘依然无孔不入地刮进嘴里、鼻子里。冬天,大雪弥漫,西北风无遮无拦呼号而来,像一头狂吼巨兽。我裹挟在人流中,一步三退艰难地行走在上下班的日日夜夜里。

雨季虽然让干涸的昆都仑河有了河的样子,但是由于河槽里的沙坑积水深浅难料,因此总会有贪玩的孩子溺水。孩子出去玩耍,我寸步不离,生怕他和小朋友去河槽里耍水。而雨季,居住在"一万平"的我更是为屋外下雨屋里漏的恼人情形所困扰。摆满屋子的锅碗瓢盆滴滴答答地弹奏着交响乐。从铁路的仓库到"一万平"的平房,虽然生活有所改善,但依然艰难无比。

秋天,落叶纷飞,我和爱人常常拿上大麻袋去河西公园扫树叶、捡枯树枝备下一冬天的引火柴。会去南桥的河道里捡压菜石头。钢 37 街坊常常停水,有时候一停就是两三天。街道居委会为了保证居民生活用水,会在中桥边的大坝旁停一辆水罐车,听说水罐车里的水是从黄河水源地拉来的。我们提上水桶排队限量领水,人多水少,去晚了领不上还得耐心等下一辆。黄河水那叫一个黄啊,做饭喝水之前都得沉淀好久,无论怎么处理都浑浊不清,喝在嘴里的水都是泥味。那时候包钢的排放也得不到治理,放眼望去昆区的天都是红的。我工作在位于包钢厂区的包头第一热电厂,生活在与包钢仅一河之隔的昆河岸边,呼吸着刺鼻污浊的空气,心情无比沮丧。

后来,正如我期盼的那样,2007 年 2 月,昆河桥一期工程开工建设,一直到 2011 年昆河桥二期工程昆河景观道的规划建设,以及十八大以来习近平总书记关于生态文明建设指示的实施。短短几年时间,昆河干涸的河槽变得水流潺潺、碧波荡漾,河东岸的高楼拔地而起,鳞次栉比的新楼倒映在蔚蓝色的昆都仑河水面,宛如海市蜃楼。桥西岸的包钢厂区不仅面貌一新,更是还包头市一个清澈的蓝天。昆河两岸大面积绿化,春天桃花烂漫,丁桂飘香,杨柳曼舞;夏天百花齐放,绿树成荫;秋天菊花、红枫争奇斗艳;冬天虽万物凋零,但昆河桥畔依然苍松翠柏,冰雪树挂让人几度流连。沿着昆都仑河由北至南的大坝如今也变成了宽敞的柏油路,方便了沿河而行的车辆。白天60路、55路公交车在昆河桥上穿梭,夜晚路灯明亮,河岸霓虹闪烁,无论何时行走在昆河桥上都舒畅惬意。早晚跑步的、走路的、跳舞的人络绎不绝。北桥的音乐喷泉更是吸引了男女老少,消夏纳凉、放逐心情再也不是昨日梦想。

而今,我所工作的包头一电厂经过扩建改造,担负起包头市昆区1700万平方米供热面积。供热管道横跨昆都仑河上空,昆区的居民再也不用为冬季取暖不达标而犯愁。包钢的环保治理让昆区的天蓝了,空气净化了。那排队取水、澄水做饭的日子永远成了过去,取而代之的是优质的生活用水和街边便利的直饮水自动销售机。

如今,每一个季节我都会沿着昆河两岸,漫步到河西公园去拍摄,用镜头记录四季的风景。时光流逝,镜中的我虽然渐渐变老,而昆河两岸的风景却随着城市的日新月异而越来越风姿绰约。行走在昆河两岸,我的心情如昆河水般清波荡漾。昆河两岸陆续栽种的植被挡住了肆无忌惮的沙尘暴,昆都仑河畔的"春姑

娘"也褪去了往日的跋扈,变得越来越温顺柔美。

从破旧的钢 37 街坊的平房到崭新的钢 36 街坊的楼房,再加上 4 年的单身公寓,我已经在昆河桥畔生活了 27 个年头,目睹了这里的变迁也感受着生活的不断变化,更体会到了随着国家的繁荣而带给包头这座城市的发展变化。今天的塞外钢城,以独特的魅力赢得了家乡人的热爱,赢得了八方来客的赞誉。在人文素质不断提高、环境日益优化的今天,如果你问我喜欢在哪里生活,我会毫不犹豫地告诉你——包头。

建设者们共同努力建设的大美包头,也需要我们包头人民共同来维护。建设家园的同时守护好家园是我们共同的责任。2018 年是改革开放 40 周年,也是十九大胜利召开的第二年,回首过往,百感交集,翻开时间的史册,目睹昔日的照片,放眼未来,我坚信,我们祖国的发展和家乡的建设会更加繁荣昌盛。

希望田野

希望田野

金锁锁的三次哭泣

李亚强

雄浑的乌拉山从巴彦淖尔市一路往东,向东西绵延 100 多公里后,在包头市昆都仑河处突然收尾。丰沛的雨水灌溉着乌拉山南麓的草地,形成一片片高山草甸。包头市九原区阿嘎如泰苏木(乡)阿嘎如泰嘎查(村),如同一颗明珠镶嵌在哈德门沟西侧的高山草甸上。

如果选择一个制高点俯瞰阿嘎如泰嘎查,就能看到山脚下的老旧房屋多半已经坍塌或者人去屋空。绿树掩映的牧民新村——阿尔查苑则坐落在一片缓坡上,一栋栋别墅像一颗颗星星点缀其间。村子东侧的内蒙古包头鑫达黄金矿业有限责任公司(哈德门金矿)终日机器轰鸣,为这个村子源源不断地输送着财富。

看着眼前的村子,牧民金锁锁思绪万千。在改革开放前,这个村子与许多散落在乌拉山南麓的小村子一样,贫穷、闭塞,为温饱问题而发愁。改革开放以来,这个牧业村依靠羊绒及肉羊养殖逐渐走上小康道路,村子面貌焕然一新,村民腰包越来越鼓。

而让他记忆最深刻的,是这一生的 3 次哭泣,他的眼泪,浓缩了一个村庄 40 多年来的变迁史,也见证了一个村庄的兴盛史。

第一次哭：孩子生病没钱去医院

蹲在医院长长的走廊里，金锁锁把头深深地埋在两臂之间，豆大的眼泪顺着黢黑的脸颊往下流，吧嗒吧嗒地滴在走廊的水泥地板上。偌大的医院，容不下一个绝望的他，就在几分钟前，他的女儿因为交不起医疗费用而没法接受治疗。

这是1972年的一天，24岁的金锁锁第一次哭泣。此时，金锁锁1岁多的女儿患病来到市里的医院救治，在村中借遍了钱，也没能凑够住院费用。金锁锁愤怒、压抑、憋屈，但是又毫无办法，最后只能回到村里，抓几把药给孩子吃。能怪谁呢，只能怪自己捉襟见肘的家庭，只能怪那个贫穷落后的小山沟。

那个小山沟叫阿嘎如泰嘎查，是包头市九原区蒙古族聚居的牧业嘎查，地处山区，拥有100多平方公里的草场。据《阿嘎如泰嘎查志》记载，嘎查因境内两个沟口生长柏树（蒙古语为"阿嘎如泰"）而得名。

1948年出生的牧民金锁锁就是土生土长的阿嘎如泰嘎查人，当时人们的生活状况非常落后。大家在山沟里的土坯房里居住，窗户用纸糊着，山下的土地都承包给附近的农民耕种，牧民依靠养羊维持生活。但在当时羊绒和羊肉并不值钱，辛辛苦苦忙一年也只够养活一家人。

让金锁锁印象深刻的是上学，那时候嘎查附近没有学校，他只能和几个同龄孩子去25公里外的白彦花公社的蒙古族小学上学。因为路途遥远，平时只能住校，周末才能回家，很多时候需要步行回来,中午出发,等到家的时候天已经完全黑透了。一个人走在黑幽幽的山路上,他只能靠唱歌来打发那些可怕的时光。当然,他们还有另外一个选择,就是从白彦花火车站坐火车回家,这需要几角钱的车票。在当时的生活条件下,几角钱是一个劳力将近一天的劳动所得。

上到小学三年级的时候,因为家庭经济原因及上学路途遥远,无奈金锁锁辍学,跟着哥哥姐姐在山上放羊。

1970年,金锁锁与爱人结婚,并将母亲接到他家一起生活(父亲已经去世)。作为壮劳力的金锁锁每天在公社的运输队干活,为白彦花火车站拉送石头,干一天活儿挣12个工分,合计人民币1元多,但并不是每天都有活儿干,每月干20多天的活儿养活着一家人。1971年大女儿出生,1974年小儿子出生,家里的生活更显得拮据,金锁锁经常为一家5口每个月的口粮而发愁。

金锁锁还记得,当时虽然牧民家家户户都有几十只羊,但是羊绒价格与羊肉价格都非常低,羊绒一斤3元多,肉羊一斤2角多。一年养羊的收入只够贴补家用。

在金锁锁看来,虽然有一身力气,但是派不上用场,未来在他的眼里更是一片模糊,他也不知道,这样的日子什么时候是个头。

让金锁锁始料不及的是,改革开放的春风一夜之间吹遍祖国大地,1978年党的十一届三中全会以后,农村普遍实行家庭联产承包责任制。1983年,阿嘎如泰嘎查实行了生产责任制,把集体所有的牲畜承包给个人,金锁锁分到100多只羊,随后又自己掏钱买了一些羊。数百只羊让金锁锁看到了一个光明的未来。

第二次哭:家庭年收入首次上万

拿到一年辛辛苦苦挣来的崭新的人民币,金锁锁和爱人、儿女簇拥在炕头,一遍一遍数着那些"新票票"。数着数着,他的视线模糊了,想起那些艰难的日子,想起曾经因为没钱而耽误了孩子的治疗。那样的穷光景,他这辈子再也不想过了。晚上睡觉的时候,他把这些钱压在枕头底下,一刻也舍不得离开。

这是1989年,金锁锁的家庭年收入首次上万,光荣成为"万元户"。这一次,他为自己久久期盼的幸福和光明的未来而哭泣。

改革开放后,贫穷的小山沟焕发了青春,砸了大锅,个人单干,生活有了奔头,每个牧民都劲头十足。

金锁锁也不例外,改革开放的红利让他迅速尝到了甜头,羊绒价格一下子涨到20多元钱一斤,价格最高时200多元钱一斤。羊肉价格也上涨到10多元,几百只羊成了他的摇钱树。

到80年代末期,牧民每家每户每年的收入达到万元左右,而当时机关事业单位的公职人员年均工资仅为千余元。

1981年,阿嘎如泰嘎查开始通电,改变了牧民过去天黑就睡觉、天亮就起床的生活习惯。金锁锁依然清楚地记得村里刚通电时的场景,每个人都兴奋得睡不着觉,一家人盯着小小的白炽灯围观,还有好奇的牧民到别人家去参观。

随后,金锁锁花1000多元钱购置了家里的第一台黑白电视机,漫漫长夜变得短暂起来,每天放羊回来看电视成为牧民新的生活习惯。1984年,金锁锁又花3000多元钱购买了一辆日本产的川崎 100 摩托车,出门变得方便起来。从前去乌兰计村买菜,步行需要一个多小时,如今骑摩托车只要 10 多分钟就能过去。

1989 年,金锁锁开始翻建新房屋,花数万元盖起了阔气的砖房。到 20 世纪 90 年代初,全嘎查旧房全部改成砖房,牛棚、羊圈也都进行翻新,嘎查的面貌一下子得到改观。90 年代中期,为解决全嘎查吃水问题,嘎查通过管线方式将山泉水引进村子,牧民们吃上了自来水。

到 1998 年时,BB 机开始流行,牧民几乎人手一部 BB 机。那时候,金锁锁裤带上经常别着 BB 机,出门见到熟人或者收购羊绒的客户,都要拿笔记下对方的 BB 机号码。而现在,村里老老少少每人一部智能手机。

时代的变化,社会的发展,带给一个小村庄翻天覆地的变化。

第三次哭:住进 200 多平方米的大别墅

新盖的别墅交工,牧民喜迁新居。62 岁的金锁锁绕着别墅走了一圈又一圈,摸着粉刷一新的外墙,想着曾经居住的土坯房,看着儿孙们忙忙碌碌地为他搬家,他的眼睛再次湿润了。回望乌拉山根底下的老村子,那个祖祖辈辈生活的地方,那个让他爱也让他恨,带给他快乐也带给他忧伤的地方,要永远告别了。虽然新别墅与旧村子只有几百米的距离,但是这几百米的距离,他却走了多半辈子才到达。

这是 2010 年,金锁锁这辈子第三次哭泣,也是最幸福的一

次哭泣。一辈子没有走出山沟,靠自己的一双手让一家人过上了好日子,金锁锁没有想到在行将入土的时候,住进这么豪华的别墅。

1997年开始,阿嘎如泰嘎查对70岁以上的老人每年给予600元的赡养费;2000年开始,对考上大学的每位学生一次性给予3000元的鼓励金。

2012年,阿嘎如泰嘎查投资建设了2160平方米的多功能服务办公楼,同时建设塑胶灯光篮球场,给牧民群众性体育、文艺、娱乐等活动创造了良好的条件,丰富了牧民的文化生活。

2013年,阿嘎如泰嘎查被评为全国"少数民族特色村",由此,国家每年拨款80万元,支持民族事业的发展。

柳叶舒展,梨花初放。2018年4月,阿嘎如泰嘎查阿尔查苑,显示出一派生机勃勃的景象。一幢幢具有乡村风情的精致别墅散落在树木掩映之中,置身其中,远离都市尘嚣,宁静幽远的感受令人神驰。午后的阳光慵懒地从房前的白杨树缝隙里投射进屋里,70岁的金锁锁一边在客厅看着电视,一边注意着老伴的一举一动。

这几年,金锁锁的老伴因为小脑萎缩精神状态出现问题,身边一刻不能离开人,而他的儿女们都已经成家在城里居住。为此,金锁锁高薪聘请了一位保姆照顾他和老伴的衣食住行。

这在过去是金锁锁想都不敢想的事情,但是对于他现在的生活条件来说,一件小事而已。

现在,金锁锁和老伴在236平方米的别墅里安心养老,每月两人能够领到3100多元的退休工资。另外,因为哈德门金矿占了阿嘎如泰嘎查的草场,每年都给村民分红。像金锁锁这样被占了草场的,每人每年能够分红4万元。

从1963年的只有18户96名牧民的阿嘎如泰牧业队,到如今有127户329名牧民的阿嘎如泰嘎查;从1963年嘎查年总收入仅为1万元,到2014年嘎查年总收入达到1200万元;从1983年牧民年人均收入293元,到2014年牧民年人均收入达到3万多元。在过去的50多年时间,尤其是改革开放以来的40年,阿嘎如泰嘎查牧民的生活水平不断提高,嘎查的面貌不断得到改善,贫穷的小山沟走出了一条小康路、幸福路。

庆祝改革开放40年文学作品集

大道情思

胡 明

固阳大道位于阴山山脉中段,起点在昆都仑山口处,沿途有石门景区、万亩滩、梅令山古城等景观。

久居闹市,拥挤不堪的交通、高分贝的广告噪音、川流不息的人潮常使人烦恼至极,内心深处时刻怀念那令人神清气爽的田园风光。在城里帮我带孩子直至孩子长大成人后,母亲决意要回村里居住,这也让我有了每隔十天半月回固阳的理由。每次驱车从民族东路高架桥下高速上110国道,在前口子段远远看到一块巨型奇石上刻有"稒阳大道"4个醒目大字时,心中就会莫名地激动起来。是即将欣赏到的沿途美景,还是阴山的沧桑引起的无尽遐想;是躲过人潮车流的烦恼,还是又将见到白发慈母的欢喜?想必是各种心情的交融吧。

年少时有干不完的农活,而生活的艰辛我从没有忘记,当初发誓一定要通过努力学习,离开终日"面朝黄土背朝天"的穷乡僻壤。可当这个理想实现后,经过20多年城里的艰难打拼、职场人际关系的困扰,竟再找不到工作之初的喜悦。心中最怀念的是老家的空气。清早起来走出屋外,扑鼻而来的就是清新的空气。

那空气带着一种清香的味道,让你不由自主地想把空气大口吸入。儿时,到收割小麦的时候,累了就和伙伴躺在麦堆上,看着蓝天、白云,惬意至极,常能在不知不觉中酣然入睡。长大后,内心深处,总渴望回归田园生活:一小桥、一流水、一村姑,炊烟、耕牛、牧歌,一盘土炕、一碟咸菜、一壶老酒。这种生在骨子里、流淌在血液中的亲切就在生我养我的那片土地和眼前走过的固阳大道上。

过了包头北出口收费站,连续穿行3个隧道后,映入眼帘的便是固阳大后山,大后山一年四季景致分明。

春天来了,偶有一场春雨过后,湿气滋润下的草芽就迫不及待地钻出泥土。此时远看草色青青,但当你怀着喜悦的心情走近欲看个究竟时,却什么也看不到,不免失望。

> 天街小雨润如酥,
> 草色遥看近却无。
> 最是一年春好处,
> 绝胜烟柳满皇都。

唐代诗人韩愈笔下的《初春小雨》所描写的与其说是长安郊外初春的景色,不如拿来描写大后山的早春更为贴切,因为唯有辽阔苍茫的北方大地才更能有"草色遥看近却无"的视觉效果。

夏天到了,阴山以南已是姹紫嫣红,百花盛开,阴山以北仍是凉爽宜人,仿佛是大自然独宠这片土地。凉风习习迎面而来,

庆祝改革开放40年文学作品集

抬头仰望湛蓝的天空，大朵大朵的白云时而静时而动，远眺四野，绿草不时被风吹弯了腰，似滚滚波涛流动着。固阳苏计沟南山秦长城的山坡上百草会集，马兰花、牵牛花、车前前、打碗碗、山丹丹，各色鲜花像是在此聚会。触摸着朵朵鲜花，心中早已忘却了城中夏日的焦灼烦闷，陶醉在清净凉爽之中。

秋天来了，这是大后山最绚丽多姿的季节。绿的玉米、金黄色的油菜花、白色的土豆花等和各种野生的植物交相辉映，美不胜收，令人眼花缭乱，目不暇接。此时节让人偏爱的当数荞麦花，青色的叶子、白色的花、红色的茎、黄色的根、黑色的籽，一株植物中竟然能集聚5种颜色。就颜色来说，荞麦花为"植物之王"应不为过。在野生植物中，此时白色的扎蒙蒙花、紫色的沙葱花、蓝色的马兰花次第绽放，仿佛让人进入色彩斑斓的世界。不时有驾车的游人路过此处，有的慢下车速拍照，有的干脆停车驻足，尽享"停车坐爱枫林晚，霜叶红于二月花"的视觉盛宴。

冬天到了，大后山朔风冽冽，倘有一场漫天大雪，广袤的田野将白茫茫一片，在阳光的照耀下夺目刺眼。此时最高兴的当数老农，因为他们知道积雪至来年清明前都不会消融，厚厚的积雪覆盖着土壤，正积蓄着滚滚能量，只待来年春潮涌动。

在不同的季节驱车固阳大道，欣赏四季分明的景色之余，我常常感叹于古人翻越阴山之艰难，惊叹于今日固阳人修建的固阳大道。石门一号隧道、石门二号隧道和石门三号隧道不就是现实版的愚公移山吗？

阴山是地壳运动断裂上升所形成的断带块状山体，山脉中不少南北向的峡谷是古人翻越阴山的天然通道。横亘近千公里的阴山山脉曾是游牧文化与中原农耕文化的天然屏障，阻碍着南北的政治、经济和文化交流。独特的地理位置使得北方游牧民族想要南下中原"前院"瞧瞧，必须打马过阴山；中原王朝想要阻止来自北方的威胁北上到"后院"看看，则必须先守住阴山的众多隘口。千百年之前，无论是秦将蒙恬镇守边陲、汉将卫青北击匈奴，还是唐大军驱逐突厥，无不为如何翻越阴山所困扰。蒙恬监修秦直道直至二世而亡，前后用了5年时间，才使得秦直道止于固阳。别说行军打仗、运送物资，就是生存条件也异常恶劣。蒙恬是将军，如果他也写诗，相信他会和李白一样，有"蜀道难，难于上青天"的感慨。

今天勤劳智慧的固阳人凿山填谷，修建成了贯通阴山南北的固阳大道。大道全长51公里，路基宽24.5米，设计时速80公里每小时，途中数次穿越阴山山脉。从南到北依次有355米长的银洞山隧道，175米长的假石猫沟隧道，300米长的义夹沟隧道，每条隧道都是分左右的双线隧道。

距离固阳大道东20公里处，有包白（包头—固阳—白云鄂博）旧公路纵贯南北。在通过大青山主脉的山口处，劈开一条通道——大青山隧道，由北向南穿过隧道，便是10公里长的什拉淖大坝。大坝的尽头就是固阳和包头郊区后营子乡的交界地处。

刚上班时，我作为中国农业银行后营子营业所的信贷外勤，交界地的前店村是我分片管辖的离后营子乡最远的一个行政村。有一次,我骑一辆80轻骑摩托车从固阳到包头穿过大青山隧道后,兴许是"初生牛犊不怕虎"的缘故,知道下坡有10公里长的路程,竟然挂成空挡,任摩托车靠惯性行驶,一直到了前店村。当我把这事和哥哥讲述时,哥哥竟狠狠地训了我一顿,说这是不要命的做法。哥哥14岁就辍学跟着四爹赶马车,起初赶马车下坝时,哥哥不得要领怕马脱缰,不敢亲自赶车下坝,待四爹把自己赶的马车赶下坝停好,再步行上坝把哥哥的马车赶下坝。上坝时四爹又担心哥哥不会使马发力,怕马车倒下去危险,又是把自己的马车赶上坝停好,自己再走10公里路下了坝,把哥哥的马车赶上来。在固阳大道建成前,什拉淖大坝几乎年年有翻车事故。

  在包头通往固阳的这条旧公路的忽鸡沟段,因是盘山路段,行人行车皆费力。改革开放之前,为防止前山与后山的粮食"走私",政府在此设"卡子"。为了生计,前山胆子大、身体好的男人用自行车驮着小米、糜米,快要到达"卡子"时,趁夜色笼罩把自行车藏起来,扛着小米、糜米从半山腰翻下沟里,顺着能绕过"卡子"的河槽,翻上山顶,藏好袋子,再从山顶顺着原路下到沟里,从沟底翻到半山坡找到藏自行车的地方,扛上自行车再下到沟底,顺着河槽从沟底扛着自行车上到山顶。完成这个过程所需要做的动作为:首先是背袋子下沟,背袋子上坡;其次是扛自行车下沟,扛自行车上坡,这样才能驮上小米、糜米去后山的村子里换莜面、白面。再用同样的方法半夜绕过忽鸡沟"卡子"回来,山高沟深,提心吊胆。

  走近固阳城,阳光照耀下的固阳入城牌楼古色古香,牌楼顶端"有朋自远方来"几个大字映入眼帘,人未入城,就能体验到固阳人民的热情好客。

如今驱车固阳大道,半小时的路程给人们出行带来了极大的方便。沿途清风送爽,送来的不只是心情的愉悦,更送来了观念的转变。固阳大道使固阳人开阔眼界,视野的开阔给固阳人带来很多转变。

行走在固阳大道上,重温毛主席的《水调歌头·重上井冈山》,仍感慨万千。

> 久有凌云志,
> 重上井冈山。
> 千里来寻故地,
> 旧貌变新颜。
> 到处莺歌燕舞,
> 更有潺潺流水,
> 高路入云端。
> 过了黄洋界,
> 险处不须看。
> ……

庆祝改革开放40年文学作品集

老王家四十载沧海桑田

王春梅

"都说国很大,其实一个家。家是最小国,国是千万家。有了强的国,才有富的家。"成龙唱的《国家》是我们全家的最爱,因为这首歌能充分表达一个经历了"新山乡巨变"的农村家庭对国家改革开放政策由衷的赞美与感恩。

40年前,弟弟出生。作为家里的长女,我开始上小学,唱响了我家下一代实现鲤鱼跳龙门的开场。长大后,弟弟总会自豪地说是他的出生给家里带来好运,才让我们家越来越富裕,还出了3个大学生名扬十里八乡。不言而喻,让我们家乃至全中国发生翻天覆地变化的是那年冬天召开的举世瞩目的十一届三中全会。

得益于改革开放的好政策的红利,第二年7月,这个叫老龙忽洞的偏远小村庄开始实行包产到户。我家分到73公顷土地、8只羊和1匹马。至今我还清楚地记得,把羊和马赶回来的当天晚上,爸妈兴奋地聊了半宿,聊了很多今后的打算。

包产到户后,农活儿明显多了。印象最深的就是每年暑假,天不亮爸就套着马去耕地,我和妹妹则早早爬起来去割草,等爸中午耕地回来喂马。爸下午再去耕地,我俩再去割草。那时,家里有一辆老旧自行车,我俩割满一大袋子草,因为抬不到车子的后座上,就把车子放倒后绑上去,却怎么也扶不起来,折腾得汗流浃背。看着老马头也不抬地咀嚼着清香的嫩草,劳作了一天的老爸在小炕上鼾声如雷,我俩全然不觉得辛苦。现在回想起来大概能称之为"我奋斗、我幸福"吧。

大概因为农活儿太多,村里的好多小伙伴陆续退学了。当然,上学辛苦也是一个很重要的原因,每天要步行到4公里以外的学校去上学。那时的冬天特别冷,农村又很穷,好多同学没有棉帽和棉鞋。不过,无论条件多么艰苦,农活多么繁忙,我们从来没有过退学的念头。

故乡的土地不算太贫瘠,包产到户后种地解决温饱不成问题。但想仅靠种地来供3个学生则几乎不可能。因此,爸瞄上了养羊。他把分到的8只羊视为宝贝,精心饲喂,从不舍得杀一只,他的目标是达到人均5只羊,这样孩子们的学费就有着落了。最寒冷的腊月,正是羊下羔的季节,那时没有现在的标准化棚圈,每天夜里爸要几次起来去羊圈看看有没有新下的羊羔,以防新生的小羊羔被冻死。我们经常从梦中被小羊羔稚嫩的叫声惊醒,爸抱着一个全身湿漉漉的小羊羔回来,并把下了羔的母羊接回家喂干草。那时,家里的地面是泥土地,等大羊小羊一夜折腾后家里的羊粪味、尿味无论怎么打扫也挥之不去。七八个羊羔生完,这种气味就成为整个腊月乃至正月的常态。

但是,这丝毫不影响我们儿时的快乐。虽说农村没有电视也没有课外书,可自从包产到户以来,粮仓里的余粮明显多了起

来,不到冬天就早早买好煤,妈妈再也不唉声叹气地发愁了。冬天的晚上,火炉热腾腾地烧起来,老爸躺着看书,妈妈坐在炕上做针线活儿。我们3个孩子就把铁盘子放在火炉上,倒上醋蒜汤汁,再倒入切成薄片的猪血灌肠,醋蒜和灌肠的香味顿时飘满整个小屋,丝丝的声音响过之后,美味的夜宵就大功告成了,我们就围着火炉开始享用。不过大多时候,我们是热剩下的饭菜。乡下的冬天只吃两餐饭,对于长身体的孩子来说,漫长的冬夜不吃夜宵很难入睡啊。吃饱喝足之后,我们就会去外面数满天的星星,看最亮的北斗星,捉迷藏。那时,我和妹妹幻想最多的就是"2000年"会是什么样子,因为收音机里总在宣传那时会实现"四个现代化"。

当我和妹妹小学毕业的时候,弟弟开始上小学,家里的羊如愿发展到近30只。初中3年,我们没有被学费难为过,这在30年前的乡下并不多见。1987年,我和妹妹同时考上中专和重点高中,成为当时十里八村奔走相告的特大消息。那个时候,能考上就意味着有了城市户口和正式工作了。爸第一次很爽快地杀了一只羊,宴请众乡亲,一副壮志终酬的豪迈。为凑齐我和妹妹的学费,爸差不多卖了10只羊。然而,他没有一丝丝的惋惜,并且宣布自己的奋斗目标要升格到人均10只羊。

我上中专的第二年,爸借钱买了10只母羊,他的理想也实现了,家里有了50多只羊。在经济收入增加的同时,养羊的负担明显加重。爸一边放羊一边和妈妈种地。为了准备过冬的草,只能在深秋时拔野草,这是秋忙之后的又一繁重任务。那时,天已经很冷了,爸赶着羊群,妈妈赶着马车,去很远的地方拔草。妈妈总说,老了的草满是刺,手下去火辣辣地疼,天气冷得清鼻涕像水一样滴下来,嘴唇、手上都裂开了口子。

后来,国家出台政策鼓励在荒地里种草苜蓿,终于不用再拔草了。家里还盖起了暖圈,爸再也不用寒冬半夜出去了。弟弟上大学时候,家里的羊已经有100多只,我和妹妹都已参加工作,爸不再自己放羊了。那几年,是爸妈最舒心的日子。

家里条件明显改善了,国家出台的农机具购置补贴政策结束了爸用马耕地的历史。那年,在享受政府补贴1800元的基础上,妹妹用自己4000多元的工资给家里买了一辆崭新的四轮车,老马光荣"退休"了。

当我们姐弟的孩子相继出生的时候,曾梦想着能离开农村却被贫困囿于黄土地上摸爬滚打了大半辈子的爸妈,放弃了他们早已习惯并深爱着的农村生活,来到城里和我们一起居住。离开故乡的土地,没有收入来源,养老、医疗问题,让爸经常很纠结,担心越来越老的老两口给子女带来太大的负担。幸运的是,国家层面也开始关注像爸妈一样的农民。2006年,农村开始实行医保。妈妈在包头做胆结石手术花费2000多元,回乡里还报销了400多元。妈妈逢人便讲,现在的政策真好啊,每年交10元钱,看病就能报销百分之三四十。

全国免征农业税时,爸妈离开故乡已有3年多了,但这仍是他们最津津乐道的话题。爸总说,自古以来,种田纳税是天经地义的事情,现在居然取消了,国家对农民实在是太好了。不但

免征农牧业税，还有退耕还林、种粮补贴等各项补贴政策相继实施。

天有不测风云。2009年，爸的一场大病终于让我们明白老人的担忧不无道理。手术前后几天，爸的病情和医院的催款单如同两座大山，沉甸甸地压在一家人的心上，仅是手术当天就花了3万多元。好在那年，农村医保报销比例已经提高到50%以上。也就在当年，农村开始实行养老保险。有了前车之鉴，我们赶紧凑钱为爸妈交了1.2万元的养老保险。第二年，他们开始领上了每月100多元的养老保险金，尽管钱不多，但对他们来说是一个很大的安慰。

2012年正月，68岁的爸旧病复发，不幸去世。遵照他的遗愿，我们全家11口人再次回到了老房子，闻讯赶来的乡亲们挤满了小院，令我们十分感激和欣慰。后来每次回到村里，人们还会夸老王家给村里带了好头。自我们姐弟进城后，老龙忽洞人开始重视上学，基本没有辍学的孩子。一个人口不足200人的小村庄，陆续出了35个大学生。

如今，老妈每月的养老保险涨到了280多元，来自土地的补贴每年有4000多元。2016年，一家公司流转了我们村的一部分土地，妈妈的钱袋子里每年又增加了3000元。妈妈很自豪地说，现在再也不用花儿女的钱了。一个农村老太太经常往返于内蒙古、上海两地儿女家，动不动还去北京、福建，来一次说走就走的旅行。经常在朋友圈里晒她的旅游照、各地美景和她为儿女做的美食。

2017年,美丽乡村建设在全国推进,老龙忽洞这个偏远的小村庄已经变了模样,取而代之的是一个全新的、整洁的、配套完备的新村庄。每家每户只需要花费1.5万元,政府补贴3万元,就可拥有两间宽敞明亮的住房,厨房、卧室、餐厅、客厅和上、下水一应俱全,还有一套高标准的牲畜圈舍。街道全部硬化、绿化。我家没有要新房,老房子拆除后享受近2万元的补贴。

40年弹指一挥间,我国的巨大变化有目共睹,我家也完成了从农民到市民的转变,包括我的老妈进城都15年了。其实,我家40年沧海桑田何尝不是西北地区农村在改革春风沐浴下"新时代山乡巨变"的缩影呢?

庆祝改革开放40年文学作品集

东风送来满园春

曲小红

一

1968年的冬天，农历正月初二。

清晨，远处传来的爆竹声此起彼伏，黄河岸边的那个小村庄沉浸在过年的喜悦气氛中。

空中飘起了鹅毛大雪，落满了村头的那个小院。洁白的雪片落在火红的灯笼上，红白相映，煞是好看。雪越下越大，染白了村庄，染白了小院。小院里里外外围满了邻里乡亲，面对眼前的情景，许多乡亲默默地淌下了眼泪。

前一天夜里，28岁的父亲去世了。

父亲曾是后山一个县城的医生，因为在街上看到了批判他的大字报便得了病，最后无法工作被送回老家。新春第一天，父亲永远地离开了年迈的父母，离开了年轻的母亲，离开了年幼的我和我的两个双胞胎弟弟，离开了养育他的故乡小院。

父亲的离世，我和弟弟们无知无觉，却给母亲留下无尽的悲伤。

为了我们，母亲横下一条心——再难也要活下去！不久，母亲带着大弟弟，不得已离开了我们，在邻村成了家。

失去了父亲，就失去了天；离开了母亲，就离开了地。我和二弟孤苦伶仃，只有小脚的姑姑陪伴着，与爷爷奶奶相依为命。

渐渐懂事后，我和二弟开始为家里分忧。粮食不够吃，我和二弟上树撸榆钱，下地挖苦菜。用姑姑做的菜饼子、菜丸子就着黑窝头和红莜面充饥。

吃水要到村子的井里挑。爷爷离世后，只能靠村里的叔叔大爷帮我们挑水。现在，我依然记得他们喘着的粗气和脸上暗淡的表情。

最难熬的是冬天。那时候的冬天很冷，买不起好煤，只能用煤面拌土和成煤泥，靠一个小铁炉生火取暖。更难熬的是冬天的夜晚，低矮的土屋又冷又黑，一盏煤油灯吐着浓浓的黑烟，摇曳着微弱的蓝色火苗，好像妖怪就要出洞。

昏暗的油灯下，二弟看着他心爱的小人书，姑姑给我们缝补着衣裳，我帮姑姑穿针。奶奶躺在炕头，身上盖着棉被，棉被上还盖着棉衣。她时而咳嗽几声，时而催我们睡觉，时而发出一阵叹息。

寒冷的冬天，漆黑的夜晚，我们怀着温暖的梦想，在那个小院苦度寂冷贫困的童年。

二

1978年，父亲离世10年。

十一届三中全会的召开如春风吹暖了神州大地，吹暖了我

庆祝改革开放40年文学作品集

们村。寒冬腊月,男女老少聚在我家小院后的篮球场,男人们挥动着手臂敲锣打鼓,女人们舞动着红绸扭起秧歌。人们忘记了寒冷,脸都冻红了,却笑得很开心。

"拨乱反正,平反昭雪,落实政策,改革开放……"我听不懂广播里传来的这些新鲜词语,但是,我听懂了表哥跟奶奶说的话,看懂了他涨红的脸上喜悦的表情。

原来,父亲平反了,还要给我安排工作。我听了又惊又喜。

"忽然一夜清香发,蜡梅绽放报春来。"我好像忽然长大了,忘记了害怕,课也顾不得上,饭也顾不得吃,顶着正午的太阳,三步并作两步,独自一人一路小跑,把这个喜讯告诉了母亲。那年我刚上初中,我以为自己已经长大了,没想到还不够参加工作的年龄。经过"落办"(落实政策办公室)开会研究决定安排母亲工作。

1979年春节后,母亲在父亲生前工作过的县城小镇有了一份不错的工作。重返与父亲共同生活过的地方,母亲悲喜交加,这是她日夜思念的地方,这是她以为此生再也来不了的地方。母亲迎来了她坎坷人生中最快乐、最幸福的时光。

母亲将我和二弟陆续从老家接到小镇。我俩在不记事的幼年就与母亲分离,10年过去了,终于与日夜思念的母亲相聚,与大弟、小弟和小妹团聚。

我们来到母亲单位的家属小院。小院分前后院,共有4栋崭新的砖瓦平房,住着十几户家属,50多口人。刚刚走过冷清孤寂童年的我和二弟,走进这个乡镇小院,好像卖火柴的小女孩忽然见到了光明,找到了温暖,走进了天堂。

院子里的大人们笑容可掬,孩子们热情友好。那时的冬天很冷,后山的冬天更冷,但是,和老家的小院相比,这个小院和谐热闹,冬天也温暖如春。生活为我们铺开了崭新的画卷,我们开始在这画卷上描绘崭新的人生。

放学后,弟弟们与院里的孩子推着小车去拉水,我和小妹在家喂猪喂鸡,和面蒸馒头。晚上,100瓦的灯泡照得满屋通明。我们兄妹5个在宽敞明亮的房间聊天、打闹、嬉笑、学习……橘色的灯光照耀着我们的笑脸。我笑着笑着,泪水却忍不住流了下来。

三

1980年,继父从老家调到县城,我也来到县城中学读书。不久,两个弟弟也同时考入县中学,母亲把奶奶也从老家接了过来。

我和二弟对"爸爸"这个称呼很陌生,但是,我俩叫继父"爸爸"像大弟弟一样亲切自然。爸爸是一名电力工人,那正是我们儿时的理想,我们很崇拜爸爸。

爸爸在变电站值班,我们祖孙4人借住在爸爸单位的职工宿舍。县城这个小院精致整洁,独门独院,两间正房,两间南房。正房有炕有床,里外套间,是我们的卧室兼客厅;南房是炭房,是我们的贮藏间。还有一张小炕桌,学习时是书桌,吃饭时是饭桌。

小院离学校很近,我和弟弟们经常在课间跑回家做准备,放

庆祝改革开放40年文学作品集

学后一起做饭。你打炭我生火,你烧水我和面,3人配合默契,一顿饭很快就做好了。土豆是后山的特产,我们做的"烩菜"经常是土豆烩土豆,但是就着雪白的馒头,我们都吃得很香。

母亲在小镇工作,我们在县城读书,相距近25公里的路程要走半天。盘山路弯弯曲曲,坑坑洼洼,尘土飞扬,大巴车像老牛一样喘着粗气爬坡,下面就是万丈深渊,坐一次车就等于从鬼门关走一遭。

母亲很少来看我们。母亲每周只休一天,还经常加班,再说省下些盘缠,好给我们缴学费。那时没有义务教育,我们5个孩子上学,无论父母怎么精打细算,每月都得借钱,但似乎没见他们发愁过。

一天放学后,忽然看见母亲坐在屋檐下等我们。她端着一盆白生生的豆芽,身旁是一口袋金黄酥脆的馒头片片,那是母亲亲手为我们做的"美食"。母亲终于来看我们了,但只和我们吃顿饭,放下点零钱,叮嘱几句就匆忙回去了。

那时候我们养了10多只芦花鸡。鸡窝里捡鸡蛋,是我们最爱干的活。母鸡下蛋后的叫声,是我们最爱听的歌谣。

每当夜幕降临,邻居家就会传来更加动听的声音:"在那桃花盛开的地方,有我可爱的家乡""再过20年,我们来相会……"时而抒情,时而振奋,收音机里传出的歌声很是诱人。

一天晚上,大弟弟对着我的耳朵小声说出了一个大胆的想法。他的主意着实吓了我俩一跳,但最后还是听从了大弟弟的想法。我们省吃俭用,攒生活费,卖鸡蛋,半年后买了一台"红灯"牌收音机,这个"宠物"是我家第一台家用电器。《星星火炬》《小喇叭》,评书相声,交响音乐,流行歌曲,我们听得津津有味,寒假不回家,收音机就能陪我们过年。

腊月的一天,小偷偷走了我们的年货,还偷走了收音机。丢些吃的可以忍,丢了收音机,我们的魂儿也丢了。那小偷似乎知道了我们的心思,发了慈悲,没过几天,收音机在炭房里突然现身。我们比过年还高兴。可收音机成了哑巴。

听说邻居家买了电视机,我们就跑到邻居家看电视。姐弟3人轮流去,看过的人回来讲,这样每人都能看,还不耽误写作业。

后来,弟弟们和我被《射雕英雄传》《上海滩》等香港电视剧深深吸引。母亲见我们总往邻居家跑,在让我们做了不耽误学习的保证后,凑钱买了台黑白电视机。弟弟们抱着电视机进门时,后面跟了许多人,大家前呼后拥,欢呼雀跃,好像娶回了新媳妇。

奶奶不解地说:"怪了!戏匣子这么大,里头还有人影,会唱会跳,真是个不作假的'新媳妇'!"

全家人听了,都哈哈大笑起来。我也笑了,眼泪却模糊了视线。

四

1986年,我家迎来了又一个崭新的春天!

那个年代,上大学难,就业更难。高考恢复第八年的那个7月,我被挤下了千军万马一齐过的"独木桥"。在我复读的时候,传来爸爸单位招工的喜讯。我先后参加了两次文化课考试,两次

都考了第一名。几个月后,两个弟弟分别以第一、二的成绩考取了电力技校。年底,爸爸退休,小妹接了班。不到一年的工夫,我家4个孩子的工作都有了着落。俗话说"双喜临门",那年,我家是"四喜临门"。

4年后,小弟同样以第一名的成绩考取了电力技校。我家出了4个"电力状元",5个孩子都走上了包头供电局的重要工作岗位。两个弟弟是电力检修工,小弟是电力调度员,小妹是变电值班员,我是电力器材销售员。人们纷纷给父母竖起了大拇指。

我们终于长大成人,像爸爸一样,成为光荣的电力工人,实现了儿时的理想,开启了新的征程。

当时青年人穿花衬衣、喇叭裤,时兴烫头发,听邓丽君的歌,跳迪斯科。我和弟弟妹妹们都没上大学,抱着"知识改变命运"的信念,白天忙完工作,晚上忙着上夜大,争分夺秒地充电。

1989年起,我和弟弟妹妹们陆续在包头成家立业,生儿育女。次年,包头供电局给爸爸分了新楼房。母亲为了帮我们带孩子,1992年提前退休来到包头。我们唱着《春天的故事》,发扬"深圳速度",把火红的青春投入到火热的工作中。

2002年,两个弟弟参加技术比武大赛,获得了第一、二名的好成绩。表彰会上,长得一模一样的两个弟弟,脸上露出一模一样的笑容,胸前带着一模一样的大红花。局长高兴地与他们握手,为他们颁奖。二弟弟作为获奖代表上台发言,那是前一天夜里我们一起写好的获奖感言。听着台上二弟弟的发言,台下的我泪眼婆娑。

后来,二弟又参加了全国专业技能大赛,成为电力专家。大弟是电力技术员,小弟调入自治区电力部门工作。

五

2010年后,我儿子和侄女大学毕业,都放弃了去外地发展的机会,先后考入包头供电局工作。

新时代的中国更加开放自信,我家新一代电力人传承前辈精神,勇挑重担,"撸起袖子加油干"。

儿子不善言谈,是个低调的"闷葫芦"。用母亲的话说,是"牛皮灯笼,里明外不亮",学习、工作起来绝不含糊。他读大学时入了党,是学生会主席,每学期都能捧回个红彤彤的荣誉证书。工作后,无论在戈壁草原的检修现场还是在电力生产机关处室,儿子起早贪黑,加班加点,任劳任怨,尽心尽力,在播撒光明的路上,已经走过了五载芳华。与当年弟弟们参加技术比武一样,儿子也参加了技术比武,也戴上了大红花,捧回了荣誉证书。

大侄女活泼开朗,是个高调的"话匣子"。她积极参加各类演讲赛、答题赛,做节目主持人、内蒙古自治区成立70周年活动志愿者。在《遇见成长,一路同行》建局60周年直播活动中,侄女与姥爷联袂上镜,获得一致好评,祖孙俩一时成为"包供网红"。

二侄女在澳洲读研究生,课余做家教,讲解《三字经》《唐诗三百首》等,是传播中国传统文化的美丽使者。小侄儿在四川读

大学,假期深入偏远山区义务支教,还是个帅气的节目主持人。

动车、高铁、飞机,载着新一代人的理想穿越蜀道,漂洋过海;手机、电脑展示着靓丽的青春,幸福的笑脸。不用思念,不用挨饿,不用在黑暗中摸索。地球,变成一个美丽的村庄,出省出国就像我儿时去邻居家串门、看电视一样便捷快乐。

如今,我家有十几口人在电力系统工作,其中 10 人是党员。弟弟们先后走上了中层领导岗位,其他家庭成员也都是骨干。那年,单位在一宫召开大会,我家有 8 位先进工作者受到表彰奖励。我们光荣的"电力之家"与无数电力人一起,点亮万家灯火,点亮城市乡村,与亿万中国人一起奔小康。

"幸福是奋斗出来的!"我们终于实现了儿时的梦想。

试问:世界上还有比梦想成真更美好的事吗?

弟弟妹妹们笑了,母亲笑了,全家人笑了,我却又哭了。

六

2017 年春节,我们全家驱车回老家过年。

记忆中的小村既熟悉又陌生。我家的小院不见了,却有了许多小二楼。村里没有了亲人,可见到的每个人都像是亲人。

邻居大婶叫我们到家里吃饭,"这几个娃小时候真可怜,那年大年初二,全村人都跟着哭。如今都出息了,村里修路、上电钱紧,多亏他们捐款!"大婶拉着母亲的手说。

"那是他们的一点心意。他们小时候没少麻烦村里头。"母亲说。

"自从你们家院子拆了盖成戏台,逢年过节唱大戏,闹红火,可热闹啦。吃了饭咱们就去看戏!"大婶说。

园子里人头攒动,大戏台灯火辉煌,锣鼓喧天,台前一排红色大灯笼,与红色大幕交相辉映,映红了人们的脸庞。台上,晋剧《鞭打芦花》开演了,这正是母亲爱看的节目。

空中飘起了雪花,观众依然沉浸在剧情之中。坐在戏台前,我忽然找到了回家的感觉。从故乡的农家小院,到乡镇的家属小院;从县城的借读小院,到城市的福利小区,再到环境优美的高层住宅区。我们全家三代人风雨兼程,在不同的院落里度过了不一样的岁月。一路走来,见证了改革开放40年的沧桑巨变,所有的悲欢离合都将在旧时光里定格。

东风送来满园春!昔日凄凉的农家小院,如今变成热闹的百姓大戏园,歌唱新生活,歌颂新时代,护佑我家吉祥如意,祝福每个家庭过上好日子。伴着久违的戏曲丝弦,远处传来了爆竹声,台上灯笼红光闪耀,如初春蜡梅,傲雪绽放。泪水湿润了我的双眼。

母亲说:"小时候就爱哭,长这么大了,看个戏还哭!要改改你的这个兴趣爱好了!"

话音未落,全家人都笑了,我也笑了,笑得热泪盈眶。

此时雪霁天晴。天边星光闪烁,那是父亲的眼睛,他正和我们一起微笑……

庆祝改革开放40年文学作品集

阳光下的老碾盘

赵启明

太阳从苍黛的东山边徐徐升起，暖红色的天际和辽阔而湛蓝的天空彼此映衬，成片的绿树和连绵起伏的山峦构成一幅精美绝伦的美景。

在内蒙古乌兰察布平原的腹地，一个四面环山的古老村庄在晨曦中苏醒。圈了一晚的牲畜，禁不住夏日青草散发的幽香，老早就冲着主人兴奋地嘶鸣着。打开栅栏，挣脱缰绳和抹下笼头的刹那，牛儿、马儿和羊儿从巷子里撒欢儿地冲向村东头嫩绿的草滩。村里的爷爷奶奶、叔叔婶婶和大哥大姐们也在这个时辰开始了一天的闲情或忙碌。

这是村庄里每天最富有生机的时刻。村子当中卧着一盘圆滑而平整的大石盘——古老的碾盘。在我的记忆中，老碾盘俨然是全村老小议事、唠嗑儿、玩耍的聚集地，更是年届90的老父亲每天坚守的岗位和领地。

40多年的光阴弹指一挥间，昔日的炒粮房、磨面房、木车等老建筑、老物件已悄然退出了时代的舞台。唯独这块老碾盘，成为农耕历史唯一的见证。父亲说，他小时候就有了这个老碾盘，承担着全村500多号人的口粮加工……它静静地穿越了近百年的时光，默默地见证着历史的发展和变迁。全村人对它情有独钟，前年盖新农村房子的时候，村里的爷爷、大爷们因为碾盘的去留和施工队发生冲突，最终施工队没有埋掉老碾盘，而是不情愿地把老碾盘挪了个地方保留下来。由此，老碾盘的故事得以延续，老碾盘上集会议事、聊天的功能又发挥出来了，再次焕发出往日的生机。

我和爱人走出老父亲那红砖碧瓦的新房子，久违了的草香味和清新湿润的空气沁人心脾，满眼翠绿令人神清气爽。

"放——牛——啦——"一声底气十足的吆喝给村庄带来了生气。

放眼望去，老碾盘处已经聚集了十几位老人。这不，老父亲、刘家的大爷、何家的二大爷、李家的大叔和陈家的二姑、郭家的大姨，还有一位我不认识的老人，估计是最近几年异地搬迁过来的。几位老人正高谈阔论。毕竟岁月不饶人，大多是七八十岁的老人们了，耳朵也背了，说话声音可劲地高，生怕对方听不见。

我和爱人走过去，给老人们问了好，散了一排子烟，老人们的话题自然转向了我。

"三小子，你很长时间没回咱村了哇，看看，我们这些老人都住上砖瓦房啦，以前做梦都梦不到的事，今天成真啦。"郭家大姨一脸幸福，笑吟吟地说。"共产党政策好，感谢共产党，不然就是个做梦啦！而且是春秋大梦，哈哈哈……"爱开玩笑的李家叔叔插嘴说。"对啦，常听外甥给我讲，习主席又提出什么中国大梦，

还是百年大梦呢。到那个时候,咱中国就赶超欧美啦。三小子,你是个文化人,这是真的?"

"真的,那叫民族复兴梦。"曾当过几年村主任的许家姑父解释说。听着父辈们开心的交流,看着家乡宽敞的砖瓦房、规整的水泥路,夜里出行有太阳能路灯,一家一个满眼绿意的新小院,叔婶们的着装也靓丽了起来,让我着实感觉到家乡翻天覆地的变化。这是中华大地正在进行的一场前所未有的历史性转变中的一个小小的掠影,"两个百年"的民族复兴梦不再遥远,犹如东方冉冉升起的太阳,将光照华夏九州。

"三小子念成了书,知书达理,给你老父亲出钱,住上新房子了。"何家二大爷话音刚落,陈家二姑满脸委屈地说:"唉,看看我们家的那几个娃,一个也指望不上。把我送到了幸福院,全靠共产党给的钱养老呢。三小子每次回来还要来看我,百儿八十地接济我呢……"二姑的话音刚落,就有人接上了话。"二婶,别伤心啦,一会儿上我家拿点吃喝哇,我家小子前天从呼市开小车送回来好多东西。"白大嫂挽着篮子走过来。

篮子里放着白大嫂刚从地里挖出来的苦菜,那白白嫩嫩的菜根足有2寸长,茎上顶着三四片嫩叶。这可是城里花钱都买不到的纯绿色野菜啊。"二婶腿脚不方便,一个人拄拐走路都打战呢。我一会儿开电动三轮车上街呀,还有西瓜、李子和大黄杏,我顺便把二婶和东西送过幸福院去。"白大哥抢着说。

"时代真好啊,孩子们大都住上了楼房,隔三岔五开车回来看父母,我们住在小山村就能吃上大城市的东西。"许家的姑父接茬说。陌生大爷一手拄着拐杖,说:"可不是嘛,还是共产党好,多少年遗留下养儿防老的传统也被颠覆啦!现在有共产党给咱们养老呢!好好地活着哇。娃娃念书基本不花钱,上大学国家还资助。精准扶贫动真格的呢,让人们都过上好生活哩。咱们这茬人遇上好社会啦。"

"我从《新闻联播》里听习主席说,要打造绿水青山,绿水青山就是金山银山。你看看,这几年南方人和东北人,来咱们这里开发大理石,把咱们的王驻山、滩地、河道、树林子毁成个甚啦?"老父亲的话让我震惊!一个从没有上过一天学,勉强能歪歪扭扭写出自己名字的老父亲,那朴实的话语里蕴含着生态学和经济观的哲理啊。父亲不老啊,老碾盘不会老去,王驻山更不会老去!有爱护她的一代又一代的子民关心,有一代又一代善良而勤劳的人民不断地努力,一个崭新的时代即将到来……

"二哥说得好。我们家那几个长大成人的孙子和外甥一提起老家,就为消逝的小河而惋惜,为环抱全村的葱郁茂盛的树林日渐稀疏而叹息。唉……现在的王驻山面目全非,山泉没有了,小河没有了,山里的猪獾、狗獾、野兔、野鸡和狐狸那么多小动物不见了踪影……"当过老师的李家婶婶也说出了自己的感慨,发出一声长叹。

现场一下子变得鸦雀无声,或许老人们陷入无尽的遐思或回忆,大家伙一起凝神望着远处的王驻山陷入了沉思……我魂牵梦绕的、一幅儿时常常亲历的场景又一次浮现在眼前——

紧挨村庄的南面有个占地13公顷的园子,园子里有各种果

树,春天来临,园子里开满了梨花儿、杏花儿,树下和草地里到处是蒲公英、车前草和马莲花,在村庄的任何一个角落都能闻到花香草香。夏天园子里种着各种各样的蔬菜,供应全村人。再往南面走300多米,静静地流淌着一条清澈而宽阔的小河。小河就在王驻山的脚下。听爷爷奶奶们讲,相传山上曾住过天上的神仙,王驻山下的小河,是神仙用法杖轻轻一划变出来的,用以滋养这方肥沃的土地和善良的百姓。这条小河是沿河村庄里妇女和小孩的乐园,每到夏季的中午,村子里的婶婶、姐妹们和孩童在这里洗衣服、拉家常、嬉戏、抓泥鳅、逮青蛙……

"滴——滴——滴"白大哥的三轮电动车开到了碾盘前,车上放着给二姑拿的吃喝。我和妻子把二姑搀扶到车上坐好,一群人目送着三轮车缓缓离去。

何家二大爷拿起碾盘上的坐垫,说:"散哇,时间不早啦。"

"二哥,有孩子们回来做饭,午饭咱们一起吃哇。"父亲挽留着二大爷。"不了,我二小子月旺一家子也回来呀,二女儿换莲已经准备饭啦。"

"三小子,领上你媳妇来大嫂家串门啊。三小子媳妇,这苦菜给你们留下点,你们城里吃不上。"妻子高兴地说了声谢谢,一群人慢慢散去……

"喳喳喳喳",父亲新房子旁边老榆树上住着的喜鹊回了窝,兴奋地叫着。

老父亲走到屋檐下,习惯性地摆弄他那些闲置多年的心爱的老物件。我突然发现,锄把、刀把和鞭把子在父亲的照料下,那么油光铮亮。老父亲久久地凝视着,静静地把玩着……我明白,这是一个时代的印记,父亲仍在眷恋那个时代,尽管那个时代给了他那么深重的灾难和苦痛,可老父亲一生对命运的抗争和对生活的热爱从没有停止。

看着慈祥苍老的父亲,欣慰之余平添一份凝重和期盼。愿父亲健康平安,留守这片永远无法割舍、终将深爱并眷恋一生的土地!愿父亲、碾盘、王驻山与我们一起见证"两个百年"梦想实现的那个春天……

父亲不老,静卧的老碾盘不老,巍峨深黛的王驻山翘首以盼……

庆祝改革开放40年文学作品集

黄河情
张常胜

对于黄河,内心总有一种说不清的情感。

一槽黄颤颤的泥水,两岸无山无树。旱时宽不过百米,水流悠然而去;汛期宽广及里,浊浪翻滚,冲堤损岸,令人胆战心惊。

儿时在土默川黄河边长大,对面便是鄂尔多斯的达拉特旗白泥井。附近无桥,两岸往来靠木船通行,但过河时也有危险,乘木船晕水倒在其次,雨季时浊浪汹涌,船家也不敢摆渡了。冬季尚好,踏冰步行或骑车都可,但冰封时尚有"亮子"(河流未冻实的通气孔),过河常有险事发生。听奶奶讲,我家在准格尔旗居住时,爷爷的大姐出嫁到托城(今托克托县),太爷爷驾驴车眊闺女时误入"亮子"险些丧命。爷爷由达拉特旗过黄河时,也曾落入"亮子",靠胯下一匹大青骡得救。20世纪60年代,村里有位媒人到对岸说亲,把车骑到了"亮子"里没了性命。因此,那时人们对黄河的情感真的不浓,还略有些惧意。

河床与大坝有段不短的距离,坝内土地湿润,是芦苇生长的好地方。幼芦是牛、马、驴、骡特爱吃的草,晒干的幼芦更是冬季牲口上好的饲草。每年都有城乡运输社的人到村里收购,那时割芦草成为周边乡人重要的经济收入之一。记得爷爷那时就常割芦草。一到夏天,屋顶、院内摆满了鲜芦草,晒干后才收入草房,待秋季售于收草人。每当爷爷卖了芦草,便会给我添件新衣,买点不常见的糖块给我吃。爷爷数着卖草钱,总会说托了黄河的福。

80年代初,生产队的土地由个人承包了。家里分的地除了少部分曾经的菜地用井水浇之外,其余的地都靠民生渠及支渠引来的黄河水浇灌。村民们精耕细作、施肥、浇水,责任田里麦浪滚滚,所有的家庭终于不再为吃犯难,终于有了尽饱吃的白面。爷爷兴奋地说:"我们张姓这一支,由山西保德府张家沟迁到蒙地准格尔旗十二连城,再迁到土默川地区,辈辈不离黄河,为的就是黄河畔畔能养人哩。"

土默川沿黄地段靠黄河水浇灌,其中引水的著名水利工程民生渠发挥着重要的作用。修筑于20世纪二三十年代的民生渠西起磴口东至哈素海,再从黑河故道南行25公里入黄河,全长97.5公里。沿线九原、土右、土左、托县4个县区2万多平方米土地受益。民生渠也被乡人们亲切地称作"二黄河"。浇完地,渠里余下的黄河水是极佳的游泳处。沿渠乡村的孩子们,整个夏季都在那里扑腾。家里人受过水的害,对我看管得极严,下水的机会很少,以至于我连个狗刨都不熟练,至今还是旱鸭子。

土地承包经营后,村里各家都养了牛、马、驴、骡这些耕畜。暑期放牲口便成了孩子们颇为快乐的"休闲营生"。黄河大坝附近草木茂盛,还有水塘,自是放牲口的好地方。大家骑着牲口到

庆祝改革开放40年文学作品集

大坝，一路说笑着，赛着牲口的脚力，不知不觉就到了目的地。挑草好的地方把牲口用长绳一拴，把绳镢钉入地里。伙伴们便分工捡柴火、摘大豆荚荚（蚕豆）、刨土豆、掰玉米，这些东西都是春天大家找偏僻地方下的种。把拾来的柴火点燃，待烧去大烟剩下火炭灰时，把豆荚、土豆、玉米棒子埋入，不到一个钟头，沙甜的大豆、绵沙的土豆、焦香的玉米便可入口，那清香甘甜的味道，至今想来还流口水。有的小伙伴还抓大蚂蚱烧着吃，我的胆子小，没敢尝试。有时还能搞几颗西瓜吃，那更是美极了。

80年代后期，我远赴2000多公里的林校求学，对家乡与亲人的思念也与日俱增。学校的西侧有条雅鲁河流过，我时常与同学在河边散步。偶尔想起几千里之遥的黄河，竟然有些思念。寒假归乡，拉上两三个好友踏雪蹬车去看久违的黄河。站在大坝上，望着那茫茫的雪地，枝条疏朗的河柳以及堤岸附近挺拔的杨树林，虽是冷风扑面，心里却是暖暖的。大家一起朗诵《沁园春·雪》："北国风光，千里冰封，万里雪飘。望长城内外，惟余莽莽；大河上下，顿失滔滔……"蓦然有了指点江山的豪情。

1989年参加工作后，假期回乡也喜欢到河边走走。虽然河南边的鄂尔多斯与河北边的土默川仅一河之隔，但两岸的往来颇不容易。为了安全，人们乘车或骑车绕行包头东兴德胜泰黄河大桥，多跑30多公里的路。一河之隔的鄂尔多斯煨炭受黄河之阻，运费高而不能在北岸普及，乡民只好用大青山小煤窑里出产的焦煤取暖。本地焦煤发热量大，燃烧速度快，但压不住火。

2009年，大城西至白泥井的黄河大桥开工，乡亲们别提有多

希望田野

高兴了,两岸的人响应号召到工地打工,共同修筑大桥。干土方的堂弟还承揽了引桥的土方工程。2011年10月8日大桥顺利建成通车。

2013年春节期间,我与土默川的二妹巧英、妹夫永亮、堂哥全胜,驾驶自家的轿车,通过黄河大桥直通白泥井,一路向东回到了久违的老家准格尔旗十二连城五兑沟村。到达老家时,堂哥德义兴奋地说:"过去来一趟坐车走一天,现在不到3个小时就来了,这桥可修好了。"

2018年,两岸又修了沿黄公路,周边乡民们出行更为便利。沿黄公路两侧划为黄河湿地保护区,近年随着生态的好转,沿黄地段成为鸟类的天堂,成为人们观鸟、拍摄鸟类的好地方。

如今两岸走亲访友变得轻松而随意,鄂尔多斯的煤也通过新大桥源源不断地运到土默川煤炭物流园区,再转运到山东、河北、天津等地。包、鄂两市因之有了新的经济增长点。

2000年后,家人们陆续迁到市区居住,回乡的机缘渐少,可每逢探亲或出差时路过黄河,目光总要停留好久。看着那湾渐瘦的黄河水,心中有种莫名的疼痛。曾经浩浩荡荡的黄河,竟变成如此模样。听说每逢旱季,山东一段还有断流情况。这可是中华民族的母亲河呀,怎不让人心痛落泪。

2018年5月中旬,我赴延安党校学习,在壶口的现场教学课上一睹了"千里黄河一壶收"的壶口瀑布。望着那一排排声势浩荡、万马奔腾般的滔滔黄河水飞倾而下,水雾飞溅,声震四野,确有种摄人魂魄的气势。瞬间觉得这才是真正的黄河,这才是中华

民族生生不息的母亲河。

　　这次延安行,沿途见陕境黄河流域处处碧色,良好的生态环境必将有利于母亲河的复苏。2017年,在清水河流域见到的也是漫山的绿树,看来国家对黄河流域的生态治理已见成效。据报道,黄河的水也有望变清。作为生长在黄河边的人,我盼着这一天早日到来。

希望田野

行走在时间里的情

雁　子

1978年的秋季,在白云矿区农场,一些人正语笑喧阗地收获着幸福,他们所有的快乐都源于地里翻出的土豆,这是即将入冬的口粮。农场外,打零工的人,踮着脚尖,羡慕嫉妒地瞧着一袋袋土豆被装上了车,心想,一个个眼尖的,鸡蛋大的土豆也要捡走。

住在9号街坊的二柱子,匆忙地吃完碗里的饭,倒了半碗水,小心地让开水在碗里转了个圈,转出了一朵朵油花花,吸溜着喝了进去,俗称溜缝。他用手背抹了嘴,对正在擦锅台的母亲说还是饿。母亲为难地看着碗里给丈夫留下的菜,夹出两块土豆,顿觉少了半碗,她晃了晃碗,将坨在一起的白菜土豆摇得松动了一些,仍觉得不好跟搬了一天石头的丈夫交代。二柱子用余光瞟了一眼,知道母亲的为难,他穿上外衣,拿上门口的麻袋,闷声地说:"我去农场捡土豆了。"

落日与散步的云融合,在农场的大地上投射下缕缕金光,照耀在被翻过的土豆地上。二柱子灵巧地从有窟窿的铁丝网钻进去,他看见已经有十几个人拿着大小不一的袋子静悄悄地捡丢下的土豆。他赶忙蹲下,用手扒拉着土坷垃,蜷着腿向前细细搜寻。

庆祝改革开放40年文学作品集

令二柱子懊恼的是,捡了一个时辰,连麻袋的底端还没有放满。夕阳似长了腿,顷刻间就不知跑到了哪里,月亮升起,二柱子不甘心,打开手电,抓起一块土坷垃,捏了捏,实心的,他赶忙在衣服上蹭了蹭,一个大如拳头的土豆出现在眼前,这是他今夜捡到的最大的土豆。他高兴地吸溜了一下鼻子,如获至宝般将土豆放进麻袋中,想着母亲看到这颗土豆时的笑脸,继而贪恋在寻找更大的土豆中,以至于忘记了时间。

农场管理员孟根骑着马在附近巡查,远远地看到黑漆漆的农场里有光在闪。他心想,占便宜也得有个够,难不成想把土豆都偷走?他抽了马一鞭子,伴着"嗒嗒"的马蹄声喊道:"谁在偷土豆?"

二柱子听到声音猛然站起,顿觉眼冒金星,天旋地转,他急忙又蹲了下去,一手抓着麻袋,一手摁着太阳穴。这时孟根骑着快马已经到了二柱子跟前。看到他捡了半袋子土豆,心有不悦地用鞭子指着二柱子说:"你把偷的土豆给我倒出来,否则我把你送到公安局。"

二柱子勉强地站起来,正值血气方刚的年龄,是不肯轻易认输的,尤其这小半袋土豆,装的是他今晚的兴奋和辛苦,以及对填饱肚子的渴望。他把麻袋放在身后,一声不吭,只是倔强地盯着孟根。同样倔强的孟根被盯得心里如着了火般地难受,举着鞭子,说:"放下土豆,赶紧滚。"

这个"滚"字激怒了二柱子,他背起麻袋就走。这对当时很有权威的农场管理员来说是致命性的侵犯,孟根在盛怒之下扬起马鞭,狠狠地抽在二柱子身上。二柱子毫无防范地跌倒在松软的地上,脸上以及脖颈上出现一条食指粗的血痕。15岁的二柱子心里养着一头沉睡的雄狮,他那暴躁与激愤的情绪被孟根的鞭子打醒,如被装上了弹簧似的猛地站起来,他将孟根从马上拽下便厮打起来。二柱子发泄般地越打越有劲,不惑之年的孟根却越打越手软,他不是因为怕,而是从二柱子雨点般的拳头里看到了生活有太多的不易。

20年后,农场早已解散,孟根不弃旧业,包种了5亩地,收获了近万斤的土豆,他心里盘算着少说也能挣个千八百。当孟根推着土豆到菜市场、街上去卖的时候,问津的人少之又少。比他的便宜、品相又好的土豆一车一车地摆在路边,各种绿色蔬菜也挤进了市场,一年四季从不断货。孟根凭借老关系,街坊邻居的老情面,费了牛劲才卖掉了三分之一,其余的堆在院子里,令他惆怅、心疼、焦躁不安。

傍晚,太阳落了山,孟根倚在马路边的电线杆上,望着土豆发呆。二柱子骑着天蓝色的铃木100摩托车从旁边驶过又折了回来,他问道:"土豆还有多少没卖出去?"

孟根抬头一看是二柱子,就继续抽着闷烟,不吱声。

"您的土豆我都包了,明天找车拉走。"二柱子看着惊讶的孟根说,"叔,您可别把烂土豆也给我装上啊。"

孟根瞅着二柱子脸上的疤痕,心里五味杂陈,想要说些感激的话,嘴却被20年前的旧事缝上了。他看着二柱子的车拐进街巷里,眼泪顺着黝黑的脸颊流了下来。

晚上,孟根在院子里把有伤痕的土豆细心地挑了出来。他想着20年前的那一晚,也是皓月当空,当时的冲动随着岁月的叠加竟成了心理负担,每想到二柱子,他拿过鞭子的手就会发抖。

第二日,孟根家门口异常热闹,周围邻居被一阵阵的"突突"声引来。二柱子把四轮车停在孟根的院中,同几个壮小伙一袋袋地往出运土豆。有一个老太太拽住孟根的衣袖问:"给钱了吗?"孟根疑惑地看着她,老太太提醒说:"你看他脸上的疤,他为什么要帮你?你可别竹篮打水一场空啊。"

孟根被说得心里没了数,这几日的焦灼无非就是为了钱,几千斤的土豆烂了是伤心,被骗了就是痛心。昨晚光想着过去那点事,早把谈钱的事给忘了,心里面只为能化解这份恩怨而高兴着。

孟根搓着手,认真地分析了情形。二柱子家已今非昔比:老大考上了大学,在政府工作;二柱子在铁矿上班;两位老人一直在做小买卖,是矿区里为数不多的万元户。他摇着头对邻居老太太说:"他家可不是20年前的家境了,我不怕他欠账。"

二柱子装好土豆,看到院子里放着一堆坏土豆,想到20年前,一家人把长了芽的土豆也当成宝,削一削照常吃。今日,生活好了,也知道发青的土豆不能吃,影响身体健康。虽然家里的土豆多得放不下,但母亲还是不舍得扔,老习惯牢固地长在了他们那一代人的心里。二柱子想着孟根大叔这一冬天如果尽吃这些要扔掉的土豆,非吃出毛病不可,便借着充当劳务费的借口,一并都装走了。

一周后,二柱子给了孟根2020元,其中20元是坏土豆的钱。

希望田野

又过了20年,二柱子的儿子因单位效益不好,辞职在家。儿媳在外打工的钱还不够还房贷。上小学的孙子,要学小提琴、书法、绘画、英语等,开销很大。现在都注重对孩子的培养,二柱子即便是不能理解,但也不忍心让孙子落在后面。他还担心儿子失业后会成为啃老族,会一蹶不振走上歧途。他想到了卖房子,包头120平方米的房子他舍不得卖,家里的每一块瓷砖、每一处摆设都是他精心设计的,更何况白云人几乎都是家家有两套房,节假日在包头,上班开上私家车再回白云。虽说已经退休,但白云的房子他也舍不得卖。白云是他的故乡,每一条路、每一个街坊都有他成长的印记。卖儿子的房子,住在一起?更不可以,他否定了所有想法。

烦闷的二柱子在绿树葱葱、小桥流水的湿地公园低着头一边走路,一边为儿子的生活苦苦思索着,突然他被一只大手拦住。只见孟根的儿子包文俊穿着一身斐乐运动衣笑呵呵地问道:"柱子哥,你也来锻炼身体?"

二柱子苦笑着说:"我哪有心情锻炼,我出来躲清静,想一想我那个没出息的儿子怎么办。"

包文俊闻言,了解了情况,他拍着二柱子的肩膀说:"哥,你也太见外了,你能忘记20年前帮我爸卖土豆的事,我可不能忘。你家的事就是我家的事。当年如果不是您帮着把土豆卖了,让我爹看到改革开放后的市场变化,我爹是不会同意我出来单干的。他的老思想里就认为有一份稳定的工作是最好的。"

二柱子听后有些难为情,他到现在也无法把帮孟根卖土豆

的事跟包文俊说的这些词联系在一起。他就是觉得土豆烂了可惜,孟根一家子会可怜,揭不开锅的日子太难熬了。今日,他遇到了困难,但绝非不能生活,只是担心儿子会碌碌无为,所以也没想到去找已是民企老板的包文俊。

没出两日,包文俊打来电话,他为二柱子的儿子安排了库管员的工作,月工资4500元。加上儿媳的工资,小两口的日子过得有滋有味的。

夜深人静,二柱子站在湿地公园的湖边,一轮圆月散发出雍容华贵的光芒。他由衷地感叹,这40年不仅是在物质上有了翻天覆地的变化,在情感上也有了不同的追求,就连当下的烦恼放在40年前都是不可想象的天方夜谭。

春天故事

书房梦

冯传友

我是40岁后才有了一间真正属于自己的书房——暖石斋。

结婚前,我和父母、姐姐全家4口人蜗居在一间低矮的小土房里。墙体是砖包土,土还不是好土,连个钉子都吃不住,钉个钉子挂镜框吧,你手刚离开,镜框就掉下来了。房顶呢,是白灰掺黄泥抹的,外面下大雨,过会儿屋内就下小雨了。后来漏得实在不行,单位才给换成了石棉瓦。顶棚呢,是纸糊的,那里是老鼠的乐园。每天晚上,老鼠们在那里游玩,它们有时候可能玩的是捉迷藏,一会儿跑,一会儿静;有时候也可能是开田径运动会,众多老鼠跑过来跑过去,很是热闹。后来,已经工作了的初中同窗杨老弟趁我出差不在家,雇来泥瓦工,把顶棚换成了麻灰的,墙面也重新抹了。几天后,我回来一看,好家伙,就像我这几天在外住的客房,倍儿亮,倍儿新,墙面和顶棚都泛着白光,耀人眼目。老妈高兴得直乐,不住地说:"看看,看看,杨子比你这亲儿还强!你不在,人家孩子把房都给我收拾好了,再也不用听耗子叫了。杨子才是我的亲儿呢。"我开玩笑说:"老妈,你怕听耗子叫,我还想听它们的热闹呢。"

　　这小土房,号称一室半,其实仅有25平方米,既没有厨房,也没有客厅,甚至没有通道,进门就是卧室,卧室就是厨房,厨房就是客厅。大炕前面是灶台,门口的自来水还是自己安的。为安这个自来水,快要步入青年的我,在铺设自来水管道时被土方埋在地下1.6米深的地方,差点"牺牲"了。是那些认识不认识的人们,用双手把我从土里刨出来的。在送往医院的路上,我被小平板车颠醒了。那是我的一次牺牲未果的经历。后来,我不论在任何岗位都会努力工作,待人和善,就是那时产生的对社会报恩的思想。

　　那个所谓的"半室",其实能放下一张单人床就没多大地方了,勉强还能放一把椅子。这里先是成年的姐姐的卧室,我一个半大小子,只能和父母挤在一铺炕上。你说,就这个居住条件,你有多大胆,敢想什么书房?就算借你个胆,敢吗?

　　那位熟悉的朋友说了,你不是从小喜欢书吗?你那时候的书放哪儿呢?

　　是的,我从小喜欢书。但那时候我没有多少书,不仅仅是我,恐怕和我一样的青少年大多没有几本书。像我能拥有一箱子书的,更没有几个。我的书开始是放在一个小箱子里,后来书多了,又增加了一个茶叶箱子。这两个书箱,就放在小屋的单人床下面。后一个书箱,我至今还保存着。这是我的第一代藏书柜。

　　成家以后,先是借住在同学家的小屋,后来搬到了单位的一间空办公室的外屋。里屋另住一家,待这家搬走后,我就住两间办公室了。我们夫妻住里间,诞生在这间办公室的儿子住外间。

我的第二代书柜,也是在这间屋里诞生的。这个外间,既是儿子的卧室,又是我们的厨房,还是客厅,虽然摆着书柜和写字台,但怎么也算不上是书房。说实话,它倒也具备了书房的基本功能。只是这间办公室太年老了,四壁残破不堪,屋顶漏光,晚上可看月亮。那个阶段我想起个书房名"望月轩",就是打这儿来的。后来一想,如果有了新房,望不到月亮了,这个名不是白起了?所以没用。

这个办公室,我一住就是 10 年。后 6 年,我调到了某局机关。机关盖楼房,我分到了一套使用面积近 60 平方米的一阴一阳两居室,心里那个高兴啊!就是为了这套楼房,我推掉了包头电台的调动,引得当时电台台长和广电局政工科科长为我遗憾了很久。其实,我是住够了办公室,所以对工作的考虑倒放在了其次,失去了一次命运转折的机会。

有了这套新居,我在小居室里摆上了原来的书柜,又新打了两个 2.6 米高的新书柜,"兄弟" 3 个占了一堵墙,倒也壮观。我的写字台摆在南墙门口处,儿子的写字台摆在北窗下,左手是他的卧榻。这时,虽然还不是完全的书房,但却具备了书房的大部分功能。我基本满足了。看书、写作,就在儿子的卧室兼我的书房内。儿子的小书柜,是在另一间居室内。他找书时要到大屋,反倒不如我方便。

那是改革开放第八个年头的事,我初步尝到了甜头。

那时,我读到了日本前首相田中角荣的传记,我青少年时代的经历与他有某些相似之处。他 19 岁就独闯世界打拼生活的勇气深深地触动了我,为我立下了人生的榜样,我取他的座右铭

庆祝改革开放40年文学作品集

"石上坐三年,冷石也会暖"之意,为自己的书房取名"暖石斋"。

又是十几年过去了,在改革开放的第二十四个年头,我再次乔迁,这次虽然仅比原来增加了20多平方米,但我选了三居室。阴面最小的一间是我们夫妻的卧室,阳面的小间是老母亲的卧室,儿子已经读大学去了,阳面的大间就可做书房了。虽然书房内仍然摆放着一张沙发床,但儿子一年才回来几天,我这书房是名副其实的了。

四十大几,我有了真正属于自己的书房。"暖石斋"也该有个牌匾了。我先后请包头市书法家协会副主席张东生先生、邢补生先生、金岩先生,《日记杂志》主编自牧先生,著名诗人、学者流沙河先生,著名出版家、学者钟叔河先生,翻译家丰一吟先生,著名学者、教授来新夏先生,百岁文化老人周退密先生等为我书写了"暖石斋"。

我在书房的西墙打了通墙的书柜,又在客厅西墙打了内外两层的通墙书柜。住进来两三年,书就放不下了,又在书房的东墙定做了内外两层的通墙书柜,淘汰了旧的组合式电脑桌,新的写字台电脑桌摆在了南窗下,沙发床由原来东墙下移到了西墙的书柜下,面前摆放着一张工艺小茶几。在这里,我读书,上网,写作,编稿,待客,品茶。

几年后,书又放不下了,这时82岁的母亲已仙逝,阳面的小屋空出来了。我就又在这里竖起了两个内外两层的书柜。

截至目前,13组书柜的万余册图书除文史的基本名著、常用工具书大体齐备外,在某些品类上也形成了自己的特色,比如:

有关名著的2000多册书占3个书柜;有关地方史志和民族史料的近千册书占1个书柜;还有百余册人物传记、近百种各类行业史和数百种本地作家作品等。这里虽然没有珍本秘籍,但是我视之如生命中不可或缺的宝贝。我每天在书丛里读书、写作、编稿、上网。累了,就在各排书柜前巡视,好比一位将军检阅自己的士兵,也好比帝王审视自己后宫的佳丽,更好比面对众多的师友,默默地相互对视着,以求心灵的沟通。这时,心里那个舒坦劲儿,真是用言语无法形容,可比喝两口茅台爽多啦!

这就是我的暖石斋,我生活的乐园!

没有做梦。是时代的发展、历史的进步,是改革开放,在我身上体现的成果。

庆祝改革开放40年文学作品集

搬　家

徐永恩

2014年4月16日,我和妻子带着外孙高高兴兴地从现代城156平方米的住宅搬进了246平方米的新居里。

这是女儿为我们买的一套复式结构的新楼房。房子上下两层,布局合理,4个卧室、3个厅、2个卫生间、2个衣帽间和2个库房。宽敞明亮的落地窗,高雅别致的室内楼梯,挑高空间的客厅,给人一种豁然开朗、心旷神怡的感觉。

48平方米的客厅,地面用乳黄色和深咖色石材镶嵌出精美的图案。一套棕黄色真皮欧式沙发,5米高、3米宽的背景墙,5米多高的屋顶吊着由260颗水晶球组成的欧式吊灯,75英寸的"三星"牌彩电,1.5米长的鱼缸,30盆多姿多彩的花卉争奇斗艳。

新房子不仅让我和妻子、外孙各有自己的独立卧室,还让我有了一个20多平方米的书房,既方便了我看书、学习、写材料,还使我从兵团开始积存的2000多册书籍有了摆放的空间。

崭新的房间,崭新的家电,崭新的家具……眼前的一切仿佛就在梦中,我和妻子有些不敢相信。

想起婚后的那几年,我和妻子居无定所,从父母家中搬出后，我们经历了一次次无可奈何地搬出，一次次迫不得已地挪动，搬家——已深深地铭刻在我的脑海中。

我和妻子康清兰于1969年4月加入内蒙古生产建设兵团，由相识、相知到相爱，将风雨同舟的友情升华为纯洁无瑕的恋情。

1975年11月8日，我被包钢招工回城。1976年2月13日，我与她结为百年之好。

按说成家立业了，就应该独立生活。可家里没有多余的房子，我们只能与父母和4个兄弟一起住在两室半的平房里。1977年2月，女儿出生；1979年，二弟结婚。全家老少三辈10口人住在一块，和睦相处，其乐融融。三弟的婚期定在1981年5月1日，婚后他们同样得和父母住在一起。在这种情况下，我们当大哥大嫂的就得发扬风格，从家里搬出去，给三弟腾出房间。

没有房子，我们往哪搬啊？父亲找亲戚托朋友，好不容易从一个八竿子打不着的远房亲戚那里借到了一间小一室的平房。这个远房亲戚跟父亲讲，房子只能借给我们半年，半年后他们的儿子结婚。父亲保证到时一定归还房子。

开春的季节，也是包头狂风肆虐的季节。狂风卷起沙尘漫天飞舞，能见度不足50米。我和妻子推着自行车，顶着打脸的风沙，往返了3趟，把家搬到借的房子。

从此，我们便与搬家结下了不解之缘。

半年时间，一眨眼的工夫就到了。

为了把房子给人家腾出来，两个月前父亲就张罗着为我们

借房子。听说一个东北老乡有间空房子,父亲就去找他。老乡答应把房子借给我们,同时告诉父亲:"这房子好长时间没住人了,里面挺破的,你们得好好地收拾一下。"

东北老乡借给我们的房子是个大一室半的平房。房子好几年没住人了,里面结满了蜘蛛网,炕上、地上、窗台上落了厚厚的尘土,窗户玻璃也被灰尘蒙住,灰白色的墙面上有几条被漏雨冲刷的痕迹,漏雨在棚顶上留下了圈圈点点的"地图"。屋子外面,院门也没了,院墙也倒了,用残垣断壁来形容一点也不为过。

借到房子后,我每天早早地来收拾房子,父亲和二弟三弟也从家里赶来帮着干。4个人忙乎一个小时后,急忙回家扒拉两口饭就去上班。下班后,我们直接来到这里,干上一两个小时再回家……就这样,我们起早贪黑干了8天,总算把一个破旧不堪的房子打扫得有模有样了。10月1日,借着放假休息的机会,搬了家。

搬家后,我和妻子开始起早贪黑地垒院墙。没有砖头,我们就挖院里的土,用模子打成干打垒。打干打垒是个体力活,我和妻子有在兵团艰苦锻炼的经历,吃点苦受点累不在话下。

一天傍晚,我和妻子挥汗垒院墙,我用铁锹往模子里填土,妻子用砖头将填进去的土夯实。她一边夯土一边问我:"你说,咱们什么时候能有自己的房子?""放心吧,牛奶会有的,面包也会有的。"我用《列宁在一九一八》电影里列宁的警卫员瓦西里的话安慰着爱人。

话虽这样说,可我们什么时候能住上属于自己的房子,再也不用父亲四处奔波,求爷爷告奶奶地为我们借房子,我们也不用心神不安地住在随时都可能往出搬的房子里。"安得广厦千万间,大庇天下寒士俱欢颜!风雨不动安如山。"我们憧憬着杜甫所期望的理想生活。

一个星期过去了,我和妻子用辛勤的汗水垒出了6米长、1.5米高的院墙。

说来也巧,单位分给我们科长一户旧楼房,他把留在原房间里的砖头给了我们。我和妻子如获至宝,从三楼一趟趟地把砖头搬到楼下,装进借来的小推车里。汗水从屋里洒到楼道,从楼道洒到楼下。我在前面驾辕拉车,妻子在后面助推,我们马不停蹄地往返了3趟,解决了砌筑院门门框的难题。

没想到好景不长,8个月后,东北老乡要我们腾房子,他要用两户平房跟单位换一户两室半的楼房。这突来的变故,如晴天霹雳,让我们不知所措,没有一点思想准备。

真是万幸,父亲很快又托人给我们借到了房子。

1988年12月,单位分到了一户一室半的新楼房,领导经过研究,把这户房子分给了我。

下班回家一进门,我就高兴地冲着妻子大声说道:"告诉你个天大的喜讯,我们有自己的房子啦!"

妻子激动得一下子扑了过来,紧紧地搂住我的脖子说:"盼星星盼月亮,我们终于盼到了有房这一天。这天让我们等得好苦好难啊!"激动的泪水夺眶而出。

我永远也忘不了这一天——1989年1月14日,我们搬进了友谊18街坊50栋46号,这户属于自己的房子。

崭新的楼房,雪白的墙壁,明亮的钢窗,一南一北两个房间,厨房、卫生间、阳台……一切都让我们心满意足。

搬进了楼房,告别了"做饭取暖烧煤、夏天上厕所脏、冬天上厕所冻"的历史,从劈劈柴、打煤坯、生炉子、掏炉灰等又脏又累的家务活中解放出来。

生活方式的改变,生活质量的提高,让我有了更多的时间看书学习,有了更充沛的精力投身工作。

为了让我更好地照顾老母亲,也出于对我工作的褒奖和肯定,1995年领导特批给我一户两室半的新楼房。1月2日,我们从友谊18街坊搬到友谊19街坊。

我们是心怀喜悦和感激之情搬进新居的。

所以,我只能用更多的精力,更努力地投入工作,来回报组织上的关心和爱护。时间荏苒,岁月如梭。随着改革开放的不断深入,包钢同全国一样开始试行住房制度改革,将福利房逐步向商品房过渡。我在2001年购买了一套136平方米的商品房——盛世嘉苑10栋35号。12月16日,我和妻子搬到了新居。

商品房和福利房就是不一样,结构布局有了明显的改变。我买的这个房子在6楼,虽说建筑面积为136平方米,但可使用面积多了一倍。房子是错层的,屋顶也是错层的,上面的空间都可以利用。我就在屋顶上盖了一间20多平方米的花房,在里面养花养鱼。我还在楼顶铺了30厘米厚的土,种了西红柿、辣椒、茄子、黄瓜等蔬菜。每到收获的季节,我就把战友们请到家中,让他们品尝我的劳动果实。

战友们羡慕我们买了一户称心的房子。他们调侃地问我："徐永恩,听说你和康清兰搬家已经搬出瘾了,不知这回你们还搬不搬了。"

"真的,搬家把我们俩折腾苦了。有这么好的房子,我们再也不搬了。"我心满意足地说。

随着经济的飞速发展,人们的需求不断提高,住房观念也随之发生变化。在经济条件允许的情况下,一些人开始追求时尚、舒适的住宅,不愿意再爬楼梯了,特别是那些住在高层的人家,开始选择有电梯的楼房。我也加入了这些人的行列,忘记自己曾经说过"再也不搬家"的话了。

2005年1月,我离开了工作岗位。2010年9月12日,我和老伴儿搬进了高新区现代城一套156平方米的新宅。小区里环境优美,周边生活设施齐全,最我让满意的是小区紧邻"锦绣公园",早晚锻炼身体非常方便。

赋闲在家,碌碌无为,不是我的性格。2012年,我主动要求到包钢关工委工作,实现了自己二次"就业"的愿望。

我在包钢关工委分管宣传报道工作,也负责工作计划和总结的起草,经常和文字打交道,需要有一个安静宽敞的房间,便于看书、看报、学习和写材料。

知父莫如女。2013年9月,女儿为我和老伴儿买了户246平方米的房子。经过半年多的装修,2014年4月16日,我和妻子带着外孙高高兴兴地搬进了新居。

从父母家里搬出算起,33年中,我和妻子一共搬了10次家,

经历了"无房到有房,平房到楼房,小房到大房,步梯到电梯"的巨大变化,这其中既有痛苦、无奈和祈盼,也有欢欣、喜悦和感激。10次搬家见证了中国人站起来后是怎样富起来的、富起来后又是怎样强起来的光辉历程。俗话说,"穷搬家,富挪坟"。经过改革开放,这句流传久远的老话被颠覆了,现在不是穷搬家,而是富搬家,越富越想搬家,越富越想住好房子。

搬了新家,自然少不了请战友来家做客,与我们共同分享乔迁新居的喜悦。20多个战友楼上楼下参观了一番后,都夸我有个好女儿。

我说:"我们有个好女儿不假,但是没有改革开放,国家的经济不会飞速发展,人们的生活也不会不断改善。能住上这样的好房子,首先应该感谢党的改革开放政策。不改革开放,我们不可能住上这样的好房子。"

春天故事

锅的见证

张洪钧

见过从前家庭人口众多的时候使用的大铁锅吗？幼年时的故乡，那锅盖是一分为二的两部分，否则，一个普通妇女不仅搬着费劲，而且也不方便，可想那锅究竟有多大。用老了，不慎炸裂，还有专门的"锔锅匠"为你修补。不过现在这个行业早就没有了。

1967年，我们兄妹跟随母亲，举家到包头团聚在父亲身边。锅是小了，但还是老家用的那种铁锅，然而锅里的食物甚至还不如老家。上顿下顿玉米面窝头，一辈子不吃都不再想的硬邦邦且粗粝不堪的窝头，加上每月每人3两食用油，剩下的就是萝卜、白菜、土豆。因此小时候总是饿，肚子像填不饱的无底洞。

邻居山东大娘会摊煎饼。每年秋天都要带领孩子们到近郊的树林里搂回许多树叶子留到冬天当柴烧。看她坐在院子里呼嗒呼嗒地拉风箱，用几块砖头支起的简易炉灶上，安放着一口大饼铛，然后烧一把树叶子，舀一勺玉米面糊糊，手中的竹片轻轻一旋，一张黄灿灿的、又脆又香的煎饼就成了。见我们刚从老家来，上顿下顿只有窝头一种吃法，老人家还特意为我们摊了一

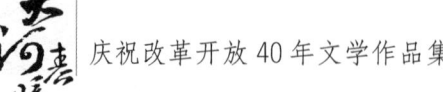

回——煎饼卷大葱,咬一口脆生生、辣丝丝的,地道山东人的吃法,一辈子都忘不了的那种好吃。

那个时候总是渴望,什么时候自己家里也能有一个这样的煎饼铛,我一定要学会摊煎饼,给一家人解解馋。然而因为当时穷,一直不能实现。

家里人口多,蒸窝头的铁锅小,用起来效率低,又不方便。一口大号钢精锅虽然只要12元钱,母亲却积攒得好辛苦。那时,父亲每月只有66元钱的工资。本来家里底子薄,父亲大学毕业后到包头工作一直没带家眷,母亲带着我们兄妹5个搬来后,生活的困苦简直难以想象。那时,我们因为衣衫褴褛,经常在外面捡菜叶、拾煤渣而被轻视,受尽了调皮同学的欺辱。

一个大号的钢精锅,是我记忆中家里添置的第一大件。至今仍然记得当时父母亲那终于如愿以偿而兴奋满足的笑脸。

后来母亲做了临时工,家里能买得起高价粮了,生活压力也多少减轻了一些,父母亲不再因为孩子多粮食少而发愁了。家里又添置了一个平底锅——那个时候一般人家是吃不起烙饼的。白面少,只有20%的供应比例,就用这些白面掺和着玉米面一起发酵成糊状,烙软乎乎的摊花饼。那是再好吃不过了。这个平底锅家里用了好多年,也是我最有感情的一口锅。父母亲上班,哥哥当兵走了,我每天放学后做饭,最拿手的就是用这个平底锅烙摊花饼。

再后来不知谁发明了"钢丝面",玉米面的吃法又多了一种。人们真算得上是心满意足了,压根想象不出锅能有什么新花样。

大概从20世纪90年代开始,锅的划时代来临了。我也从家里的新宠——一个电饭锅开始,很快认识了"锅"的不同。后来又从第一个当时算是很昂贵的铝制高压锅开始,知道了世界上居然还有这样一种可以使食品速熟的好东西。锅里的牛羊肉,再也不必因为长时间的炖煮而等待、费心了。

总以为这就是极致,再好不过了。不料想又来了电饭煲。大米淘净放进去,加水,按下开关,不用担心糊锅,不用想着时间,一声清脆的"嘀"声后,香喷喷的米饭就成了。作为数十年的"锅台转",耳边的锅碗瓢盆交响曲,突然变得格外新鲜动人。

但这还远没有结束,甚至还只是一个开始。想起一位亲戚,什么都要买"一步到位"的,然而在没有止境的发展面前,包括灶具在内的各种家用电器,却总也找不到那"位"的极限在哪里。燃煤被燃气、用电取代。再不用担心灶膛里是不是过火了,再不用提醒灶膛里该添煤了,当然也不用为忍受炉膛里不时散发出来的浓浓烟气而烦恼了。电磁炉、电饭煲、电烤箱、微波炉、不粘锅、陶瓷锅、养生锅、炖汤锅……让人眼花缭乱地接踵而来。几千年的传统锅灶文化,转眼间便天翻地覆地变得陌生,成为回忆。人们世世代代恩重如山的大铁锅,终于被遗忘在角落里。

锅里的内容也在不断翻新。

古人云,"民以食为天"。而我们的"天"却变了,变得花样百出,变得丰富多彩,变得色鲜味美,让人应接不暇。食用了几十年的玉米面窝头,变成了老一代用于怀旧的保健食品;白菜、萝卜、土豆,千百年的家庭蔬菜主角,在来自五湖四海的食材面前,也

庆祝改革开放40年文学作品集

都极不情愿地退居二线。甚至故事里的山珍海味，也已不再稀罕！吃饱饭不再是幸福生活的唯一标准，而是要吃好，吃出文化，吃出健康，还要讲究营养均衡、粗细搭配。许多当年无法想象的事情，变成了今天习以为常的现实。

难以适应的是我们的肠胃，以致减肥成了很多人无法回避的现实需要，成了满足口腹之欲之后保持体态优美的当务之急。甚至就连我这样向来以粗粝为满足的穷人家的孩子，老了老了，也在悄然间有了主动减肥的危机感。

锅的历史，记载着当年人们生活的单调、贫穷和无奈，也见证了时代日新月异的发展变化。

身之所历，目之所见，我由衷地感谢1978年12月党的十一届三中全会以来的各项改革开放政策。尤其近年来的发展现实，让我更加充满信心，在这条富国富民的康庄大道上，紧跟时代步伐坚定地走下去。

自行车的故事

孙 彬

父亲的自行车

我家的第一辆自行车在我的记忆里非常模糊。那时,我大概也就 3 岁左右(1963 年)。那辆自行车是黑色的,不是漆过那种放亮反光的黑,而是那种漆皮掉了,露出原色的铁被氧化了的黑色,连车把车圈也是黑色的。后轴像擀面杖那么粗,后座是扁钢做的,方方正正的,坐上去硌屁股。那是父亲在山西神头买的二手货,据说是日本产的。

我是家里的长子,极受宠爱。大姐长我 11 岁,经常用这辆破烂的自行车带着我玩。后座坐不住,只能斜坐在前梁上。因为我个子太小了,车子一颠簸就掉了下来,惊动了母亲,我虚张声势地大哭,大姐便遭到母亲的责骂。

母亲的自行车

"文革"年代结婚时兴"三转",即自行车、缝纫机、手表。农民

根本没有那种拥有这三大件的奢望,村里有自行车的寥寥无几。再说,买自行车要票,不知猴年马月供销社来上一张票,不知悄悄地给谁了。农民没钱,有票也买不起。

那一年,妈妈怀孕了,如果是男孩正称心如意,加两个姐姐一个妹妹三女两男;如果生女孩就打算送人。生下时一看是女孩,父亲裹了小被子送到了东河的福利院。据母亲说里边还偷偷地放了一个纸条,企图等孩子长大找上门来认亲。自己的孩子送人了,母亲张罗为别人家奶个孩子,以奶水拯救这个家。一个月18块,买一辆自行车180多元,10个月的奶水钱。

那一年,父亲当了小队的会计,有工分补助。当地的养路段派下临时工帮助养护备战路,就是现在的青大线(青山至大庙),工分照挣还有6元的现金收入。

那一年,大姐初中毕业,回乡务农,可以挣工分。

那一年,我们拔的晒干的青草卖了23元。

那一年,我们家买了崭新的"飞鸽"牌自行车。

那辆自行车前后两个轮子是电镀的,车把是电镀的,太阳一照亮得晃眼;横梁是黑色的,后座是黑色的,挡泥板是黑色的,后边镶嵌着一枚红色的反光灯,黑色的底色边上有纤细如线的金色线条;前叉有花体字母"f g",字母上方有一只正在起飞的鸽子;前轴、后轴让大姐拴上了颜色鲜艳的毛绒圈圈,车把上用毛线织了把套;车座套了套子,有丝线穗子沿边垂下;车铃一按清脆得震耳。

多少年过去了,想起那辆自行车真是五味杂陈。

庆幸的是，我们家有了一大件，这似乎成为村里的"有钱人"。那辆明晃晃的车子走过村子时，"咯嘣嘣"的脆响引来无数羡慕的目光。土墙土窑的院子里停放着一件闪闪发光的物件，尽管穷得叮当响，但这一件奢侈品使我们心满意足。

悲凉的是，家里养不起自己的孩子，送了人，又抱回别人家的孩子，仅仅是为了钱。贫穷的家庭找不到任何一根救命稻草，母亲只能出卖自己的奶水、自己的伤痛。尽管粗茶淡饭，但母亲先天奶水好，那个奶养的弟弟胖乎乎、圆嘟嘟的。母亲忘了自己的孩子，我们也忘了他是别人家的孩子，只当他就是我们家的孩子。

自从家里有了一辆自行车，好像有了一头牲口。父亲早上去养路段干活，有时正好路过我上学的村子，我就等父亲一起走。我还小，不能像一些大孩子那样跳上后座。要不，我先坐上去，父亲迈脚从前梁跨过去骑；要不，父亲迈腿先骑上，我趴在后座上再慢慢坐上去。这么崭新的自行车浑身闪闪发光，备受人们的爱惜，每天擦得干干净净的，谁骑上它也显得精神、阔绰。也有人娶新媳妇时上门求借，用完送一包喜糖。

夏天，生产队分了豆角、西葫芦、玉米棒子、毛豆角，父亲或大姐会用自行车驮到东河卖了。

秋天，生产队分粮食，我们用自行车驮回家。

冬闲了，父亲用它驮上猪肉、猪头、猪下水到202厂卖点钱或换黑白面和玉米面。

被奶的孩子，在母亲的怀里肆意地吮吸着奶水。这个孩子在

我们家里童真地笑着、玩着。我们兄弟姐妹把他当作亲弟弟,在背上背出来背进去。

30年过去了,我几次征求母亲的意见,是否想找当年的那个母亲用奶水喂养的孩子。母亲说:"你们都过得那么好,他是不是也像你们识文断字?"说着又开始抹眼泪。

我和大姐在东河南圪洞迷宫一样的街巷转了不知多少圈,终于在一位大娘那里打听到奶弟弟的消息。

当30多岁的奶儿子站在母亲眼前的时候,母亲一眼就认出来了。她一遍又一遍地端详,一遍又一遍抚摸着曾经躺在她怀抱里吸吮奶水、曾经在我们家贫穷的土窑里荡漾出童声笑声、换回自行车的奶儿子,抽泣不止。

1979年,我考上中专,家里没有钱给我买日常用品,母亲说:"你自己去自留地起些土豆卖了买东西吧。"于是,我每天下午去起半麻袋土豆(多了我自己抬不上自行车),第二天驮到东河卖了,再到东河百货大楼采买些日用品。我为父亲定做了一件灰色涤卡褂子,为我定做了蓝色涤卡褂子和的确良裤子。在我最后一次去东河卖土豆时,因为自行车后重前轻,在下黄草洼大坡时车把左摇右摆和别人撞了,前梁歪了,到了东河已经错过早晨卖菜的高峰,土豆仅卖了一半,另一半送给了大姐。

1984年,父亲在承包田里种了黑豆、黄豆、绿豆。次年,我们家整整卖了半年豆芽。院里放了几口缸,每天把生好的豆芽用簸箕簸、用清水漂,直到把豆芽收拾得干干净净,父亲和母亲一起抬上自行车,用绳子捆好,到东河卖了,供妹妹复读。

后来,这辆自行车也到了"风烛残年",总是今天漏气,明天机腿子松,后天链子掉,骑上咯吱咯吱"抱怨"。

妹妹复读那年,那个在我家服务了近20年的自行车被人偷了。我更希望它是老了,走失了,找不到家,找不到它的亲人或主人了。

这就是我们家的第二辆自行车,是用妈妈的奶水换来的,是用妈妈的心灵伤痛换来的,是用30多年的思念换来的。

我的自行车

1985年,厂子里分配自行车票,科里分配了一辆二四的小自行车。科长问我要不要,我说太小了,不要。科长说,给后勤科说一下,换成二八的。

买了自行车后,我到公安局打钢印。当钢印的锤子咚咚地砸在前把、后圈、轮盘中间的车叉上时好心疼。骑上属于我自己的大链盒"飞鸽"牌自行车时,能听到链盒在不蹬时发出那种"嗡嗡"的回响,以及紧急刹车时发出"吱"的爆响。铃铛和老式的不一样,不是那种震耳的声响,而是细碎悦耳的声音。星期天,我骑行两个多小时回家。母亲前后端详着,抚摸着。她想听到自行车转动的声音,可是这辆自行车是斜支架的,加前后轮三点着地,不像老式的后支架可以打起来空转。于是我给斜支起来,蹬一下脚蹬,自行车便欢快地转起来了。

包产到户后,家里的粮食多得吃不了,谷稗子、糠、玉米、土豆、萝卜加工成饲料,每年能喂两口猪。鸡下的蛋吃不了。过年时杀一口猪、一只羊、几只鸡加上我们买回去的鱼、牛肉和各种新鲜蔬菜,全家人沉浸在幸福之中。

每到周末我骑着自行车回家。有时给家里买上一麻袋猪饲料、鸡饲料,有时买一些肉、蔬菜;走时带上一些农村的玉米、毛豆给科里人。

1990年,单位盖了两栋职工宿舍,我分了一套50平方米的房子,有厕所、厨房和阴阳两间卧室。母亲进了屋左看右看,高兴得不知说什么好。自行车就停在单元门口,当送走母亲时,我的自行车被偷了。

后来,弟弟考上山东大学的研究生,留下一辆自行车给我了。

1995年我买了摩托车。星期天,我带着老婆、闺女去看母亲。原野上,土豆花盛开了,糜子、谷子、玉米一片一片深绿、浅绿、翠绿,云雀鸟吊在半空鸣叫脆响,马和骡子甩着尾巴惬意地啃食地上的草。这里是母亲的原野,这里是母亲的故乡。

儿女的自行车

2000年,我从拍卖公司买了一辆"三枪"牌自行车。我,不洗不擦从来没有爱护过,儿子成天骑上乱跑,遇到马路牙子一提把就上去了。我从楼上看到他骑上自行车摇头晃脑,得意扬扬,洋溢着青春的气息,心中充满着幸福。上高中时,儿子的学校离家较远,给他买了一辆"捷安特"牌赛车。儿子把车座提得高高的,车把放得低一些,骑上身子前倾,意气风发。下雨时由于没有挡泥板,后背溅上一溜泥点,儿子反倒笑得心满意足。

我给女儿买过4辆自行车,其中1辆骑得"寿终正寝",3辆被人偷了。

自行车来到我们的身边,就成了我们的伙伴。每辆自行车都有每个人依靠双腿自由行走的初次体验。我们每个人可能都有过一辆自行车,承载过一个故事,一个梦想。多想让它从一而终地陪伴我们把故事讲得动人、精彩、圆满。

共享单车

步入新时代,我们尽情享受着新的"四大发明"——高铁、支付宝钱包、共享单车、网上购物。

2017年,女儿去北京语言大学参加研究生面试,我和爱人也去助阵。女儿已从网上订了公寓,离学校不远。我们每天出门骑共享单车。用手机扫一扫二维码,交99元的押金,车锁有的自动弹起,有的是手机收到一个车锁密码,用密码打开。骑行结束,锁车扣走5角钱,不用打出租,不用等公交巴士。

女儿复习或走进考场,我和爱人一人骑一辆共享单车,随人流穿行在大街小巷。打开百度地图,按地图指引我们去了恭王府、清华大学、圆明园,早上出去晚上回来。

共享单车就是一个交通工具,是与互联网融合在一起的共享经济的一分子。它干干净净,轻便安全、机动灵活、随取随放。

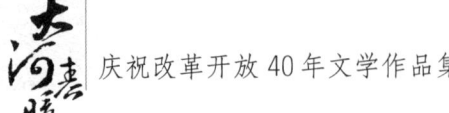

我们这些60后，经过那些困难的岁月，自行车不仅左右着我们的生活，也伤及我们的尊严，带来喜悦，也带来无奈。今天，赶上了互联网时代，把自行车几近免费且方便地献给我们，献给年轻的一代，无关金钱，无关名头，无关尊卑。

我要把自行车的故事讲给儿子，讲给女儿，让他们知道，自行车只有两个轮子，靠我们的双脚驱动，可以穿越很多故事，承载几代人的期盼，实现多少人的梦想。

母亲走了。她曾坐过我的自行车、我的摩托车、我的汽车，游走过辽阔的乡村，灯火阑珊的城市，走过亲戚，串过朋友，唯独没有听过我写的关于自行车的故事。

还女性缤纷色彩

周荣菊

每每看到中央电视台频繁播放格力电器公司总裁董明珠的电视广告"让世界爱上中国造"时,我的心中就充满敬意和骄傲,同时也把我的思绪带回久远的年代。

20世纪六七十年代,时代孕育出的女性领导者,是人们眼中的"女强人"。各条战线上涌现出的女强人令人瞩目——"大寨铁姑娘"郭凤莲,全国政协副主席原纺织女工郝建秀,优秀知青代表、天津市委书记邢燕子,国务院副总理吴桂贤……在人们眼中,她们有魄力,有能力,朴实干练,与男同志一样奋斗在各自的岗位上。

那时的女性"巾帼不让须眉",也如男人一样——呆板的发型,不加修饰的面孔,单调乏味的衣着,"不爱红装爱武装"的特色掩盖了女人的特点和味道。

那时,在上班族的自行车洪流中,一望无际的是一条黑蓝色的长龙,分不出男人女人,看不到一抹亮色。

女性不只是衣着单调灰暗,工作生活也同样缺少色彩。

女性上班族基本忙碌在家与单位的"两点一线"上。由于当

时社会服务功能少,她们忙完工作忙家务,用下班后有限的时间做繁杂琐碎的家务活儿。一个"冲"字概括了她们的生活——早上一睁眼冲进厨房,打冲锋一样准备一家人的早餐;备好要带的午餐饭盒,然后冲出家门。每一分钟都是宝贵的。晚上下班后先冲进菜市场,再冲进厨房做晚饭,然后是洗洗涮涮,直到腰酸腿疼。仅周日一天的休息时间,提前安排得满满当当:备柴备煤,改善伙食;洗衣擦地,打扫卫生;走街串店,匆忙购物……忙得不亦乐乎。

没有走上工作岗位的女性也不轻松。她们每天围着锅台转,围着丈夫和孩子转。操持家务、伺候老小,忙于家人的吃喝拉撒睡。从早上一睁眼就像旋转的陀螺一直忙到夜深人静,星辰满天。

那时的娱乐除了去电影院,极个别家才有电视。爱热闹好串门的女性周末晚上带上孩子到邻居家看看电视,过过娱乐瘾。还记得我们每周吃2两肉改善伙食,周日打煤坯,一年一件新衣的日子吗?还记得顾得了吃就顾不了穿、顾了老就顾不了小的日子吗?还记得遇到"情况"工资不够花,互相拆借的日子吗?这样的日子周而复始,日复一日,年复一年。

那时,女人也好,女强人也罢,从思想上都不敢穿戴打扮,认为那是资产阶级思想,是小资产阶级情调,与无产阶级思想格格不入。既然是社会主义国家的人民当然要弘扬无产阶级优良传统,保持艰苦朴素的生活作风,即不去打扮,不修边幅,不讲穿戴。当然,当时经济不宽裕,囊中羞涩,条件有限也是不讲穿戴打扮的一个原因。职业女性工资低,负担重,舍不得买服装、买化妆品;围着"锅台转"的女人更是捉襟见肘,寅吃卯粮,不敢买也买不起。

然而,今天一切都变了!

改革开放以后,生活富裕了,腰包鼓起来了。重要的是涤荡了一些陈腐落后的旧观念,人们的意识形态发生了翻天覆地的变化。性别观念的觉醒潜移默化地影响着女人,尤其是女强人。她们意识到自己首先是一个自然人——女人,即家庭中的女儿,妻子,母亲……然后才是社会人,即女经理,女主任,女技术员……所以先做好"女人"很重要!要先还"女人"本来属性。英国前首相撒切尔夫人说:"女人一生所犯的最大错误,是忘记了自己是女人。"真是一语中的!

所谓"女人"的潜台词诸多,如"当窗理云鬓,对镜贴花黄",表现了女人的天性;"女人是水做的",反映出女人的生性柔和;"云想衣裳花想容",概括出女人要注意外表形象。女人要"下得厨房,上得厅堂"。"女人味",即外表要适当装饰打扮,穿合体适时的服装;内在要体现出温和、耐心、细致、宽容。也就是新时代的女性要认识到,外在美是不容忽视的,女性的衣着打扮和举止言谈的美可以赋予女性无可比拟的魅力。外在美也是对别人的一种尊重。要竭尽所能地去完成女性的自然属性所赋予的任务,做好女儿、妻子、母亲的角色,进而完成社会角色,做好职业女性,为社会贡献自己的聪明才智。

改革开放的浪潮波及更多的女性,社会职能的多元化,第三产业的兴盛,家用电器的普及,锅碗瓢盆的升级换代等把她们从烦琐的家务劳动中解放出来,不再为一日三餐而忙碌。天然气通到千家万户,做饭成了一打火就可操勺弄铲,不到半小时就做好

几道菜的简单事情。采购成了女人的乐趣。双休日逛超市,一小时就从琳琅满目的货架上挑选出半购物车的货,够一周所用。女性上班族打开手机上上网,先浏览购物货单,双手敲打几下,所选货物指日可待。闲暇时的超市购物,忙碌或懒得动时的网上购物成了女人的最爱,乐此不疲。省出不少时间携老带幼逛公园、看电影、去旅游……她们有了更多的学习深造的机会,去武装头脑,充实自己。富裕的她们将注意力转向自己。化妆品不在话下,浓妆淡抹总相宜。衣柜丰满,穿着讲究。平日走在街上,满目五颜六色,花团锦簇。无论女式服装的面料、做工、颜色还是款式,都精细考究,种类繁多,要想"撞衫"都难。女人们穿出了美丽,穿出了风格,穿出了气质,更穿出了自信。

　　工作中她们有文化,有技能,有热情,完全不输男人,是改革开放路上真正的生力军、"半边天",与男人各领风骚。

　　改革开放中的女强人更胜一筹。

　　如前国务院副总理吴仪,世界排名居前的女强人,任职时已经年过半百。每每出现在公众面前都妆容清丽,花白的卷发、得体典雅的衣着、自信的微笑,不同场合不同风格,均显洒脱、大方、得体,呈现出一抹亮丽的色彩。

　　君不见格力电器总裁董明珠身着素雅飘逸的洁白长裙,一头披肩长发,一脸精致妆容,充满自信地面向全世界说:"让世界爱上中国造!"她以不输任何影视明星、广告佳人的中国美丽女强人形象向全世界发出中国企业的最强音。这既节省了高额广告费又在世界面前展示了中国女性的卓越风姿,恰似一颗镶嵌在世界东方的耀眼"明珠"。

改革开放的纵深发展,为男人和女人提供了全方位体现自我价值和社会价值的舞台。聪明睿智、才华横溢的女性活跃在祖国的各条战线上。走上《非诚勿扰》征婚舞台的几位女大学生村干部,奋斗在广阔的农村大地;在《中国诗词大会》嘉宾席上的蒙曼女教授,传授知识在五尺讲台;"滴滴出行"女总裁柳青指挥着"千军万马"服务社会;身残志坚的女舞蹈家刘岩及我们身边朝夕相见的女工人,女教师,女职员……哪一个不是以打扮时尚、衣着得体、精干利落示人?

数风流人物,还看今朝!

改革开放更给老年女性提供了发挥余热的广阔空间。离开工作岗位的她们自由了,免费坐公交车,免费健康体检,免费参观博物馆,自主安排晚年生活,或享孙辈绕膝的天伦之乐,或彻底"解放"自己,享尽晚年乐趣。走进公园,她们练太极拳,跳广场舞,引吭高歌;走进老年大学,她们学画、学歌、学舞、学外语;穿上旅行装、休闲服,她们精神抖擞、意气风发地踏遍祖国的大好河山;飞出国门,她们游览五大洲、四大洋,增长了见识,锻炼了身体,愉悦了身心,了却了夙愿,可谓此生无憾。

著名女作家冰心曾说:"世界上若没有女人,这个世界至少要失去十分之五的真,十分之六的善,十分之七的美。"

女性,成为新时代的一道靓丽的风景线。

身处伟大时代,女性的觉醒改变了她们的价值观,释放了她们的潜能,精彩了她们的人生!

庆祝改革开放40年文学作品集

衣语衣世界

杜　萍

在我的衣柜里，看见的，是衣服；看出的，是性情；看透的，是一本关于女人自己的审美哲学书，抑或是一部心灵档案。它渗透着人生过往的万千滋味，它异彩纷呈的背后是一个家庭生活品质的蜕变与新生。

红红绿绿、长短不一、薄厚不同的四季衣服，一柜柜，一架架。亚麻的、真丝的、化纤的、纯棉的、皮的、貂的，丰富多彩的华衣美服，一年四季，可着劲儿换着穿，换着美！欢天喜地的好日子、好生活，全从满满一柜子多色衣服里展现出来。回眸昨天，方惊诧于时光的流转，竟是这样忽忽如梦，历历在目。

我刚参加工作那几年工资是两位数。挣的工资少，相对而言个人财产就少。我的衣柜就是一个五斗橱。五斗橱分成五大块，最大的一块，也就成了我的领地。衣柜里的衣服，不是一件一件套在衣架上挂在衣柜里，而是叠得整整齐齐摞起来的，一年稀稀拉拉的几件衣服还放不满一个小小的衣橱。衣橱里多数衣服，是买布料找裁缝店做的。小时候每年的生日礼物，就是向父母要一个塑料皮笔记本，看彩色插页里张瑜、潘虹、陈冲、斯琴高娃等家喻户晓的电影明星们穿着洋气、漂亮的衣服。偷偷地羡慕,渴望自己长大挣钱了也有那样漂亮的衣服穿。可是后来挣钱了也买不起自己喜欢的衣服。一年四季的衣服,仅够换洗替穿,没有富余的。面料、款式、色彩,也都是规规矩矩、普通大众化的。挣钱少,只有过年才添置新衣。吃饭穿衣量家当。买一件衣服需要和全家的收入、支出挂钩考虑。因为得算计,所以买衣服也很累。即使买了也要放到过年走亲访友才穿。

自从工资数额变成三位数后,工资表也由手写变成机打。不用去财务领现金,工资打到个人的银行活期存款、对账簿上。工资多了,我的衣柜也由老掉牙的五斗橱,变成20世纪90年代最流行的转角组合柜。这是我用的第二个衣柜了。

俗话说,人靠衣妆马靠鞍。

不知别人有没有过类似因衣着寒酸让人小看、不屑的经历,我曾深深地体会过这种"世态炎凉"的滋味。那时就想,待有钱的时候,再看我丑小鸭能不能变成白天鹅。因此,那些承载着一年四季寒凉温热的衣柜,那些渗透着人生过往滋味的衣服,都不是简单的、不会说话的静物。每当换季整理衣柜时,一件件衣服,一段段记忆,在从商店衣架到个人衣柜的行走变换中,在一洗一涤里,记录着个体内心情感的五味杂陈。三位数的月工资几年就涨一次,手头宽裕了,逛商场,看衣服、买衣服的心情与爱好也澎湃昂扬起来。

那时买得最贵的也是至今我还很喜欢的,是一件宝石蓝色圆领套头夏衣。桑蚕丝的面料,摸着冷丝丝、滑溜溜、软乎乎的,

闪着亮亮的光。若要在初夏或夏末穿它,我会在脖颈上配系一条同底色、红宽边的小真丝巾,或在领口右方别上一枚闪闪发光的钻石胸钉。就这样,不凡的它,穿在我身上,能让我和它大放光彩。袖口那枚精致的包心扣,胸前那几道体贴又关照的压折,恰到好处地收出一个腰围的弧线。

得体的衣服据为己有时,不一定都是同一种心境,同一种快意。而陪你时间或长或短的衣服,映照、留存的往事,犹如折影在岁月深处的一束光。你看见或看不见,它们都陪你耗尽岁月,熬白青丝。用最朴素的沉默,将你颠沛、奔波的人生五味静静道来。

女人在俗世间,除了爱的人以外,最爱的就是漂亮的衣裳了。有漂亮衣服还必须有宽敞的衣柜将它们好好安放。我的衣柜又由原来的一组转角柜,换成2米高一堵墙长的大衣柜。不光是一个,每个卧室都配有大衣柜。这是我人生历程中用上的第三组衣柜。我的月工资由三位数变成四位数,先是1000多元,随着时间的推移,达到5000多元。工资本换成了银行卡。我家换了大房子。家具和家电全都换成了"高大上"的。不光衣柜大了很多,衣柜里面的衣服类别也更丰富了。生机勃勃的春天,骄阳似火的夏天,天高气爽的秋天,寒气袭人的冬天。因四季天气的变化,随着不同的场合,我们着衣变换不同的款式与颜色。有国产的有进口的,有奢侈的有普通的。去参加宴会时,有大方、高雅的宴会服;去户外运动、旅游时,有舒适活泼的运动装;和闺蜜逛街、休闲时,有漂亮随意的休闲服、时装;上班时,有制服、西服。有短短的八分袖,有时尚漂亮的小圆领,有俊俏收敛的小立领……每一款都与众不同。玫瑰花、紫罗兰各有各的芳香和独到。它们仿佛是一种幸福的现代生活的映照,在为主人人生的成就欢呼。

其实很多时候的我,看电视连续剧不仅看剧情、看演技,更看演员穿的衣着服饰。有时候走上繁华的街头,是为了看看会穿的女人在穿什么。有时候去图书馆,也总会捎带着看一看《瑞丽服饰》《北京时装》《上海时装》,为了满足一种"恋衣"情结。

现在一年购置的新衣总量、总值是前二三十年的几十倍。每一季可换穿的衣服应有尽有。任何一件衣服拿出来穿到身上,照上几张照片,制成个人相册,配上音乐,都不输影视明星。再也不用羡慕笔记本里的美女明星穿着个性、时尚的衣服了。再也用不着为买衣服或换季穿什么衣服而发愁了。我感到服饰不仅仅是一个时代经济发展的真实写照,更是人们思想状态、精神风貌、审美追求的体现。经济的繁荣昌盛,让我们步入了一个崭新的时代。

吃穿住行,一丝一帛,一箪食,一瓢饮。40 年改革开放带给我的巨大红利,发给我的特大红包,都写在了我每个月的工资里,都装在了我的几个大衣柜里,都折射到我每年新添的衣服上。我的工资、我的衣柜、我的衣服,它们真真实实、完完整整地记录了、见证了 40 年改革开放的巨大变化。我是改革开放的得益者,受惠者。对这伟大的新时代,伟大的党,伟大的国家,除了感恩,还是感恩。除了祝福,还是祝福。

40 年,一柜一世界。

40 年,国兴民富。

庆祝改革开放40年文学作品集

理发的那些事

张玉琴

每次去理发店，我都会不由自主地想起小时候理发的那些往事。

我出生在70年代初的农村，贫穷落后是记忆中生活的主色调。那时什么都缺，什么都要节省，什么都要借，就连理个头发也是一件令全家人惆怅的事情。那时候一般人家都理不起头发，可头发却着了魔般长得飞快，没几个月就长成一窝草，乱糟糟、脏兮兮的，特别难看，让人好不烦恼。

那个年代在农村理发是件奢侈的事情。理发一般一年一次，如洗澡一样不容易，都是以年为单位计算的。平常头发长了，女孩子一般都是母亲用剪子剪一下头发帘，辫子就一直留着任意疯长，根本没有好看和形象可言。大一点的女孩子基本都留着一个大辫子，千篇一律而且还油腻不堪，小孩的可爱劲儿和女孩的秀气荡然无存。男孩的头发是由父亲用推子推，这也是好一点的人家。太穷的家庭中孩子的头发都是大人用剪子随便剪剪。夏天经常看到一些孩子们的头发有的像花狸猫，深一道浅一道很是滑稽搞笑。孩子们喜欢拿头发取笑起绰号，被戏弄的男孩子经常是脸一阵红一阵白,无辜至极。厉害的孩子干脆用武力维护自己的尊严;老实的孩子没有办法要么任人家戏弄,要么一个月羞得不敢出门,只好在家等待头发长长;还有的孩子干脆戴着一顶帽子,不管什么季节,遮掩自己的"缺点"。

其实,大家的遭遇都差不多,父母都是超级业余的理发师,又没有专业的工具,一把做衣服的剪刀能剪好才是奇迹。所以谁也别笑话谁。过两天说不准又是哪位顶着一个阴阳怪气的头出来了,没办法。大人们也无法免除这样的尴尬。因为那时当地就没有一家理发店,人们也想不到去理发店理发这么一件美好的事情。

但是,不论平常多么马虎,过大年的时候人们还是想正正经经理一次发,当地流行的一句话:有钱没钱剃头过年。于是赔着笑找村里会理发有推子的人家去理。因为用推子理出的头发均匀整齐。但是人家不能天天为人民服务,既耽误时间又磨损推子。当时能买上推子的人家并不多。一年找人家一次也是很有面子的事情。我记得有一次弟弟让人家剃完头发,不知人家是有意还是无意,说今年已经是换第二个刀头了,我弟弟很是难为情。过去人们用东西都是以修为主,不得已才换个零部件。想起来也不是人家抠门,因为大家都不容易,全村那么多人,谁求上门也不好意思,将心比心也很难。

女孩子的头发帘的修剪一般都是由母亲来完成。我上小学六年级时,在外地住校,看到许多女生都梳着"马尾巴",跑起来"马尾巴"随着身体的起伏颠簸,飞扬得特别好看,有活力,我特

别心动。春节前,我也让母亲把自己的长辫子剪短。母亲拿起剪子的时候,反复问我:真的要剪?不后悔?留这么长的辫子也得三五年呢。在母亲的眼里,那时的长辫子很珍贵,剪了怪可惜的。我想象着剪发后的美好景象,按捺着喜悦的心情,坚定地鼓励母亲快动手。因为这是我第一次真正意义上的变换发型。谁知母亲剪短辫子,剪完头发帘后我就惊呆了。我拿起镜子一看,妈呀,头发帘剪得太短了,脑门全部袒露出来,难看死了。一向柔顺的我把手中的镜子气愤地甩出去,镜子应声打了个稀碎。那是我家唯一的一面镜子,而且是新的。这次轮到我吓呆了。母亲视家中的每一样东西如珍宝,怎么能允许我如此任性地将好端端的镜子摔了?我吓得不敢动弹,只是愁苦害怕地哭泣。这时母亲反倒心痛地哄我,没有半句责怪之词,说:"不要紧,我也不是故意的,过两天就长长了。"无奈,我大半个月不敢出门。现在回想起来真是又好笑又心酸。

后来生活富裕了,镇上陆陆续续开了几家理发店。开始去理发店的大都是年轻人,看着他们从理发店出来那朝气蓬勃的神气样,就像考了第一名一样开心愉悦,并且有换了一个人似的神清气爽,顿增几分魅力。不少人家的父母都认为花3块钱理个发不值当,不如自己解决。但女孩子宁愿少吃一顿饭也要让专业的理发师来剪,不仅是为了好看,也是一种享受。后来又出现了烫发染发,虽然一次烫染需要几十块,但为了美,咬咬牙也觉得值得。因为发型能体现出一个人的精神面貌。

我第一次烫发是上中专三年级的时候。看到同学们烫得如波浪一般的发型,像电影明星一样好看,犹豫再三,终于拿出一个月的生活费,进了理发店,烫了个如方便面般的发型,赶了把潮流。当时正是《上海滩》风靡的时候,每个女孩都有一个冯程程的美梦,我也不例外。

如今,我们的生活从向往温饱,转为追求精致,追求品位。花丛树木尚且经常修剪,况且我们的头发呢。

头发经常是染了烫,烫了染,还有名目繁多的护理、保养,花样不断翻新。理发店的装潢也越来越豪华,档次更是各不相同。发型可以说应有尽有。每个人都可以根据自己的喜好在头上做造型,怎么有特点怎么来,唯有独一无二才觉超前、时尚。爱理什么发型就理什么发型,爱什么颜色就染什么颜色,尽情更换发式,根本不会想到理发的困惑。经常看到时尚小青年每次见面发型都不同,不是颜色变了,就是造型换了,不禁让人眼睛一亮。这种随心所欲的幸福感也蔓延到孩子的头发上,不是萌萌的可爱型,就是淘气的活泼型,要么就是稚气十足的调皮样。丘比特神剑、微信符号、五角星、高山流水等,都展现在头顶上。

每次看到这些孩子们,都不由得心生羡慕,真正是我的头发我做主。

每次走进理发店,躺在舒适的椅子上,听着如流水般划过的音乐,那种全身心的放松特别舒服。想起我们父母一辈子也不舍得进一次理发店,我知道他们也爱美也很好奇,于是我领着父亲进了一家理发店。我们一进门,理发店的服务员齐声说:"欢迎光临,很高兴能为您服务。"父亲从来没见过这般阵势,有种受宠若

惊的喜悦。躺在椅子上洗发时，服务员不停地问："水温好吗？手法轻重与否？"父亲觉得像是享受到了皇帝的待遇，特别幸福。回来后脸上的笑容还没有褪去。父亲说："好是好，估计很贵。"我说："一点也不贵，你看服务多么周到，就当是一次放松，很值得。"父亲说："现在的生活条件就是好，理个头发都这么隆重。"他没有说下去，但我知道他也想起了我们小时候理发的不容易。

随着社会的不断进步，透过发型可以看到时代的变化与发展。

理发如此，其他也是如此美好。过去想买一本书不仅没有钱也没有可买的地方；想穿一件漂亮衣服也找不到买衣服的地方，全是母亲手工做。而且颜色样式单调得犹如当初简陋的生活，除了黑白就是灰蓝。如今人们不仅可以随心所欲地享受各种各样的美好，还从各种繁重的劳动中解脱了出来，闲暇时可以品品茶、看看书、美美容、旅旅游，一切都是说做就能做的事情。

有人感叹世界变化太快，如做梦一般；有人遗憾小时候没有过上幸福生活。作为70后，我有幸登上了这趟快速列车，虽然经历过当年的贫穷和落后，但更多的是经历了翻天覆地的变化。只有如此经历，才更加真实地感受到了今天生活的美好与幸福，才会更加懂得并且珍惜美好生活的来之不易。

花开盛世

春风春雨润梨园

郭长岐

我常想,一个人的成长和取得的成就,与他的禀赋、勤奋固然有关,但更离不开他所处的社会背景与人文环境。这也许就是人们常说的"时势造英雄"。

我与"英雄"毫不沾边儿。我所从事的戏剧行业,可以笔下写英雄,台上演英雄,但戏剧人自身成为英雄者,却极为罕见。戏剧界有句话叫"戏比天大"。我不以为然。作为业内人士自励,此言不错,若按科学发展观则有悖常理。戏能大过天?倘若天塌了,世间万物皆混沌,哪有戏?退一步说,民以食为天,戏能当饭吃?吃不饱肚子,谁还有精力演戏,谁还有闲情看戏?因此,戏实在是衣食足之余事。但对戏又不可小看。俗语"人生如戏,戏如人生",是说人一辈子悲欢际遇,好似戏剧跌宕起伏的情节,一生平平则无"戏";一生坎坷,则时而山穷水尽,时而柳暗花明。深一层的意思是对于表现人生(或人生某一段落)的戏剧当如对待人生一般,不可轻慢亵玩。尤其是一个以戏剧为职业、事业的戏剧人更当如此。

我在戏剧行业浸润了几十年,如今已年逾古稀,回首往事,

感慨良多。我踏入戏剧之门,是为了糊口,我染指写戏是出于爱好,而使我能从戏剧创作中找到乐趣,并成为一个小有成就的剧作家,多亏赶上了改革开放的好时代。

我是16岁开始学戏的。1960年,"三年自然灾害"肆虐,家在辽西贫困山区的我,只身在县城读初中。食不果腹,常饿得头晕眼花。一个夏日的星期天,我从学校回家,早晨6点离校,腹内无食,浑身无力,一步一挪,虚汗淋漓,15公里的路程竟走了近12个小时。傍晚,当我走到村旁的小河边,看到自家烟囱冒烟,一下子昏死过去。醒来后,我贪婪地将下手边能够得到的野草塞进嘴里,然后挣扎着站起,步履蹒跚地回了家,见到父母时,眼里流着咸咸的泪水,嘴里淌着绿绿的草汁。半个月后,我结束了初中两年的学业,背着一个小小的书包,来到包头投奔叔叔。那年9月,我考上了包头市戏剧学校,两年后又分配到剧团,从此与戏剧结缘,并且一干就是50多年。

我所在的剧团有一个非常有名的表演艺术家,叫王玉山,艺名水上漂。山西民谣云:宁让阎锡山不做(督军),不能让水上漂不唱。可见百姓对他的热爱。我们跟着水上漂在山西、内蒙古各地巡演。从演戏的舞台上看,下面的观众别是一番风景:大幕拉开,千余双眼睛盯着舞台,随着剧情的发展,人们或泣或笑,如痴如醉。这让我非常感动。我明白,戏剧不仅可以给我温饱,也可以自娱、娱人,大众十分喜爱戏剧这样的乡土艺术。于是,我在干遍学员、演员、演奏员、舞台工作队员等剧团各行当之后,又萌生了写剧的念头。我学过一点戏剧史,知道许多剧作家都干过剧团的演员或班主，如外国的莎士比亚、莫里哀，中国的关汉卿、李笠翁，我为何不能成个"普天下郎君领袖，盖世界浪子班头"，也来弄弄"一剧之本"的剧本？无奈，那十几年气候偏偏寒冷——自然灾害的创伤刚刚平复，"文化大革命"又铺天盖地。众多剧作家、演员挨整被斗，水上漂更是首当其冲，仅58岁就死于运动中。目睹此惨景，我辈小子空有想法，却只能闲时默默读读书，背人处偷偷写写词，不敢乱说乱动。

1976年，粉碎"四人帮"，人心大快。彼时，我正被借调到市文联编辑"庆祝内蒙古自治区成立30周年"文艺丛书。编辑之余，我也按捺不住心底的欢欣与激情，批判"四人帮"的诗词曲艺作品，相继从笔下流出，在报刊上发表，在舞台上演出。但这终究替代不了酣畅淋漓的写戏。写戏的欲望在我心底强烈地激荡。幸运的是，此时我与闫甫兄走到了一起。

长我6岁的闫甫是结构戏剧的高手。早年，他在内蒙古艺术学校学习电影、话剧时就钻研戏剧故事的结构方法，担任职业编剧后，也写过几个很受欢迎的戏，但由于环境、气候等因素，才干未能尽情发挥。粉碎"四人帮"后，我们一起举杯畅饮，大体相近的人生经历，共同的兴趣志向，使我们在此后20多年中，成为生活上互相关照的弟兄，事业上共同合作的伙伴。我们合作的第一个作品就是在这畅饮畅谈中开始的，这是一个叫《曲折的婚礼》的现代戏剧。

激情是所有艺术创作的原动力。生活经历与感受往往是塑造剧中人物可融入的情感基础，而不流于故事的浮浅，挖掘生活的本质，阐述作者对生活深度的认识更是检阅一个作品优劣的标准。我们在这出以一对青年人婚恋为主线的戏剧中，不仅表现了他们几起几伏的婚恋过程，揭示了人们的命运被严酷的"阶级斗争"所左右的境况，抒发了被压抑的灵魂渴盼解放的情感，同时，首次把高级知识分子作为正面形象推向戏剧舞台，讴歌他们不可取代的地位，蕴藏着"科技是第一生产力"的内涵，也大胆疾呼为蒙受冤屈的"右派"平反昭雪，并触及了高考政审等敏感问题。为了写好这出戏，闫甫和我可以说呕心沥血，反复设计情节，推敲细节。劣质烟草味儿弥漫室内，熏红了自家的眼睛，熏跑了串门的客人。衣冠不整，烟蒂遍地，焦头烂额，挥汗如雨。这些不足吝惜，但我们阐述的观点能否得到认可，这样的作品能否面世，我们的心却悬着。好在团里的领导支持，演员们劲头十足，我们终于完成了台本。当这个戏展现在1978年自治区专业文艺会演的舞台上时，产生了强烈的反响，受到了文艺界同行与观众的交口称赞，并在40多台剧目中一举夺魁。除获编剧等6项最高奖励，《内蒙古日报》发表长篇评论，新华社驻内蒙古记者站撰文在《内参》报道，剧本在从不登戏剧作品的《草原》文学杂志上头条刊载。内蒙古人民出版社还以单行本出版发行。这是对我们挥洒汗水的最高褒奖。我们是幸运的，赶上了改革开放的大气候。改革开放为新时期的戏剧带来了和煦的春风。

此后的20多年里，我俩又相继创作了《北国情》《西口情》《在吉祥的日子里》《倒腾》《契丹女》《东瀛女》《舍楞将军》等40多部戏剧。这些作品分别获得了中宣部"五个一工程"奖，文化部

"文华新剧目奖",中国剧协"优秀剧本奖"(即今"曹禺戏剧奖"),以及由文化部、国家民委、中国剧协联合主办的全国少数民族题材剧本评奖(即今"孔雀杯"奖)第一、二、六届金奖、银奖、特别奖。除此之外,还有30多个单项奖。我俩也同时在1992年被评为国家一级编剧、包头市有突出贡献的专业技术拔尖人才,同时享受国务院政府特殊津贴。2016年,我俩同时被授予包头文学艺术终身成就奖。

回首往事,我深深觉得改革开放如润物无声的春雨,催生了剧苑百花,也滋润了我们的心灵。有几件事令我感动,其一,各级领导对戏剧创作的关怀与支持,市文化局的历任领导几乎参与了所有剧目在创作期间的讨论,甚至与主创人员共同摸爬滚打,发现问题及时解决。市领导对我们的创作给予高度的重视与关怀。20世纪80年代初,《北国情》刚刚脱稿,副市长魏立军就约见闫甫和我,并开宗明义地说:"今天,你们别把我当市长,我们就以朋友的身份,以读者和作者的身份谈谈你们的剧本……"让人心里热热的。还有一次,一位长期在包头文化系统工作的老同志,出差去北京,突然在民族宫剧场门前硕大的海报牌上看到了北京京剧院演出的竟是包头作者写的剧目,并赫然标明:"根据包头市漫瀚剧团演出本改编",于是,他热泪盈眶。他对我说:"我为包头人感到骄傲。"

这就是曾红极一时的《北国情》,是取材于辽宋战争的历史故事剧。为写此剧,闫甫和我潜心研究辽史、宋史及相关野史,以独特的视角、全新的观念,站在历史唯物主义的角度和中华大民族的高度来审视历史上的民族与民族战争,浓墨重彩地刻画了萧太后、桃花公主、韩昌等有血有肉的形象,特别是对被俘后生活在北国十几年的杨四郎进行全新的诠释。1986年华北五省戏剧讨论会上,该剧本产生了轰动效应,文化部领导及北京戏剧界的前辈给予高度评价。1989年,庆祝中华人民共和国成立40周年大典期间,北京、呼和浩特、太原三地分别由北京京剧院、内蒙古京剧团、山西晋剧院推上舞台,作为献礼剧目。内蒙古京剧团还携此剧参加文化部"纪念徽班进京200周年"优秀剧目展演。其后,中央台拍成戏曲电视剧在全国映出。更有趣的是,1993年包头漫瀚剧团在福建泉州参加全国"天下第一团"优秀剧目展演,也以此剧参演。一位姓曾的台湾大学教授恰好去看戏。这是一位对中国戏剧很有研究的资深学者,起初他只是出于好奇,想看看内蒙古包头"漫瀚剧"是个什么样子,不过是看看而已。谁知开演不久,他就被清新优美的音乐及演员的表演所吸引,更被跌宕起伏的剧情所打动。第二天,他推掉一切安排,调来8台摄像机,从各个角度对全剧进行了摄像,还分别采访了编剧、导演及主要演员。他激动得泪流满面,连声说:"太好了,太好了,音乐好,表演好,剧情好。把杨四郎面对南北战争又起时的矛盾心态刻画得淋漓尽致又合情人理,'南朝父老恩泽厚,北国儿女情意稠。御南无颜见故旧,伐北负义心愧疚',这与我们滞留台湾的中国人的心理何等相似。我要把这出戏录像后带到台湾去,让台湾的父老们都看看,让祖国快点统一,结束这不该发生的悲剧。"

我不知道这位老先生后来在台湾放没放这些录像,也不知道

花开盛世

后来这出戏在台湾公演与他有没有关系,但我明确地知道,1997年10月,台湾曾搞过一次名为"一起来探母"的学术公演,演出了3个剧目,即传统戏剧《四郎探母》、吴祖光先生的《三关排宴》和我们的《北国情》。演出的那个剧团团长来信说,《北国情》演出时,"台上台下如同着了火一样热烈",可见,反响还是很大的。后来,我曾在内蒙古人事厅来包头调研召开的知识分子座谈会上谈起此事。我说,对戏剧这类精神产品不能单纯地讲它的经济效益,更要讲社会效益。用艺术形象来展示我们国家的精神面貌,来唤起民众促进祖国统一,这该怎样折合人民币或美元?

我与闫甫兄仅仅是包头戏剧创作群体中的一员,这个群体中还有老一辈的戏剧家李野、项在瑜,中年编剧刘汉一、叶·娜布琪、宋晓刚、陈宁、邓国顺,青年作者钟振宇、王庆宪、单总明、刘玉仙、闫亢舒、闫可舒等。再加上导演石磊、果肇昌、张景亮,演员张凤莲、刘永胜、卢志庆、王金林等。阵容强大,硕果累累,仅20世纪80年代初90年代末,包头的戏剧作品进北京,赴江南,下西安,连续获得国家级大奖,成为全国地级市戏剧生产的佼佼者,而且创下了内蒙古戏剧界数个"第一":第一次获得全国戏剧奖(《北国情》);第一次获得全国戏剧表演梅花奖(张凤莲);创建了第一次内蒙古地方戏曲剧种(漫瀚剧)。

改革开放40年,我从自身经历深深体会到,包头是养育戏曲艺术和戏剧人才的一方沃土,改革开放是催生戏剧艺术复苏并走向繁荣的春风。好风凭借力,送我上青云。唯愿戏剧事业得到更多人的关怀关爱,让这株民族艺术之花常艳。

庆祝改革开放40年文学作品集

想起我亲爱的巴格西

樊奇智

35年前——这么一说,颇有些沧桑感呢,我在包头市土默特右旗的一所蒙古族学校读书。因为是民族学校,除了开设民族语言课,日常对话里也保持着一些民族特色。那时我不叫现在的名字,叫毕力格;老师也不叫老师,叫巴格西。上课时老师进来,班长喊"图不",同学们起立,一齐喊"巴格西赛",老师答"苏勒各其赛",然后要大家"苏"——就是坐下。下课时班长再喊"图不",我们起立,一齐喊"巴雅勒太",老师也说"巴雅勒太",然后和大家"再见"。进办公室,我们要喊"密都勒",听到老师说"也赖"才能进去。最有意思的是我们踢正步时喊的口号,汉语是毛主席的话:发展体育运动,增强人民体质;友谊第一,比赛第二。我们则喊"波印塔米力乌勒奴甲,毕玛哈不的齐古勒奈……"不知哪个捣蛋鬼起哄,喊成了"黑夜偷瓜可惬了,逮住就叫撅碎了……"气得班主任巴格西暴跳如雷。

我是四年级下半学期转到这所学校的,第一任班主任是杨巴格西。他当时20多岁,胖乎乎的脸蛋,一副稚气未脱的模样,我们既是他的学生,也是他的"玩具"。同学图门上课说话,杨巴格西在他的脸上贴了两张纸条,左边写着"中国出口",右边写着"包头制造",美其名曰"智能播放机"。僧格偷偷抽烟,杨巴格西自己掏钱买了半斤烟叶,用报纸卷了一根胳膊粗的烟卷叫他抽,不抽就用板子抽他的屁股,抽与被抽,二选一,可怜的僧格最终选择了被抽。

我们住校生一直有"卧谈"的习惯,熄灯后总得聊一会儿才能入睡。有一天晚上,奈达夫的身边突然挤进一个人,推也推不走,问他不吭声,老奈大怒,骑在对方身上,左勾拳、右勾拳,拳拳不离左右眼……在这当儿,比我们大几岁的云峰开始讲一个荤段子,听懂的没听懂的都跟着大笑。挨揍的那人掀开奈达夫,一骨碌翻身下地,痛并快乐地抓了我们现行——原来那是"微服私访"的杨巴格西!

我初一的语文老师高巴格西当年才30多岁,他在分析课文的时候总是表现出悠然沉醉的样子。他说:"……要抓住重点……"胖乎乎的右手五指慢慢收拢,仿佛那重点就在他的手里了。

高巴格西有副菩萨心肠,从来不打学生,在他暴怒的时候,眼瞪得溜圆,脸涨得通红,也只是把拳头抵在学生胸上,怒喝一声:"我一槌就捣死你!"而后猛吸一口气,将拳头拉回自己的腋下——学生憋着气等了半天,始终不见拳头落在身上。后来有的同学摸到了规律,犯错后只要在高巴格西面前表现出痛心疾首的样子,最好能掉下一滴半滴眼泪,总会得到他老人家的宽恕。

教数学的王巴格西穿着洁白的化纤衬衫,胸前口袋里异常显眼地揣着一张崭新的"大团结"——那是30年前的时尚。有一

回我在他的课上看小说,突然听到他说:"有的同学最近行为有些反常,希望他好自为之。"我顺着他的目光望去,一个女同学红着脸坐直了身子。我收敛了一会儿,又偷偷地把书拿了出来,正看得入迷,冷不丁听见王巴格西喝道:"你还要我说几遍?!"抬眼他已站在我的面前,"嗵"的一拳打得我向后栽去——我后面生着一个火炉子,"轰隆隆"着得正旺——我撞倒了炉子,撒了一地红炭,居然还没烫着!后来有人夸我身手矫健,反应灵敏,我不敢居功,其实还是王巴格西下手有分寸,真正的点到为止啊!

奇巴格西是个小帅哥,我敢肯定他当时是我们班不少女同学的梦中情人。他是我见过的最有特色的英语老师,其一是他的土话译文:"……yes……是了……an old woman……一个老婆儿……"其二是他的走路速度,一看就知道是个急性子,有人传说他去厕所,解了解裤带就出来了,我猜那多半是真的。

那次发誓要"废了我武功"的刘巴格西余怒未消,把我带回办公室,告诉我老实待着,等他洗把脸再"好好跟我较量较量"。我正抱着必死的决心等待着,奇巴格西进来了,问我:"在这干什么?"我的泪水夺眶而出,说:"刘巴格西要'抬'死我!"奇巴格西"腾"的一下变了脸色,说:"你走吧,一会儿我跟他说。"我出门的时候,听见他骂道:"真是个牲口!"

韩巴格西的头型极有特点,注意,我说的是头型,而不单指他的发型——在我们的方言里,这二者有时是可以混淆的。合适的发型能够恰当地掩饰头型的缺陷,但操作起来有一定的难度。幸好有一位李巴格西敢于创新,手艺也足以化腐朽为神奇,于是就成了韩巴格西的"御用理发师"。韩巴格西的节俭值得我们学习,他喜欢穿泡沫底的松紧口鞋,纵然是一部分鞋帮成了鞋底也绝不舍弃。他兜里揣着青城烟,嘴里冒着旱烟味……我不理解的是,他对自己的节俭也是那么吝啬,不许我们效仿,他曾如此评述我们互借圆规的可耻行为:"你们真省啊,以拇指为圆心,以拇指到食指长为半径,划弧……"

我上学时唯一逃的课是体育。那次我从跑步的队列里逃出,想绕女生宿舍房后回去小憩片刻,刚要转弯,猛听得一身断喝:"哒!尔往哪里走?"只见体育老师刘巴格西反穿绒衣,手握乒乓球拍,头发参着,白牙森森,状若厉鬼般站在我的面前。当我们重回操场时,智勇双全的刘巴格西责令我逆向跑步数圈,并在众目睽睽之下飞脚猛踹我的腰部,他的体力和技巧令我终生难忘。下课时刘巴格西留下我,深情地摸了摸我少肉的肩膀,若有所思地说:"想必这里就是琵琶骨了。"——他的声音突然魔兽化——"我要废了你的武功!"然后用球拍猛击我的肩井穴,直到我瘫倒在地上。若不是奇巴格西施救,今日我恐怕不是这般模样。

我最喜欢的老师是五年级时的语文老师匡巴格西。她当时20岁出头,圆圆的脸,毛毛的眼,一副温和柔美的模样。生气的时候,她就哭得像雨打桃花,稀里哗啦。我喜欢上作文课,因为匡巴格西经常会说:"今天我给大家带来的范文是毕力格同学写的……"说到我的名字时,匡巴格西总会看我一眼,目光里满是欣赏和鼓励。在她即将调到乌海的那几天,我几次站在她家门口,想和她说声再见,却几次胆怯而又不舍地离去。

庆祝改革开放40年文学作品集

我最敬重的老师是我初二的语文老师祁巴格西。课堂上我即兴创作了一篇"童话故事",故事的主人公是男女生殖器。同桌阿达勒图正看得入神,祁巴格西伸手拿了过去,瞟了一眼,习惯性地咬了咬牙,腮帮子上的筋紧了又松了,什么都没说,把那张纸装进裤袋,继续讲课。我和阿达勒图吓坏了!祁巴格西绝对饶不了我们!下课时他一定会说:"阿达勒图你来一下。"或者说:"阿达勒图和毕力格你们来一下。"然而没有,祁老师下课时什么都没说,以后也什么都没说,他对两个青春期的男孩子选择了冷处理。

常巴格西穿着崭新的猪皮皮夹克从3号寝室门前走过。他刚在小食堂用过餐,现在要去另一个地方解决问题。他是我们学校的才子,字写得漂亮,课讲得好,还会唱现代京剧,不知道是不是因为这些,他的脸总是定得平平的,嘴角也微微下陷。那时双排扣的猪皮皮夹克还是个新鲜玩意儿,能穿得起的并不多,常巴格西的这件"时装"立刻引起同学们一阵惊呼,其中黄永峰的声音最大,大得已经不能算作惊呼,得说怪叫了。常巴格西没有回头,甚至都没有侧视一下,昂首阔步地走了过去。随后他把我叫到办公室,先谈到我最近的一篇作文,后谈到他和我父亲的同学情谊,然后才问我谁发出了那声怪叫。我红着脸说:"不是我。"常巴格西笑着说:"我知道不是你,是谁你告诉我。"我犹豫了一下,说:"我不知道,我不在3号寝室。"我犯了一个错误,说自己不知道,却准确地说出怪叫发出的地点。常巴格西很失望,说:"你走吧。别跟人说我找过你。"

我喜欢分析巴格西们讲课的特点,特别是声音。在我看来,我校讲课最有特色的就数教物理和化学的奇巴格西了。概括地讲,他可以做到"三结合":普通话和土话的结合、真声和假声的结合、中文和洋文的结合。这种结合不是机械的形而上学的结合,而是有机的创造性的结合;不是单一的、枯燥的结合,而是综合的、生动的结合。举两个例子大家就明白了。奇巴格西讲初二物理时,他说:"……第二章,力。"这个"第二章"用的是普通话,假声,有些飙高音的意思,而"力"则是标准的原生态土话,声音低沉而浑厚。初三时,奇巴格西提到了两位化学家的名字:舍勒和普利斯特里。这个发音就很有技术含量,它完全达到了"已入化境"的地步!幸运的是,作为奇巴格西的高足,我掌握了这门技巧,哪天学给大家听啊!

今年春天,我们同学组织了一次大型聚会,有幸邀请到了上面的几位巴格西,他们中的大多数我都将近30年未曾谋面,乍一见真有些不敢相认。

杨巴格西是他们中最年轻的一个,模样没怎么变,微胖而笑容可掬,一看到他我便想起他年轻时候的顽童行径。在我初中毕业后,他调到乡政府工作,从一般干部干到乡镇领导,换了好几个单位,最后从某科局的正职岗位上内退下来,享受副县级待遇。

高巴格西后来当过我们学校的副校长,分管后勤工作。对于这一任命我深感遗憾,他老人家生性和善,当校领导实在是勉为其难,那些校工不敢得罪校长,却喜欢在他这里扯皮,管理学生那套办法在这些人面前根本不起作用,高巴格西气得面红耳赤,人家只当耳旁风吹过。几年前,我见过高巴格西一面,他和老伴

儿还住在学校分给他的家属房里,我在他门口等了好久,终于看见他赶着几只绵羊从野地里回来。望着他那黝黑的、如父辈般亲切的面庞,我禁不住上前拥抱了他。

韩巴格西老了很多。按说他的头型那么有个性,我应该一眼就认出他来才对,可那天我从他身边走了好几趟,愣是没想起他是哪位。后来我问了同学,同学说那是咱们的韩巴格西呀。当我充满歉意地握着他的手说出自己的名字,韩巴格西的脸上露出了笑容。这笑容一下子让我回想起当年在他班里自编自导自演戏曲小品时他的失声大笑——韩巴格西平时太严肃了,那是我第一次,也是唯一一次见到他的大笑。

刘巴格西那天喝了很多酒,他几乎问遍了所有的男同学:"同学,你说,刘巴格西年轻的时候打过你没有?"当他听到否定的回答,他是那样的开心,笑得像个孩子;当有的同学搂着他的肩膀说:"说那些干嘛,都几十年前的事了。"刘巴格西的脸上便现出痛苦的神情,他说:"同学,我那时候不懂,其实打学生是最没水平的……"

祁巴格西也老了不少,曾经强劲有力的腮部肌肉也松弛了下来。他没喝酒,他说他有糖尿病。祁巴格西后来当过我们的校长,在他任上学校搬了新址,教学条件有了很大的改善。他叫出了我的名字,知道我后来写过一些东西,他的朋友,一个在旗政府担任领导职务的人和他说起过我。他说:"那是我的学生。"说到这里,祁巴格西哈哈大笑。

常巴格西还是那么风度翩翩,花白的背头,挺直的腰板儿,神态中透着威严和自信。他在我离开学校不久调到了呼和浩特的一所中等专业学校任教,退休时是副高职称。那天他代表全体教师所做的深情而充满磁性的发言仿佛把同学们带回了曾经的课堂,几次被热烈的掌声打断。当我和他说起我的父亲——他的同学——已经作古时,常巴格西的眼里泛起了泪花。

前文写到的其余的巴格西都没参加这次聚会。王巴格西的孩子都在包头工作,所以他退休后也搬到这里,住着很大的房子,生活幸福美满。美丽的匡巴格西现在在鄂尔多斯生活,可惜我至今没见过她。曾经的小帅哥奇巴格西据说娶的妻子不称心,生活有些波折,后来娶了我们能歌善舞的蒙古语老师陈巴格西,夫妻二人郎才女貌过着神仙一般的日子……

再回到我们聚会当天。

巴格西们感慨最多的就是改革开放40年来的变化。他们说起了过去,说起了现在,说起他们四五十岁就老态龙钟的父辈,说起我们这些看起来还像年轻人的学生,常巴格西最后总结道:"星星还是那个星星,月亮还是那个月亮,万里江山今又是,换了人间!"

我圆大学梦

何岳峰

"我们唱着《东方红》,当家做主站起来;我们唱着《春天的故事》,改革开放富起来。"这是全中国人民,特别是六七十岁老人的切身体会。对于我来说,改革开放带来的不仅仅是物质的"致富",更有文化的"脱贫"。

党的十一届三中全会召开之际,我的履历表里所填写的"文化程度"是出人意料、低于寻常的"高小"。自幼爱读书的我,实实在在享受正规教育竟不足 4 年。1968 年小学勉强毕业,由于 2 个姐姐相继下乡,3 个弟妹需要我照料,加上家境着实贫寒,我只好忍痛失学了。当时的我虽想读书,却未敢做大学梦,只好挤点儿时间,自学一些零七八碎的东西。

毛主席"七二一指示"发表后,中国教育史上酝酿了工农兵上大学的大胆尝试。那些政治思想好、身体健康、年龄在 20 岁左右、有相当于初中以上文化程度的工人、贫下中农、解放军战士和青年干部,一经组织推荐,政审合格,即可成为"工农兵大学生"。这一新生事物如春风吹活了我求学深造的念头。已在内蒙古兵团工作的我幼稚地认为,凭着所担任的文书职务,或许能证明自己的文化水平并非低于初中毕业的战友,可弥补一下没有初中文凭的缺憾。于是,暗下功夫武装自己。1973年以后,上海人民出版社陆续出版了一套《青年自学丛书》,我像寻宝似的把它们陆续收进自己的书箱,成为小煤油灯下的"亲密伴侣"。

后来,尽管由我撰写的文章《驳"变相劳改论"》,当作上海机械大学的录取试卷,然而,它送走的却是我的战友。我这个在履历表上明确填写"高小"的文化人,理所当然地被排斥在大学校门之外。1975年,渴望上大学的我却来到包钢当了一名工人。命运让我与大学无缘!

1978年,党的十一届三中全会吹响了改革开放的号角,成人教育的春风再次激励我加入到求学大军中去。我从当业余教师的叔叔那里搞到一套浙江人民出版社重印的《数理化自学丛书》,充分利用业余时间,穿梭于各种文化补习班。记得在某个高中文化补习班的入学决心书上,我曾写下过"志向青云上,功夫白雪边"的誓言。

那时的我,跨进过包钢夜大的校门,参加过《山西青年》函大的学习。然而,最使我遗憾的要数1984年了。那年,包钢党校招收第一期大专班,单位推荐我参加且寄予厚望。在考前补习班的录取测试中,我的成绩在本单位10多名考生中名列第二。然而,补习结束后,却因为我是一个"代干"而失去了入学考试的资格。没办法,我又一次与大学失之交臂!

无缘正道,就寻山路。1986年,我参加内蒙古自治区自学考试指导委员会和内蒙古师范大学联合主办的汉语言文学大专课

程自学考试,一鼓作气报考3门课程,成功通过两门。于是,我满怀信心地踏上成人教育之路,最终获得了高等教育自学考试毕业证书,算是圆了半个大学梦。之后,我又取得了中央党校函授学院本科班经济管理专业的毕业证书,终于圆了大学梦!

我追逐大学梦,并非想借助如梦的光环给自己镀金,而是要掌握大学的知识为人生"淬火"。要想获得真才实学,非老老实实学习不可。于是,我把上学的目标定在完善知识结构,拓展知识层面,提高分析问题和解决问题的能力上。认真阅读每本教材,千方百计保证面授听课,独立完成每次作业。毕业时,我被推举为中央党校函授学院的优秀学员。

我边求学边工作,学用结合,相互促进。除做好本职工作外,我还被聘请为干部理论教育辅导员和基层党校教师,先后荣获包钢干部正规化理论教育优秀辅导员,包头市干部学习民族理论和民族政策优秀学员,包头市干部学习哲学、社科优秀理论辅导员,包头市基层党校达标升级活动模范教师等荣誉。如今,早已退休的我还在包钢关工委"五老"讲师团担任团长,并被包头市关工委"五老"报告团聘请为报告员。所有这些,都应当归功于当年参加自学学习打下的基础,是接受大学教育的成果!

在改革开放大潮中创立的自学考试制度,不愧为中国特色社会主义教育制度的一项创举。1988年3月3日,国务院颁发了《高等教育自学考试暂行条例》,为自学考试的发展提供了制度保障。到2007年,全国累计报考人数达到1亿多人次,培养了本、专科毕业生290多万,中专毕业生40多万,为提高全民素质做出了重要贡献。内蒙古自治区高等教育自学考试自 1985 年开考后 20 年,累计参考 185 万人次。在内蒙古高等教育资源相对不足的情况下,为众多不能进入高校深造的学子提供了学习并获取文凭的机会,培养了一大批留得住的实用型人才,为内蒙古经济建设和社会发展提供了强有力的智力支持。

  是改革开放的东风,带来了成人教育的暖阳;是成人教育的暖阳,照亮了我这颗小小的水滴。在感恩改革开放的同时,我深深地感悟到,透着沧桑的人生之路,只有与时代的脉搏同频共振,才能激扬青春,放飞梦想。

剪来春风一片新

郁 芬

进入2018年,一个消息令包头人兴奋——英属泽西岛再次邀请"包头市剪纸艺术大师"要红霞设计狗年生肖邮票。

要红霞是国家级非物质文化遗产包头剪纸的传承人之一。2016年12月底,应中国邮票设计大师王虎鸣先生的邀请,要红霞曾为英属泽西岛邮票发行设计创作了剪纸作品《金鸡报晓》。2018年,英属泽西岛再次邀请要红霞设计狗年生肖邮票。

在国外出版一套生肖邮票,不仅展示了剪纸艺术含蓄、耐人寻味的文化积淀,也为传播中华文化、弘扬中华传统艺术起到了助推作用。

这些年,要红霞的作品在日本、美国、新西兰等地展出,许多作品收入各类大型画册,被中国美术馆及各国友人收藏。

"剪纸40年,我是在改革开放的春风里成长起来的。可以说,没有改革开放的大好形势,没有我们国家的繁荣昌盛,就不会有今天的我。"要红霞真诚地说。

花开盛世

一

从第一次将剪纸作品呈现在老师和同学面前,第一次得到大家赞许的目光,第一次手捧奖状,第一次从《包头日报》上看到自己的作品到现在,这一剪就是40年。

一张红纸,经过要红霞的手,就会有耐人寻味的内涵,就会有呼之欲出的生命。她的作品题材广泛,内容丰富,人物、动物、花鸟、传统故事、吉祥图案,应有尽有。她赋予剪纸以新的生机。在传统中寻求创新,寻求新意,并将传统与现代巧妙结合,使剪纸艺术绽放出鲜艳夺目的光彩。

剪纸《莜面》《有情相会》,以其逼真的细节、亲切的画面、丰富的内涵、精湛的技巧赢得广泛赞誉,并被中国美术馆收藏。垛叠剪纸《龙凤呈祥》《富贵绵长》《鸡除五毒》系列,将浓郁的民俗发扬光大。《幸福如意》则以细致巧妙的构图、特色鲜明的画面,成为包头出访葡萄牙的礼品。手撕作品《奔马图》《龙》《鸾凤》更令人眼界大开,扼腕称赞。

巧妙地将剪纸艺术用于服装设计,彰显出匠心独具的睿智。2007年,要红霞设计的20套剪纸时装在中国第三届国际剪纸艺术节上,荣获"优秀时装设计奖"。

如今,这把剪刀,不仅剪开了她桃李满天的壮锦,也剪出了她国家一级美术师的称号;不仅剪出了累累硕果,也剪开了她通往国外的大门。

就是这把剪刀,使"草原钢城""稀土之都"的包头,又多了一个靓丽的名片——剪纸之乡。

二

"用一把剪刀将愿望表达出来,就不是简单的平铺直叙。"

她的剪纸追求造型完整,体现绝妙匠心以及求全的审美愿望。代表作《双羊图》,线条简洁、夸张,给人以丰满匀称的美感。

要红霞的剪纸题材广泛,意寓深长,生活气息浓郁。作品构图饱满,造型生动,色彩璀璨,浑厚中有细腻,纤巧里显淳朴。无论是反映人们对吉祥幸福的祈盼,还是再现民俗风情,都体现了高超的智慧和丰富的想象力。疏密有致的造型设计、细致入微的精湛手法,每一件作品都十分生动、有味、耐看。

从1994年至今,她先后有200多幅作品被德国、法国、日本、美国、瑞士、丹麦、意大利、俄罗斯等十几个国家的艺术机构及友人收藏;她出访过德国、列支敦士登、丹麦、泰国等国家;举办了"中国·包头剪纸精品展";她的50多幅作品入选全国各类剪纸展并获奖,多幅作品被中国美术馆等收藏。她的作品经常见诸报纸、刊物,500多幅作品在《索林根日报》《哥本哈根日报》《大公报》《中国书画报》《美术报》《人民日报》《内蒙古日报》等国内外报刊上发表。

在包头,她是妇孺皆知的剪纸名人。

花开盛世

三

她拥有无数个"第一"和"首次"。

1984年,包头群众艺术馆举办全市首届剪纸作品展览,她成为第一个年龄最小、作品最多的作者。同年,她被推荐加入中国民间剪纸研究会,成为全国年龄最小的会员,也是内蒙古地区唯一的会员。

1985年,她的6幅作品入选首届全国作品展览,在中国美术馆展出,她是内蒙古唯一入选的。

1988年,她用70多天完成了200多幅作品,于8月2日成功举办了要红霞剪纸艺术作品展览。这是包头市首次个人剪纸作品展览。

1995年,拼贴剪纸作品《土默川蒙古族婚礼》入选《世界女艺术家作品》,在美国华盛顿展出。1996年,6幅作品在日本东京展览。这是内蒙古剪纸作品首次在国外展出。

1998年,应丹麦女王邀请,在哥本哈根首次举办个人剪纸作品展。1999年,在曼谷参加"泰中文化书画展"。

2001年,"中国剪纸研究会内蒙古培训基地"在包头挂牌,这是至今在内蒙古地区设立的唯一的培训基地。

2010年,在德国举办"包头剪纸作品展览",首次以城市的形式,把国家非遗项目带到国外。这在内蒙古尚属首例。

由她主编的《包头剪纸作品集》是一部展示包头30多年剪纸艺术成就的作品集。

2017年,在内蒙古自治区成立70周年之际,由她策划的、历时90天制作的"剪华大帐"在包头市东河区民族文化馆展出。"剪华大帐"屋顶高6.5米,所覆剪纸面积400平方米,规模之大、艺术之高,属全国首创。

这无数个"第一",浸透了要红霞的心血,展示了她对剪纸事业的无限热爱。

四

深谙"一花独放不是春,百花齐放春满园"的真谛,要红霞在埋头创作的同时,又把精力放在培育学生和推举新人上。

独秀于剪纸界的要红霞常常告诫自己:精粹不能流失,民族艺术不能在我们手中消失。她经常挂在嘴边的话就是:"成就一项艺术事业,单靠一个人是不行的,应该集聚成团体力量才行。"

她做了14年剪纸义务辅导员。没有现成的教材,就结合教学,自己着手编写,并在教学实践中不断完善。那时,包头有份深受中小学生喜爱的内部刊物——《未来报》。主编秦新民特意找到她,希望她把剪纸艺术介绍给孩子们。她欣然应允。连续两年半的剪纸艺术连载,在学生中引起不小的反响。有些学生纷纷给报社写信,谈兴趣,谈收益,谈体会。这给了要红霞极大的鼓励。2000年,应金盾出版社要求,她出版了剪纸教材《怎样学剪纸》。这本书在全国各地深受欢迎,再版8次,发行10万多册。

随后,她又出版了《中国剪纸创作与创新》一书。不少剪纸作者都得益于这本书。直到今天,在一些全国大型剪纸会议上,要红霞常常遇到陌生人抓住她的手,激动地说:"哎呀,我就是捧着你的书学会剪纸的。你就是我的启蒙老师呀。"还有不少陌生的作者告诉她,就是她的那本简便易学、深入浅出、讲解清晰的教材,启发、引领着他们走上了剪纸创作的道路。

她举办过5期学习班,还为幼儿园、少年宫、企业、学校以及在宁波开办的全国剪纸高级研究创作班授课。她多次应邀去香港等地举办学习班、讲座。

她培养的学员中有37人,先后在国家及省市举办的展览和大赛上获奖52项,如"山花奖"、"萨日娜"奖、"文艺振兴奖"等。

培养全国各地,乃至外国友人学习剪纸1300多人次,培养包头剪纸创作人才200多人。发现并推荐社会剪纸创作人才26人次。经她培养的学员早已成为包头剪纸创作队伍的主力军。目前,包头剪纸爱好者上有七八十岁的老人,下有三五岁的孩子,已达3万多人,作品创作成绩居全国前列。

为推广国家非遗艺术,她不遗余力,尽责尽力。2011年,包头市政府申报的"包头剪纸"国家非物质文化遗产项目获批。

2011年,要红霞被包头市委、政府评为首席"包头剪纸大师"。

五

取得一定成绩后,要红霞并没有沉浸在喜悦之中,而是眺望远方,对未来进行深深的思索。将一张纸化作一幅充满诗情画

意、寓意博大精深、画面精致生动、结构巧妙天成、不论男女老幼都喜爱的剪纸作品,其创作者应该有怎样的底蕴和情致啊?

她懂得,一双巧手只能使作品精益求精,却不能将生命力注入其中,使其内涵厚重,寓意深远。创作需要高度,再现民族文化精髓更需要厚度和广度。为此,必须丰富知识,提升高度。

她报考了包头师专美术系,师从白铭、杨森茂、王宏才,认真研修美术。两年如饥似渴地系统学习,不仅成就了她的剪纸艺术,也为她今后的绘画创作奠定了坚实的基础。

她一手拿剪刀,一手握画笔。

曾经蛰居在心底一隅的向往和渴望,一经昭示,便张开了美丽的羽翼,与沉寂已久的理想不期而遇,碰撞出夺目的火花。长期如饥似渴地学习、思考、探索,多方面汲取、积累,已然形成肥沃的土壤和奔腾的河流,一旦付诸笔端,便如小溪出涧,汩汩涌动——

2005年,国画《乞巧》入选"内蒙古群星画展"。之后,她的作品不断得到专家的关注和好评。2013年,国画作品《远古的达特哈拉》入选由中国美术家协会与包头市政府联合主办的"吉祥草原——丹青鹿城全国中国画展览";《步步向善》《激情安代》等8幅国画作品在"海峡两岸四地书画邀请展"展出,与香港、台湾、澳门地区书画界朋友进行交流;《牧归图》《心净如荷》国画作品参加了内蒙古中国画院主办的"敕勒川中国书画作品展览",在敕勒川博物馆展出。

她大胆地将剪纸与绘画巧妙地糅合在一起,形成了一种冲击视觉的合力,达到了"意在笔先,趣在法外"的效果。代表作《山曲儿》一经面世,好评如潮,随之入选由中国美术家协会举办的"全国民族百花奖画展",且收入大型画册中。

国画《荷趣图》则展示了女性的细腻和柔美,构图简洁,画面清雅,韵致微妙。秀润中不失厚重,清淡里饱含意蕴,展示了作者追求高远、淡泊名利的人生宗旨。此画被佛罗伦萨总领事馆收藏并陈列。

《安代传奇》列入"内蒙古重大历史文化题材美术创作工程"。画卷气势磅礴,笔法精微,富有新意。扑面而来的气势,形成气象,蒙古民族豪放、欢快、旷逸的性格跃然纸上。九易其稿后,要红霞捧出的杰作被内蒙古美术馆收藏。

为了完成《扎哈》,她一头扎在牧区,细心观察,仔细揣摩,8个月后,完成了大作。

2017年,由要红霞策划的"剪华大帐"引起轰动,被国内媒体纷纷报道。

"剪华大帐"将汉式窑洞、老窗户、蒙古包穹顶、清真寺穆门弓墙等一系列民族元素巧妙融合,浑然天成,相得益彰。蒙古包穹顶套脑采用如意云纹装饰,用48条大型剪纸连续折叠悬挂起来,预示着12个月四季轮回,分别用"鱼戏莲花""蝶扑牡丹""蝙蝠菊花""喜鹊登梅"四幅为一组循环使用,代表阴阳相合、生化万物、生生不息、代代相传的美好寓意。"剪华大帐"不仅展现了包头特有的移民文化根脉,也表达了包头众多民族、宗教长期共处团结和谐的局面,体现出剪纸这一古老民族艺术之花盛开,思想技艺生生不息、代代相传的永恒主题。

剪纸,古老的民间艺术,在要红霞这代人手里绽开了夺目的光彩。

六

40年辛勤耕耘,40年孜孜以求,要红霞走进人生的收获季节。

先后获得包头市授予的"鹿城十佳杰出青年"、"三八红旗手"、"巾帼建功女状元"、"五四"青年奖章、"领军人才"称号;获得内蒙古自治区政府和自治区文联联合授予的"德艺双馨"称号;2016年,荣获"包头文学艺术杰出贡献奖"。

回眸往昔,她粲然一笑。她说:"感谢这个伟大的时代,不仅给了我们创作的沃土,也给了我们成长的养分和环境。40年的艺术创作,与改革开放后日新月异的发展息息相关。是这个时代为我的梦想插上了翅膀。为古老的艺术增添光彩,为这个时代添砖加瓦,是我们义不容辞的责任……"

她把国画技艺用于剪纸时,剪纸的构图有了新意。如今,她又把剪纸创作的民间造型应用到国画创作中,不仅形成了她特有的国画创作笔法,也刷新了人们的审美。

相信要红霞的创作将和新时代一起,步入一个炉火纯青、日臻完美的丰收季节!

亲亲的二人台

华　汉

> 大青山，乌拉山，
> 海海漫漫的土默川。
> 什么人留下个二人台，
> 土腔土调土弯弯。
>
> 土腔土调土弯弯，
> 唱尽人间悲与欢。
> 家乡人最爱个二人台，
> 掏心窝窝话儿唱出来。

出包头城东行25公里，就到了土默特右旗。这里是呼包鄂金三角的腹地。人常说，土默川是个出宝的地方，它南临黄河，北依大青山，一望无垠的平川地，肥得流油。下了高速公路，笔直南行，兀地一座雕塑耸立路旁。雕塑的主体是一对青年男女，载歌载舞，舞姿生动，造型活泼，底座上镶嵌着一块让土右人引以为傲的牌匾：内蒙古土默特右旗：中国·二人台文化艺术之乡。中华人民共和国文化部，2011年11月。

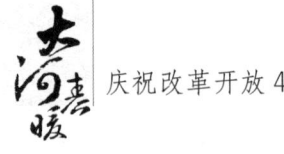

也许是为配合雕塑，一首曲调优美熟稔、亲切朴实的歌曲飘过耳际。

不记得哪年哪月爱上了你，
只记得你陪我玩耍伴我游戏。
《挂红灯》《打金钱》红红火火两台戏，
《走西口》《送四门》缠缠绵绵难分离。
亲亲的二人台，土土的二人台，
就像这片天，就像这块地，
总在我心里……

不记得哪年哪月爱上了你，
只记得你陪我欢笑伴我流泪。
《打樱桃》《打连城》打的是男女情意，
《寡妇上坟》《光棍哭妻》哭的是人生遭遇。
亲亲的二人台，土土的二人台，
就像这片天，就像这块地，
总在我心里，总在我心里……

这首歌叫作《亲亲的二人台》。词曲作者是包头音乐家协会副主席、国家一级作曲，也是包头黄河文化经济发展研究会的理事刘慧荣。在2014年第三届内蒙古二人台艺术节开幕式上，这首歌一经面世，广受赞誉，并且得以迅速传唱。究其原因，是因为这首歌道出了二人台为广大人民群众所喜闻乐见的真实情感,道出了二人台百年不衰、生生不息的根本缘由——源于生活,来自民间,所言所唱都是老百姓的真情实感。

说土默特右旗是二人台艺术之乡一点都不假。因为二人台的根就扎在这里的人民群众之中。这里的人们高兴了唱两声,麻烦了唱两声,累了唱两声,精神了唱两声。田野里,牧场上,谷堆旁,羊圈边,扯开嗓子就唱,一唱就痛快了。你唱,我唱,他也唱,一唱唱到大天亮。这种不拘形式,不受约束,独唱,对唱,大家合唱,甚至不分演员,不分观众,不分台上台下,打开场子就唱,是再自由不过的艺术形式了,所以唱者多,听者众,流传广,传唱快。在土默特右旗几乎村村都有二人台小班儿,这里的大人小孩都能哼唱两句二人台小曲,可以这么说,这里的村民唱二人台,只有水平高低之分,没有会唱不会唱之别。

噢,土默特右旗,被誉为"二人台文化艺术之乡",名副其实,当之无愧。

二人台从它一诞生就有浓郁的民族性与民间性。据《包头市文化志》记载:二人台约诞生于清光绪年间(公元1886年前后)。那时,土默川是蒙汉杂居、农牧兼重的一方沃土。早在阿拉坦汗和三娘子统治这一地区时,就有数万内地民众流入此地,开了"走西口"的先河。至清代,晋陕灾荒,中国三大移民潮之一的"走西口"形成规模,延续近百年,人口多到数十万,并渐由春出秋归而转为定居,由孤身而渐有家室。由此,蒙汉两族人民共同生活在这片土地上,并肩劳动生产,携手开发建设,和睦相

处,友好往来,结成了甘苦与共、休戚相关的兄弟情谊。这也使得土默川的农牧业和商业日益兴盛。而经济的繁荣和内地文化的流入,也必然促进这一地区文化艺术的发展。正是在这样的地域和历史条件下,二人台诞生了。

二人台的诞生,经历了4个阶段。最初是蒙汉人民各自有自己的自由演唱特点,蒙古族的演唱特点是带着强烈的草原游牧特色的长调短调,汉族演唱的主要特点是来自晋陕的山曲、信天游等民歌小曲。第二阶段是逢年过节"社火"活动中的"码头调"。"码头调"由秧歌或高跷艺人集体演唱,加入一些故事情节,在间歇中加一些简单的锣鼓伴奏。第三阶段是"打坐腔",也叫"丝弦坐唱",即有丝弦音乐伴奏的民歌演唱,这里面有汉族民歌,也有蒙古曲儿,还有蒙汉语夹杂在一起的"风搅雪"。第四阶段则是改"坐"为"舞",化妆演唱。这就是二人台了。由老艺人公认,并经中央音乐学院民歌考察队伍的探访与考察,确认化妆演唱二人台的创始人,是土右旗孤雁克力更村的民间艺人云双年(蒙古族,1857—1928)。根据现有资料查看,云双年同张根锁(艺名"万人迷")等人的小班,确是最早出现的二人台班子。据此认为,云双年及其伙伴为二人台这种演唱形式的首创者,当无疑义。但若说二人台是蒙汉两族民间艺人集体智慧的产物则更为确切。从二人台的语言、音乐、表演形式、剧目等方面看,二人台是"三个融合"的产物。

一是内蒙古西部地区民间音乐、民间舞蹈、民间文学的融合。音乐源于这一地区的民间音乐,舞蹈(以及它初期的整个"表演艺术")源于这个地区的民间舞蹈,剧本(唱词和宾白)也是源于这一地区的民间文学。除民歌歌词、民间故事和传说之外,本地很有特色的"串话"以及顺口溜、绕口令、歇后语等无不为二人台所吸收。

二是大量内地移民所带来的内地农耕文化与塞外游牧文化的融合。二人台的传统剧目和音乐大多是本地区的"土产",如《种洋烟》《栽柳树》《打后套》《水刮西包头》《压糕面》《阿拉奔花》等。但也有相当多的剧目,确是源于内地民歌,如《画扇面》《卖饺子》《小放牛》等,唱词和曲调基本上是内地的,但二人台把它拿来,经过土默川这一方水土的滋润,经过土默川二人台艺人的加工润色,使其有了二人台的共性,有了塞外艺术特有的韵味。

三是蒙汉两族艺术,特别是音乐艺术长期交流、碰撞、"耳鬓厮磨"的融合。如二人台剧目曲牌《森吉德玛》《海莲花》《四公主》《巴音厂汗》《三百六十只黄羊》等,使得当地的二人台,具有极为独特的艺术特色,这是二人台特别值得珍视的艺术个性。

二人台作为一朵盛开于乡间的野花,之所以流传至今,除了优美的曲调、火辣辣的朴实语言,以及载歌载舞的艺术形式之外,更因为所演的内容多是百姓自身的喜怒哀乐,发生在百姓身边的家长里短的故事。比如小戏《走西口》,曾被汪曾祺先生誉为"地方小戏的经典"。这部小戏就是以大的移民潮"走西口"为背景,唱出了灾年间"有钱人粮满仓,没钱人实可怜"的真实境况,戏中新婚夫妇太春、玉莲为生活所逼,不得不生离死别。其唱婉转凄凉,其情撕心裂肺。这样的情景让走西口的亲历者或其后代怎能不产生心灵的共鸣,撞击出心灵的火花?还有"九月里来秋

风凉,可怜五哥没衣裳""吃不饱来穿不暖,没钱的人儿真凄惨"。这是《五哥放羊》的核心唱段。这里除了讲述五哥与三妹的男女情爱外,更直接针砭社会的不公,因此表达出底层民众的心声。有人认为传统二人台在农村广受欢迎,是因为"哥哥、妹妹"迎合了农村青年男女的喜好。不错,"哥哥、妹妹"是很大一批二人台剧目的题材,如《打樱桃》《打秋千》《卖菜》《卖碗》《五哥放羊》《挂红灯》等,但是也有如《小寡妇上坟》《光棍哭妻》这样直接反映百姓疾苦的戏,更有《怀胎》《借冠子》《压糕面》《偷红鞋》等反映百姓日常生活的戏。即便是"哥哥、妹妹",其倾诉青年男女相思苦、别离情,以及那些婚姻不幸、孤男寡女们对爱情的大胆追求,也属人之常情,怎能一概排斥？加之演唱者语言真挚,曲调缠绵,时而高亢,时而悠扬,时而哀怨,时而惆怅,时而幽默诙谐,时而打情骂俏,散发着浓郁的乡土气息,有着独特的风采和韵味,因此,二人台才接地气,入民心,有了长久不衰的生命力。

当然,二人台中也有些糟粕,如《听房》《吃醋》《爬楼》《十八摸》等,通俗得坠入庸俗,当列"去芜"之列。

已有100多年历史的二人台,在中华人民共和国成立前始终不登大雅之堂,处于"下九流"的行列。演出二人台的小班,长期被称为"玩意儿"班子。二人台艺人也多处于演唱与乞讨相兼的地位。

中华人民共和国成立以后,二人台才在土默特地区得到真正的蓬勃发展,特别是改革开放以后,不仅迎来了国民经济建设的高潮,也迎来了二人台艺术的春天,迎来了二人台前所未有的发展期。1995年,土右旗组织专业和业余二人台演员赴京参加中国乡土艺术协会成立庆典,在人民大会堂演出二人台专场。1996年,土右旗人贾全贵、张兰英参加内蒙古西部地区民歌大赛,荣获一等奖,被自治区文化厅授予"百灵歌手"荣誉称号。2000年,贾全贵、张兰英参加北京举办的歌王演唱会,贾全贵获"二人台坐腔歌王"称号,张兰英获"牧羊女歌后"称号。2004年5月,晋、蒙、陕、冀四省区二人台电视大赛总决赛在山西太原举行,土右旗选送的5个节目全部获奖,其中郭威、康占女的二人台对唱《害娃娃》力拔头筹,夺得一等奖。是年,包头著名作曲家王星铭搜集、采编、整理的《坐腔歌王对对碰》音像辑,由中国音像出版社发行,其中收入多位土右旗二人台艺人的演唱作品。2010年2月,土右旗人刘树宝、柴月华、任明、刘彩凤更把二人台唱到了世界最高的音乐殿堂——奥地利维也纳金色大厅。

近年来,"二人台文化艺术之乡"的土默特右旗旗委、政府对二人台非物质文化遗产的保护、传承,以及发展二人台事业,壮大二人台产业,挖掘二人台艺术的潜力,整理二人台艺术资料,整合二人台艺术人才资源,培养二人台艺术人才等方面做了大量工作,并提出了"围绕一个大目标——建设文化大旗;打造一个大品牌——二人台文化艺术品牌;形成一个大规模——二人台艺术的群众性规模;追求一个大效应——二人台品牌的全国效应和世界效应;做出一个大贡献——二人台被列入国家、世界非物质文化遗产名录"这样一个宏大的构想,并扎扎实实地工作,取得了显著成效。

在土默川这片曾经诞生《敕勒歌》的热土上诞生的二人台，是蒙汉两族民间艺术交流、融汇的结晶，是底层老百姓生活图景的写照，是豁达开朗、苦中作乐的民族性格的真实再现。二人台只有保持自己浓郁的乡土气息和贴近生活、贴近百姓的属性，才能展翅高飞。

让我们听听刘慧荣作词作曲的《永远的二人台》吧。

> 携着情，带着爱，
> 乡间走来二人台。
> 新气象，新希望，
> 新天新地搬上台。
> 永远的二人台，
> 为新时代添彩。
> 永远的二人台，
> 让生活更精彩。
>
> 携着情，带着爱，
> 乡间走来二人台。
> 身边人，邻里事，
> 家长里短搬上台。
> 永远的二人台，
> 为新时代添彩。
> 永远的二人台，
> 让生活更精彩。